Sisterhood of the Traveling Pants

牛仔裤女孩

（美）安·布拉谢尔 ◎ 著
李亚萍 ◎ 译

未来出版社
FUTURE PUBLISHING HOUSE

图书在版编目（CIP）数据

牛仔裤女孩 /（美）布拉谢尔（Brashares,A.）著；李亚萍译 . —— 西安：未来出版社，2012.9
（牛仔裤的夏天；3）
ISBN 978-7-5417-4634-5

Ⅰ . ①牛… Ⅱ . ①布…②李… Ⅲ . ①长篇小说 – 美国 – 现代 Ⅳ . ① I712.45

中国版本图书馆 CIP 数据核字（2012）第 176600 号

Girls in Pants
Book#3–Copyright © 2005 by 17th Street Productions, an Alloy Online, Inc. company and Ann Brashares
This translation published by arrangement with Random House Children's Books, a division of Random House, Inc.
Sisterhood of the Traveling Pants is a registered US trademark of 360 Youth, LLC dba Alloy Entertainment. All rights reserved.

著作版权合同登记：陕版出图字 25-2011-017 号

牛仔裤的夏天·牛仔裤女孩　NIUZAIKU NUHAI

作者：【美】安·布拉谢尔　译者：李亚萍

总　策　划：	尹秉礼　冯知明
选题策划：	陆三强　孟讲儒
丛书统筹：	唐荣跃　白海瑞
责任编辑：	白海瑞　柴　冕
特约编辑：	金泽龙
营销总监：	董晓明　丁　杰
营销宣传：	薛少华　陈　欣
印制总监：	陈　刚　宇小玲
封面设计：	宋晓亮　金　丹　金奇伟
出版发行：	未来出版社
	地址：西安市丰庆路 91 号　邮编：710082
	电话：029- 84298551　84288355
经　　销：	全国新华书店
印　　刷：	安康天宝印务有限公司
开　　本：	787mm×1092mm　1 / 16
印　　张：	17
字　　数：	218 千字
版　　次：	2012 年 9 月第 1 版
印　　次：	2012 年 9 月第 1 次印刷
书　　号：	ISBN 978-7-5417-4634-5
定　　价：	28.00 元

版权所有　翻印必究

（如发现印装质量问题，请与承印厂联系退换）

献给我可敬可佩的丈夫雅各布

致　谢

　　和往常一样，在此我首先要特别感谢乔迪·安德森。此外，我还要向我的编辑团队——温迪·洛吉亚、贝弗莉·霍洛维茨——以及兰登书屋儿童部的全体同仁致以最诚挚的谢意，其中要特别感谢马西·森德斯、凯西·邓恩、朱迪丝·浩特、戴西·克莱恩和齐普·吉布森。我还要感谢自始至终一直支持我的莱斯利·摩根斯坦以及我的挚友兼经纪人"无敌超人"詹妮弗·鲁道夫·沃希。

　　我还要感谢我的父母简·伊斯顿·布拉谢尔和威廉·布拉谢尔以及我的兄弟波尔·布拉谢尔、贾斯汀·布拉谢尔和本·布拉谢尔。最后，我要感谢我的三个小天使山姆、纳撒尼尔和苏珊娜。

夏,自唱自歌。

——威廉·卡洛斯·威廉斯

序 言

如果你读过《牛仔裤的夏天》前两部,你可能已经知道了我们的故事,至少你会知道这条裤子的来历吧。如果是这样,这篇序言你可以无视了。如果没读过,那还是停下来看看序言吧。我会长话短说,总之花不了你多少时间。

你也许会说,裤子的故事有什么好看的?我理解你的心情(你知道吗,在英国,裤子一般指"内裤")。不过相信我,这可是一条值得载入史册的裤子。它法力无边,可以使四个普普通通的少女摇身变成绝色尤物,赐予她们享之不尽的快乐和奇遇。当然,这条裤子也会使成千上万个帅哥拜倒在她们的石榴裙下。

好吧,我吹得有点过了。它实际上没那么神奇,不过它可以在我们分离时把我们紧紧地连在一起。它给了我们安全感和爱。穿上它,我们就会有勇气去平时不敢去的地方。它会让我们知道哪个男孩值得爱,哪个男孩不值得爱。它使我们成熟勇敢,更懂得友谊的可贵。所有的这一切,我发誓,都是真的。

除此以外,这条裤子还很性感。

我们是谁?我们就是我们,我们一直都是我们。有时我们是一个整体

（虽然有点奇怪，但事实就是这样）。这一切，都要归功于马里兰州贝塞斯达吉尔达健身俱乐部在十八年前开设的一个孕妇有氧运动班。我妈妈、卡门的妈妈、莉娜的妈妈和布丽奇特的妈妈在那里相遇，在那个长长的夏天，她们挺着大肚子一起运动。到九月来临时，她们每个人生了一个女儿（不过布丽奇特的妈妈生的是一对龙凤胎）。据我所知，在我们出生后的头几天，我们的妈妈养我们就像养一窝小狗似的，她们可没把我们当做单个的婴儿。不过后来，我们的妈妈便渐渐疏远了。

该怎么形容我们这四个姑娘呢？就拿车打比方好了。

卡门就像一辆樱桃红色高油耗车，它配备了八缸发动机和四轮驱动系统，马力强劲。虽然她老是惹麻烦，但她有趣之极。这种车还是很安全的，而且一加速就可以疯狂得像腾云驾雾似的。

相比之下，莉娜就是一辆省油的车了，就是那种混合动力汽车。她不仅环保，而且养眼（这是当然的）。她配备了最新式的全球定位系统，不过有时会出错。她当然有安全气囊。

布丽奇特肯定是没有安全气囊的，她很可能连保险杠都没有，甚至可能还没有刹车。她的时速高达 1,000,000 英里/小时（相当于 1609344 千米/小时）。她是一辆没有刹车的海蓝色法拉利。

至于我嘛（我当然就是蒂比），我是……自行车。呵呵，开玩笑的（我早就到了可以开车的年龄，该死）。嗯，我是什么车呢？我应该是一款肌肉车[①]——普利茅斯德斯特[②]，它应该是墨绿色的，而且必须配备超一流的变速箱。是的，也许我的性格正好就像这款车。这篇序言是我写的，所以我有权决定。

说来也巧，这条牛仔裤正好就在我们第一次分离的前一天来到了我们身边。前年夏天，它第一次发挥了神奇的魔力。去年夏天，它又一次让我们叹为观止。你知道，我们并不是一年四季都穿这条裤子。我们会让它闭

[①] 译者注：肌肉车指的是大马力、高耗油、低操控性、外形尺寸大的美国车。
[②] 译者注：Plymouth Duster，普利茅斯是克莱斯勒汽车公司的一个中级轿车品牌，"德斯特"是该公司 1970 年推出的一款轿车。

关修炼一整年,这样等到夏天到来时,它的魔力便会突飞猛进(去年冬天,卡门穿着这条裤子参加了她妈妈的婚礼,但这是个特例)。

两年以前的那个夏天,我们第一次分离,那时我们如临大敌。转眼间又是一个夏天,这个夏天,却是我们相聚的最后一个夏天。明天是我们高中毕业的日子。九月时,我们就该上大学了。现实不是肥皂剧,我们四个人不会神奇地上同一所大学。我们将上四所不同的大学,它们分属三座不同的城市(不过各自之间都在4小时车程内——这是我们的规矩)。

布布是我们中间最吊儿郎当的学生,可她却可以上她申请的任何一所大学,这不正是典型的美国幸运儿吗?她选择了布朗大学。莉娜没有听父母的意见,还是执意选择了罗德岛设计学院的艺术分院,卡门将去她梦寐以求的威廉斯顿大学。至于我嘛,我将就读于纽约大学的电影学院。

生活的变化实在太快了。如果你是我爸爸,你肯定会说:"嘿,你们到感恩节才能见面。"不过如果你是我的话,你就会明白我们过去的生活已走向了终点。我们情同手足的时代即将终结。也许我们不会再住在家里。也许我们四个人不会再住同一座城市。我们将各奔东西走向真正的人生大道。这虽然让我兴奋不已,但这也是世界上最可怕的事情之一。

明晚我们将在吉尔达俱乐部启动牛仔裤的第三季旅程。明天,我们的人生将翻到新的一页。这是我们最需要牛仔裤的时刻。

然后，你将心花怒放，仿佛宇宙爆炸，迸发无尽的快乐力量。

——道格拉斯·亚当斯

"**好**啦,布丽奇特、格蕾塔、瓦莉娅、莉娜,你们站一块。"卡门一边安排,一边向一位神情恍惚的老奶奶挥手示意,要她站过来。布丽奇特和莉娜两个人把腿交织在一起,都想把对方绊倒。卡门按下数码相机快门。

"嗯,艾菲……嗯,佩里,还有凯瑟琳、尼奇、蒂比、莉娜、布丽奇特,你们站一块。"

莉娜横了卡门一眼。她讨厌死了拍照,没好气地讥讽道:"你干吗这么起劲?是有钱拿还是有什么别的好处?"

卡门的脖子上全是汗,她撩开脖子上的长发。今天她穿了一件黑色的毕业礼服,虽然面料闪闪发光,但却密不透风。她取下方顶学位帽(这玩意儿到底是谁想出来的),把它夹在腋下:"佩里照不进去。大家往中间挤一下,好吗?"蒂比三岁的妹妹凯瑟琳突然愤怒地惨叫起来,原来她的脚被哥哥尼奇重重地踩了一下。

卡门想不到朋友们居然有这么多的家人,这不是她的错。不过老天哪,今天可是毕业的日子,这太重要了。她不想落下任何人,她没有任何亲生的兄弟姐妹,所以得想方设法地把朋友们都叫过来。

牛仔裤女孩

莉娜的奶奶瓦莉娅很有些不满:"这里一片树荫都没有。"

这里是个足球场。卡门陷入了短暂的白日梦——45米开外有一棵榆树或橡树,他们这群毕业生在球场上踢足球,家人和粉丝们围成一团,乱哄哄的。火辣辣的球场上到处聚着一堆一堆的人,他们只是其中之一。这里是最后的战场,之后大家将各奔东西。

卡门的外婆——老卡门(蒂比喜欢叫她"老太太")——恶狠狠地盯着卡门的爸爸阿尔伯特,仿佛这毒辣的日头都是他招来的。其实卡门差不多可以猜透外婆的心思:阿尔伯特既然连卡门的母亲克里斯蒂娜都能抛弃,那他还有什么事做不出来?

"现在拍大合照了,大家准备一下,好吗?"这个上午太漫长了。卡门知道每个人都快被她折磨疯了。从这点来讲,她有点恨自己。不过,她只是想留一点美好的回忆:"这是最后一张,我发誓。"

她要求父亲们和大男孩们站在最后一排。其中甚至包括莉娜的父亲,这倒不是因为他个子高(布丽奇特都比他高七八厘米),而是因为卡门考虑周全,她觉得自己就是这样的人。

外婆和妈妈站在倒数第二排。瓦莉娅、老卡门、蒂比的曾祖母费利西娅(她耄耋老矣,都不知道该往哪里站)、格蕾塔(她紧张地轻拍卷发)。接下来是阿里(她穿着大方得体的米色套裙)、克里斯蒂娜(她不住地回头看她的新老公大卫)、蒂比的妈妈(她把口红弄到牙齿上了)。再接下来就是阿尔伯特的后妻莉迪娅,她似乎又兴奋又紧张,生怕自己多占了一点地方。

最后,卡门要求其余的人各就各位。艾菲哭丧着脸,因为卡门要她和尼奇、凯瑟琳蹲在一起。布莱恩站在界线外面,蒂比好说歹说,把他哄到后排去。

现在该轮到九月姐妹了。她们坐在最前排,搂成一团。黑色的毕业礼服挤在一块,密不透风,热烘烘的,中间留了一个空位给卡门。"好极了!就这样!"卡门大声喊道,她鼓励所有人:"再坚持一会儿。"

卡门险些把柯林斯小姐撞倒。柯林斯小姐是卡门的老师,她把卡门赶到走廊罚站的次数最多,不过在所有老师中,就数她最喜欢卡门。

"我们都准备好了,"卡门说,"就是这里。"她将柯林斯小姐引到拍照的理想位置。卡门看了一会儿取景器,她从小小的显示屏里看到了所有的人——她的闺密、她的母亲、继母、继父、亲生父亲、外婆。还有闺密的爸爸、妈妈及家人,她觉得他们都是自己的亲人。她一切的一切,都在这里。这就是她的大家庭,生命中最宝贵的一切。

不知道为什么,就是这一刻。所有的人都在欢呼雀跃,这一天、这份荣耀属于这四个女孩。大家一起走过了十八年,现在,是她们最幸福的时刻。

卡门冲进朋友们中间。她情不自禁地尖叫起来,其他人也随她一起尖叫起来。这么多人站在一起,似一层层的海浪,这一刻,他们融为一体——大家搂着肩,搭着背,布满皱纹的脸和年轻光滑的脸贴在一起。一时间,卡门泪流满面,她知道,照片中的她眼里肯定有泪光闪烁。

蒂比当然心情不好。她满眼看到的只有变化。所有人都在谈论变化。她不喜欢布布一连两天都穿高跟鞋,而莉娜又把一头长发剪短了七厘米,这让她极为抓狂。难道大家就不能保持不变吗?哪怕只停留几分钟?

蒂比不会与时俱进。读学前班的时候,老师就说过她顽固不化。蒂比喜欢沉浸在回忆中,她不习惯向前看。她情愿看幼儿园的成绩单也不愿意找算命先生,任何时候都是如此。要想分析自己,看幼儿园的成绩单便是最佳途径,况且还不用付钱。

透过这双怀旧的眼睛,蒂比打量着吉尔达俱乐部。它也在变化。早在20世纪80年代末,这里曾一度辉煌过,可现在却老态毕露。一度锃亮的木地板斑驳不堪,早已失去了旧日的光彩。其中一面镜框甚至已经开裂。地毯差不多和蒂比同龄,不过它肯定没洗过几次澡。从大黑板来看,吉尔达还是想与时俱进的,毕竟它也提供跆拳道和瑜伽课程。可在蒂比看来,这于事无补。如果吉尔达没生意了怎么办?这太可怕了。也许蒂比应该报名参加这里的课程。哦,不,这样又太变态了,不是吗?

"蒂比,你准备好了吗?"莉娜关切地望着她。

牛仔裤女孩

"如果吉尔达关门了怎么办?"蒂比脱口而出。

捧着魔法牛仔裤的卡门、点蜡烛的莉娜、站在门边折腾调光器的布丽奇特,一起齐刷刷地回头盯着蒂比。

"看看这里,"蒂比指了指四周,"我的意思是,谁会来这里上课?"

莉娜没听明白:"不知道,总有人会来吧,比如说女人,学瑜伽的人。"

"学瑜伽的人?"卡门问道。

"不知道。"莉娜又吐出这三个字,她不好意思地笑了。

她们中间就属蒂比最能掩饰感情,可今晚她的感情汹涌而来无处遁形。她一想到吉尔达可能会关门便五脏俱裂,仿佛吉尔达一停业便会吞噬她们的存在,仿佛当前的变化会抹杀过去的一切。过去对她来说,刹那间变得岌岌可危。不过,过去不是已成定局了吗?它不可能改变。她为什么如此迫切地硬要保护过去呢?

"我想现在该是牛仔裤时间了吧!"卡门说。零食已准备妥当,蜡烛也已点燃,CD机里正在播放老掉牙的舞曲。

蒂比没心思管什么牛仔裤时间。她正在拼命控制自己,她害怕她们会知道这一切意味着什么。

太迟了。卡门捧出了仪式的圣物。闭关修炼了一个冬天之后,牛仔裤终于出关了。它缓缓展开,刚一碰到吉尔达的神秘气息,功力仿佛又进了一层。卡门把它放在地上,牛仔裤的上面,是两年前第一次离别之夜四个姑娘就牛仔裤穿着事宜起草的宣言。她们默默地以牛仔裤为圆心围成一个圈,静静注视着牛仔裤上的签名和绣花——那是她们的夏日留念。

"今晚,我们将告别高中,同时也要和布布暂别。"卡门的声音庄严肃穆,"在这一刻,我们迎来了夏天,还有这条魔法牛仔裤。"

她的声音开始不再庄严肃穆:"今晚,我们不再害怕分离。毕竟,我们在夏末时会一起去海滩。就这么说定了,好吗?"

蒂比真想抱住卡门狂吻。卡门真勇敢,虽然她深知这一切意味着必须向前看,虽然她对过去也一样恋恋不舍。"一言为定。"蒂比连连点头。

夏天的最后一个周末,在四个姑娘看来神圣无比。它不仅神圣,而且让人心生敬畏。莫根家在雷霍博斯的海滩边有一套房子。他们请卡门在暑期的最后一个周末去那边玩,卡门怀疑这可能是因为自己去年帮他们带了一个夏天的孩子,可他们今年却把旧人踢到一边,请了一个来自丹麦的交换生做保姆,所以难免心存内疚。

四个姑娘还一起约定,等明年春天大家还要聚在一起。只要四个人在一起,不要任何闲杂人等。她们都期待着那一天。未来以迅雷不及掩耳之势匆匆赶来,可无论这个夏天会发生什么,最后一个周末她们都将聚在一起,共同面对未知的将来。

蒂比知道,四个姑娘对离家上大学的看法各有不同。她们每个人的得失都不尽相同。布布的家本来就是冷冰冰的,她没什么可失去的。可卡门的损失就大了,她舍不得妈妈。蒂比的家虽然一片混乱,但毕竟是她熟悉的家,她也一样害怕离开。莉娜则反复不定——前一天她还舍不得"断奶",第二天就恨不得马上走。

不过有一件事她们都一样极度害怕,那就是离开朋友。

她们开始抽签决定牛仔裤的传递顺序(蒂比赢了,她是第一个),然后重新审核牛仔裤的穿着规则(没必要,不过传统便是如此),嚼一会儿QQ糖,最后就该宣誓了。和前两个夏天一样,这一次她们也要一起宣誓:

向牛仔裤致敬。
向姐妹情谊致敬。
向这一刻、这个夏天以及我们有生的日子致敬。
为我们的相聚和分离致敬。

只有这次,当她们说到"我们有生的日子"时,蒂比才感到眼中有泪珠滑落。在以前,"有生的日子"似乎是一个很遥远的概念,可今晚,蒂比知道,它已经扑面而来。

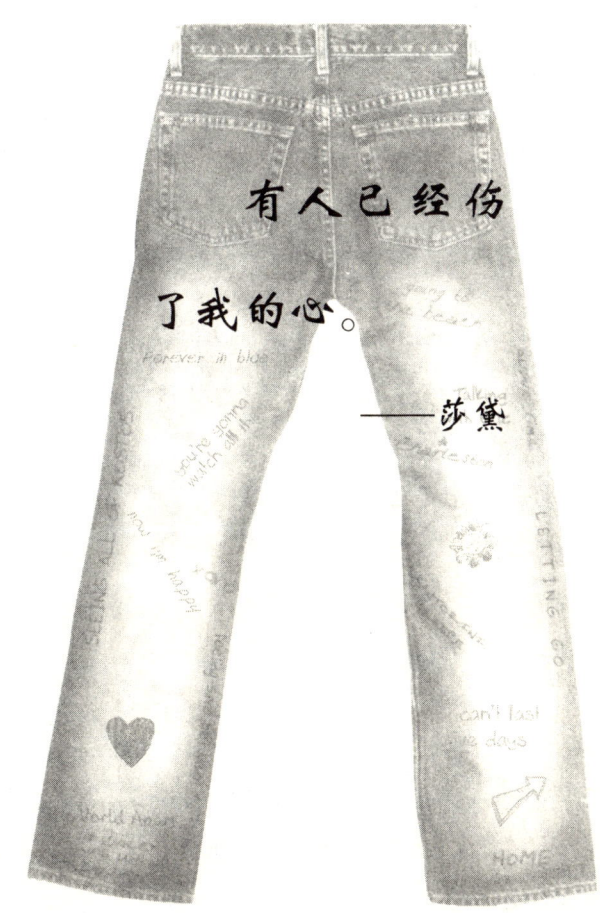

有人已经伤了我的心。

——莎黛

<big>这</big>一晚,蒂比做了一个可怕的梦。在梦里,疯疯癫癫的曾祖母费利西娅把魔法牛仔裤填塞起来送给她作为毕业礼物。"这正是你要的!"费利西娅对她大叫道。

牛仔裤被填塞得非常专业。裤子伫立在一块光滑的大理石基座上,裤子里面装了一双假腿,好像正在得意洋洋地迈开大步似的。它看起来生动极了,可你要知道,它没有身体和头,甚至连脚都没有。它只是用一根铜管和大理石基座连在一起,裤子就架在铜管上。

"可这条裤子哪里都不能去。"蒂比怯生生地说。

"关键就在此!"费利西娅咆哮道,"这正是你要的!"

"我要的?"蒂比迷惑不解,顿时内疚和不安起来,也许这正是自己想要的呢?不知不觉中,她发现自己正在想这条裤子是不是太重,如何才能在四个姑娘的宿舍之间传递?

"现在我们终于可以不用理会那条不能洗裤子的规则了。"蒂比在半梦半醒之间这样安慰自己。

然后她醒了,凯瑟琳的小脑袋凑过来,睁着一双圆溜溜的大眼睛俯视着她。"布莱恩来看你了。"凯瑟琳现在喜欢斟词酌句了。她很得意自己说

的是"来看你了",而不是说"来了"。

蒂比晕晕乎乎地坐起来:"几点了?"

凯瑟琳爬到闹钟收音机旁,眼巴巴地研究了半天。

"老天,快十一点了。"蒂比自问自答。

她本打算直接下楼,可想了一会儿觉得还是应该先刷一下牙。等她到厨房时,发现布莱恩正坐在桌旁和尼奇一起码多米诺骨牌。

"我们一次码几块怎么样?"布莱恩一边把骨牌码成歪歪扭扭的一长条,一边耐心地问尼奇。

尼奇只想把它们推倒。

"嗨。"蒂比说道。

"嗨。"

"你吃过早餐了吗?"蒂比问他。

"呃——哼。吃过了。"不知道为什么,他似乎有点紧张,他的肩膀耸得高高的,都快碰到耳朵了。

"找我有事吗?"蒂比问道,她打开冰箱找东西吃。

"只是,呃……我可以和你谈一会儿吗?"

她关上冰箱站直身体,看着布莱恩:"当然。"

"可以在……那里谈吗?"他指了指客厅。

蒂比不由地皱起了眉头:"在那里?"

家里从来没人待在客厅里。洛蕾塔每个星期都要清理一次客厅的蜘蛛网。每隔几个月,父母会在客厅里开派对装模作样一番,客人们还以为罗林斯一家一直都喜欢坐在松软的沙发上休息。

蒂比一头雾水地跟着布莱恩。他们坐在沙发上,活像两个参加鸡尾酒会的客人。

"呃……什么事?"她忧心忡忡地问他。他们并排坐在一起,但眼神都直勾勾地盯着前方,这有点好笑。

布莱恩把双手放在大腿上,挨着牛仔裤搓了一会儿。

蒂比把腿跷到沙发上,面对着布莱恩:"你没事吧?"

"我想要问你一件事。"

"好的,尽管问吧。"

"你知道今天晚上的活动吗?"

"呃,你指的是毕业生晚会?"

"你跟我一起去吗?"

她的眉头纠成一团:"我们都会一起去的,不是吗?莉娜……布布……都会去的。"

布莱恩摆了摆手表示他知道:"可是,你会跟我一起去吗?"她完全听蒙了:"你的意思是就像约会?"

"差不多。是的。"

突然之间,蒂比很想大笑,这太荒谬了。她禁不住歪着脑袋。布莱恩很有勇气,他一直直视着她的眼睛。

她握紧双手。这时,她忽然想起自己还穿着背心和睡裤。蒂比在家的大半时间都穿着睡衣,所以布莱恩以前也不是没看过她穿睡衣。但这一次,在这间装饰得像舞台布景的客厅里,在布莱恩提出这个奇怪的问题直勾勾地盯着她时,蒂比只觉得这一切太怪异了。

"差不多算是约会吗?"她一字一顿地问。

"是的。"

蒂比不想伤害他的感情。她只是不想。所以,她也顾不着布莱恩是否会自作多情了。她点点头:"好,我跟你去。"

和布莱恩一起坐在沙发上令蒂比局促不安。布莱恩向她靠过来,她顿时傻眼了,她不知道会发生什么。布莱恩的身体缓缓靠近,蒂比仿佛置身事外,她觉得自己正站在远处漠然地看着这一切。布莱恩是什么时候变得这么自信从容的?蒂比已经被吓呆了,动弹不得。

牛仔裤女孩

所以她只能木木地坐着,眼睁睁地看着布莱恩朝自己的脸凑过来。他并没有吻她,但他的动作却让蒂比觉得亲热之极。布莱恩右手的三个手指轻轻落在蒂比温热的脸庞上,抚平了她前额上堆积的惊愕。

"很好。"他说。

早春的一天,莉娜生病没去上学。她在白天的电视脱口秀节目里看到一个女人。那个女人写了一本有关收养的书。女人从来没见过自己的生母,她的生母也从未联系过她,但她穷尽一生都在希望生母能找到她。她说她不想离开养父母最初收养她时住的地方,她不想走远。每次搬家她都会在旧家做明确的记号——她会在自己的名字下面写上电话号码。她总要撒一点面包屑①,希望亲生母亲能借此找到她。

自那之后,莉娜总会想起这个女人,她也不知道是为什么。她并不是要特意想她的,可思维这种东西就是这么怪。比如莉娜刮腿毛时就总爱莫名其妙地想起乐芝饼干。谁又知道这到底是为什么?难道这很重要吗?

现在,莉娜趴在床上填九月入学的表格,她又无缘无故地想起了脱口秀节目上的那个女人。填《室友调查表》时,那个女人忧郁的灰眼睛在她的脑海里不断晃动。等填《宿舍情况调查问卷》时,她恍惚间又看到了那个女人抽搐的下唇。

莉娜倒在床上,用双手捂住脸,最后她突然醒悟了——她之所以老想起这个女人,是因为这个女人像她。

这个夏天,莉娜一直拒绝去外地,她甚至都没意识到这一点,思维真是太微妙了。即使离家一个星期她都会觉得有点撕心裂肺。可等到九月她就要去另一个城市了,这固然很刺激,但也给她带来了源源不断的痛苦。

莉娜的确想离开家。第一,她已经准备好了。第二,爷爷去世后,爸爸

---

①译者注:在《格林童话》中有一则童话,亨塞尔和格莱特是两兄妹,因家庭贫困,后母便想机会把他俩赶走好省口粮。父亲将他俩带入森林遗弃,可亨塞尔在路上撒了面包屑,每次总能找到回家的路。

强迫奶奶瓦莉娅离开迷人的希腊小岛来马里兰州的郊区定居,从这以后,卡利加瑞家便战火不断。

莉娜当然想去罗德岛设计学院。她一直都想成为一名艺术家,她差不多可以确信这是她的梦想。在这个夏天,除了朋友之外,艺术课也是她生活中难得的乐趣之一。

可是,但可是,莉娜并不想走,她怕走了卡斯托斯就找不到她了。从更深层的原因来看,莉娜害怕现在的自己和卡斯托斯曾经爱着的自己会越来越远。她怕自己会变成另外一个女孩,不再是卡斯托斯曾经爱过的那个莉娜。

电话铃响了,莉娜忙不迭地冲上去接,如果迟一秒钟,瓦莉娅就有可能接起电话对着电话那头的人无缘无故地大吼一通。

"喂?"

"嗨,是我。"

"卡门。嗨,你好吗?"

"我刚刚穿好衣服。刚才用蜡纸脱腿毛疼死我了。你穿的什么衣服?"

莉娜看了看钟,半个小时后毕业晚会就开始了,她必须到场。她计划带艾菲去,因为除了艾菲,她没人可带,而且艾菲也想勾搭几个毕业生打情骂俏一番。

莉娜又看了一眼开着的衣柜。她根本没心思穿衣打扮。衣柜里的衣服可以分为两类:一类是和卡斯托斯在一起时穿过的衣服——满载记忆;另一类是卡斯托斯不在时穿过的衣服——空洞无物。这两类衣服她都不想穿。

"我不知道。我还没挑呢。"

"莉娜,今晚可是很重要的,"卡门像哄孩子似的,"快去穿衣服,穿得漂亮点,别忘了化妆。你要我来帮你吗?"

"不,我自己可以搞定。"她可不想卡门把她的衣柜翻得一团糟。

"不许穿卡其裙。"卡门警告她。

"我不会穿的。"莉娜为自己辩护道,事实上,她本来正打算穿卡其裙。

悲哀的是,莉娜的衣柜和她的生活一模一样,也是二元化的。就像计算机的二进制一样,不是 0 就是 1。莉娜只有两个选择:一是想卡斯托斯;二是强迫自己不想卡斯托斯。

莉娜的代入感太强,一时间,她把自己当成了脱口秀节目中那个被收养的女人。她觉得自己也被心爱的人抛弃了。不知道为什么,她也绝望地盼望着有一天卡斯托斯会来找她,她就是不能死心。

哪里有真爱，

哪里就有奇迹。

——维拉·凯瑟

牛仔裤女孩

"布莱恩！布莱恩来了！"凯瑟琳猛地甩开前门，朝楼上大声喊道。

布莱恩早就想来一次真正的约会了，这是显而易见的。他递给蒂比一束花，然后拿出一盒巧克力送给爱丽丝说给全家人尝尝。他很可能在哪本杂志上读过约会守则。尽管他穿西装打领带，但他似乎并不怎么在乎他的约会对象穿着牛仔裤。

"你真漂亮。"他打量着蒂比赞叹道，他的目光从魔法牛仔裤扫到薄纱印花衬衫（蒂比好不容易挤出了一点乳沟），再扫到发际上古色古香的莱茵石发卡，最后落到蒂比的眼影上。她今天真的精心打扮了一番。

布莱恩有一个优点，那就是他懂得牛仔裤，就像两年前的贝莉能够毫无保留地欣赏这条裤子一样。从某种程度上来说，这条裤子有点像一块试金石，它能让你知道哪些人值得交往，哪些人不值得交往。无论布莱恩的外表如何，蒂比都觉得他是自己所认识的男孩中最值得交往的一个。

从历史的进程来看，很少有人能像布莱恩变得那么快，自两年前一个夏日的午后蒂比和贝莉在7-Eleven便利店第一次拍摄他之后，他就迅速蜕变了，甚至连外表都焕然一新。

这当然是一件极好的事。一个无敌衰男有着一颗金子般的心,你和他交朋友只是因为你爱他的内在美。可突然之间,他长到了一米九,开始注意口腔卫生,还不小心打碎了他那副丑得令人发指的眼镜。转眼之间,青蛙变成了王子,他站在你面前,让你怦然心动。他就是一支潜力股,就像你无意间花一美元买了一只股票,顷刻间,股价暴涨到了一百美元。蒂比还没回过神来,布莱恩身边就已围满了勾搭他的莺莺燕燕。

但从另一方面来看,这似乎是命运之神又给蒂比开了一个大玩笑。蒂比生活中最安全的一个男人突然之间变得魅力四射。她知道,布莱恩并没有刻意放电。他无意让蒂比吃醋。他根本不想蒂比嫉妒伤心。但事实已经酿成,结果就是——他们的关系不再安全。

"布莱恩,布莱恩,布莱恩!"凯瑟琳和尼奇几乎围着他手舞足蹈。布莱恩赢得了他们的爱,这极不容易,他不像他们坏脾气的姐姐,他对这两个小家伙十分有耐心。无论他们想出多么古怪无聊的游戏,他都可以没完没了地陪他们玩;无论他们说多么幼稚傻气的话,他也一样能专心致志地倾听每一个字。这也难怪凯瑟琳、尼奇会比蒂比对布莱恩更热情。

布莱恩一向粗线条,这使他产生了一种可笑的自信。也许很难解释清楚。他不在乎自己因为没有车得一路走到蒂比家,他并不因为蒂比有车而觉得不自在。在车外,他还会殷勤地为蒂比开车门——开驾驶座那边的车门。他满不在乎,所以这一点也不重要。

在车内,气氛则隐秘得多,昏暗暧昧。布莱恩用手碰了一下蒂比的手肘。蒂比惊慌失措,把钥匙插入点火开关时手不住地颤抖。

他们已经长大了。她不得不面对这个事实。布莱恩差不多已经从男孩转变为男人了。身为十八岁的大男孩,他对蒂比的要求和以前完全不一样。现在,他看蒂比的眼神都变了。他并不猴急,而且动作一点也不下流,但他的目光却总停在她的胸上。当他搂着蒂比的腰时,蒂比可以感觉得出来他在爱抚自己的腰线。面对布莱恩暧昧的眼神,蒂比的感觉也和以前截

然不同。人性本如此,不是吗?

在学校的停车场,布莱恩握紧蒂比的手。蒂比的手心全是汗。

可是,他们的友谊在哪里?以前的坦然又到哪里去了?现在该何去何从?如果就这样任其发展,以后还回得去吗?

这是今年夏天的一个问题。蒂比问自己,发生了这么多变化,一切还回得去吗?

礼堂灯光昏暗,DJ呜哩哇啦聒噪着,每所学校的晚会都是这种德性。不过这是最后一次了,正因为如此,蒂比对今晚的晚会怎么也恨不起来。

布莱恩飞也似的牵起她的手。他这是在宣布蒂比已经名花有主了。可笑的是,事实上应该是布莱恩名草有主。早在今年春天,他的风头就盖过了蒂比。虽然他并没注意到,也完全不在乎。尽管蒂比有三个标致迷人的朋友,可别人还是觉得她和漂亮不沾边,只能归入到叛逆艺术家的类型。布布是美艳动人的体育健将,卡门已经长成了身材火辣的性感宝贝,许多高年级的男生都对她垂涎三尺,虽然她连一个媚眼都没抛过。莉娜更不必说,她每天都被狂蜂浪蝶追得到处躲。而布莱恩呢,他就很奇怪了,他居然摇身一变,成为了社交圈——他们有时也需要新鲜血液——的宠儿,他能得到这四个姑娘谁都拿不到的邀请。蒂比是最不起眼的,她只配穿深色衣服坐冷板凳,只能和其他一些怯生生不敢融入社交圈、自认为不入流的人坐在一起伤春悲秋,冷嘲热讽。

尽管蒂比的头发长长了,抹胸衬得肩膀越发地光洁细嫩,而且牛仔裤也勾勒出了她并不存在的臀部曲线,但在学校的所有男孩子中,似乎只有布莱恩看得到这一切。她喜欢这样被关注,可与此同时,她又害怕被关注。

布丽奇特和卡门一眼就看到了蒂比和布莱恩。莉娜和艾菲还没到。艾菲出门是出了名的磨蹭,她得花好多时间打扮。布丽奇特穿了一件白色的挂脖裙,一头金发闪闪发光,令烛光顿时失色。今晚的她比玛丽莲·梦露还要娇艳动人。卡门穿了一件火红色的吊带裙,男孩子们看得眼睛都直了。

她们身着盛装，艳光四射，不过蒂比还是很欣慰，因为有幸抽签首先得到牛仔裤的人是她。

布丽奇特和卡门像往常一样把蒂比拖到了洗手间。每逢学校开晚会，幽深的女洗手间总会成为最热闹的地方。"你们两个太销魂了。"蒂比一边走一边说。

"蒂比你也很性感呀，"卡门回应道，"我们把你拖走的时候，布莱恩好像心都要碎了。"

一堆女孩子站在镜子前补妆、抽烟和八卦。

布丽奇特拿出一管唇彩。她涂了一点然后把它拿给卡门和蒂比分享。

"嘿，布布？"卡门说。

"什么？"

"如果你遇上一个男孩并爱上了他，可他却因为某种奇怪的基因突变似乎对你没兴趣该怎么办？"

布布对卡门的无聊假设总是很有耐心："什么？"

"穿你身上那条裙子，它会让你所向披靡，战无不胜。"

布布大笑起来。"好的。"

几分钟后，莉娜也到了，她还是和平时一样打扮，只穿了一件橄榄绿的工装裙和一件黑色T恤。

"莉娜，你不扎马尾辫会死吗？"卡门佯装生气地问道。

"你什么意思？"莉娜反问一句。

"少装蒜了，你难道不知道这是高中时代的最后一场晚会吗？"布丽奇特说道。

三个姑娘一起拥上去，不由分说地给莉娜涂睫毛膏涂唇彩，扯下她头发上的橡皮筋。

望着镜中的一张张脸，蒂比突然有一种想哭的冲动。在过去的四年里，每逢学校举办活动，她们都会躲在这里。她们在这里获得的快乐胜过任何地方。从某种程度上来说,这就是她们真正的高中生活体验。

卡门看到了蒂比的表情。"有点伤感,我知道。"

"我们出去吧。"蒂比说道。她现在不想伤感。

回到礼堂后,她们各自作鸟兽散。布莱恩正在焦虑地等她。"想跳舞吗?"他问蒂比。

她可以说"不"吗?身为一个真正的女伴,她怎么能说"不"呢?他牵着她步入舞池,此时,快歌正好变成了慢歌。这是好还是坏呢?蒂比不知道。

蒂比不知道该怎么把手放到布莱恩身上,她琢磨了大半天都想不出个所以然来,可布莱恩却熟练得很。他拥住蒂比,紧紧地搂着她。

一切就这样发生了。他们迈出了第一步。坦白来说,蒂比以前幻想过布莱恩的身体,她甚至多次问过自己:"他的身体摸起来是什么感觉?"变化突如其来,友谊渐渐淡化,直至退居二线。

现在的布莱恩比蒂比高多了,蒂比的头勉强到布莱恩的胸。他的手抚摸着她的腰、髋骨和后背。他轻柔地抚摸着,为了这一刻,他已等了两年。蒂比感觉小腹一热,她的腿开始不由自主地颤抖起来。

这太快了。她无法控制自己的身体。她做不到。

蒂比挣脱了布莱恩的怀抱,她双颊绯红。"我们走好不好?"她问。

"去哪里?"布莱恩问她。

"我也不知道。"她拉着他的手,把他拖出礼堂直奔停车场。突然之间,她有了一个主意。她可以让一切回到最初。

布莱恩毫无怨言地跟着她上了车。蒂比默不作声,直接把车开到了从前湖滨路上的 7-Eleven 便利店。

布莱恩明白了蒂比的意思。他站在便利店闪烁的灯光下微微一笑,对她耸了耸肩。他一边大步迈向龙圣游戏机,一边在口袋里摸索着找零钱。蒂比看着布莱恩,她知道布莱恩准备玩以前玩过的游戏,他这样做只是为了讨她欢心罢了,事实上,他现在的生活已在游戏机屏幕之外。

"找不到算了。"蒂比说道。她的心如小鹿乱撞,腿战战兢兢。豆粒般大的汗珠从背上滚下来。蒂比不知道该去哪里,她只想逃。

他们又回到车里。蒂比把车开到家附近的一座小区公园,这里距离她的家和布莱恩的家差不多远。这是他们以前常逛的另一个地方。

他们走下车,坐在野餐桌上。这里一片漆黑,寂静无人。她只想静静地坐在这里,等待爱情的火花悄然绽放。她知道会有火花。

蒂比起身走到布莱恩面前。现在,她站着,他坐着,他们的脸位于同一高度。蒂比把汗涔涔的手放在布莱恩的腿上。布莱恩一下子朝蒂比扑过去拥她入怀。他紧紧地搂着蒂比,一直搂了很久很久,蒂比的心狂跳不止。

蒂比扬起脸,布莱恩的唇先开始印在她的前额上,然后便印上了她的唇。这是怎样的一个吻啊!它充满了尘封已久的渴望,没有一丝犹疑。布莱恩将手放在她的发丝下,托着她的后脑勺。期间他停了一会儿,只为俯在她耳边耳语。"我爱你!"他轻轻吐出这三个字。

蒂比宛如身处云端,她从未有过这样美好的感觉。她的眼中不知不觉溢满泪水,脸烫得发烧。

蒂比感觉怪异之极,脑子里仿佛有狂风猛吹不止——风一会儿灼热潮湿,一会儿寒冷刺骨。等到风力渐渐减弱时,她才意识到昔日的友谊已随风而去。

> 总有一天,总会有一个求爱者让你无法说"不"。
>
> ——美国乐队 Old 97's

  卡门正在执行一项无比重要的任务：她必须偷妈妈的假睫毛，现在就得动手。

  今天早上她起得很早，因为布丽奇特马上就要去宾夕法尼亚参加夏令营了，她得和布丽奇特说声再见。然后，她和妈妈一起吃早餐。妈妈急匆匆地赶去上班时，卡门内疚了一小会儿，因为这个暑假她没找到工作。接下来，她给好友兼继兄保罗写了一封长长的电子邮件。

  她开始伤感起来，和布丽奇特说再见让她伤心，她不喜欢别离。为了安慰忧郁的心，卡门翻开了最新一期的《时尚女孩》，她难过的时候总会这样。天哪，她的郁闷居然一扫而光了，书中第二十五页介绍了一种贴假睫毛的新方法，她觉得绝对有必要一试。有时假睫毛还是很勾人的。

  最近这段时间，卡门去妈妈的房间老感觉怪怪的。原因很明显：这里已不再是妈妈的房间，这是妈妈和大卫的房间。女人的房间和男女同住的房间是截然不同的。如果这个女人是你母亲，而那个男人是你认识不到一年的继父，这种感觉就更怪了。

  对卡门来说，父母离婚可不是什么美妙的事，她为此失去了很多东西。可是等到大卫出现后，她才明白以前她和妈妈有多亲密，这么多年来，她们一直相依为命。

爸爸第一次离开后，家里许多成规戒律便随之土崩瓦解。她几乎每晚都睡在妈妈的床上，这样差不多过了一年。这是卡门的需要？或者是克里斯蒂娜的需要？自此，再也没有辛苦打拼了一天的爸爸下班回家，"我们两个女孩"——妈妈喜欢这样自称——很多时候晚餐只吃冷冻华夫饼或炒鸡蛋。可卡门觉得这简直就是盛宴，因为她讨厌像拉锯一般切硬邦邦的大块牛排，她也不想强迫自己像吃草似的嚼蔬菜。

卡门一度以为自己是这间房理所应当的主人。可现在她只能畏畏缩缩地进门。以前她可以随意往妈妈床上跳。现在这张床变得陌生了。虽然它还是以前那张床，但不管从哪个角度来看，它都和以前大不一样了。现在，她不自觉地刻意地和这张床保持距离。

这间房并没有很多男人的物品。大卫不是不拘小节的懒鬼。他一直都很清楚，在他住进来之前这套公寓属于克里斯蒂娜和卡门。所以他只占用了一间衣柜、三层书架和一张从"陶创"家居连锁店买来的书桌。他甚至没在房间里放他的照片。如今，这间房并没有显露出多少他的痕迹，却在处处昭告着——这是他们的房间。他们的甜蜜恩爱无处不在，站在这里仿佛可以听到他们睡觉时的绵绵情话。虽然他们不在这里，卡门还是有闯入禁地的感觉。

浴室以前堆满了女性用品——面霜、乳液、化妆品、卫生棉条和香水。可看看现在，这些东西差不多都消失了，克里斯蒂娜把它们藏到柜子里了。大卫的须后润肤露和克里斯蒂娜的洗甲水并排放在一起，只用看一眼，卡门便隐隐觉得自己好像偷偷爬到他们床上挤在他们两人中间似的。

卡门很快就发现假睫毛不在药物柜里。和女儿住在一起时，克里斯蒂娜会把这些私密物品放在外面。可现在有了新婚丈夫，她得把这些东西都藏起来。

卡门早就知道，克里斯蒂娜会把大多数她不想大卫看到的东西藏到马桶上面的柜子里。是的,就是在这里。卡门一打开黏糊糊的柜门就意识到了。这里有疣立消、上唇须漂白剂、脱毛蜡、直发膏和一盒红褐色染发膏。卡门把手伸到柜子里,不小心碰倒了一堆减肥药和一盒轻泻剂。轻泻剂旁边的塑料瓶也被碰倒了,它"骨碌骨碌"飞快地滚动着,"啪"的一声掉进了马桶!卡门急得干瞪眼。"该死!",她诅咒道。

瓶子在马桶的水里上下摆动。卡门看得出来,里面装的可能是某种维生素。她真心希望瓶盖是防水的。

她犹豫了好半天才把手伸到马桶里——谁会迫不及待地去干这种事?她心不在焉地问自己,为什么妈妈会把维生素藏到柜子里?难道它不能见人吗?大卫可是维生素的忠实粉丝。他早餐时吃维生素,动不动还大谈各种草本补品,好像它们都是他的亲人。到底是什么维生素,克里斯蒂娜非要藏着掖着不能让她的保健狂人老公看到呢?

一旦产生了好奇心,卡门什么事都做得出来。她把手塞入马桶把瓶子掏了上来,然后直接把手伸到水龙头下,用热水不断冲洗。她还涂了一点洗手液。终于瓶子和手完全干净了,她开始忙不迭地准备满足自己的八卦心理。

卡门的脑子一震,然后开始嗡嗡作响。"嗡嗡"声侵入她的胸口,继而又扩散到小腹。瓶子的标签上写得清清楚楚,她完全明白了这只瓶子为什么会藏在轻泻剂和痔疮膏中间。妈妈想要隐瞒的人不是大卫,至少,卡门对此深表怀疑。

瓶子里装的是孕期维生素。也就是说,是孕妇服用的维生素。卡门差不多可以肯定,克里斯蒂娜想要隐瞒的人正是自己。

蒂比迎着清晨的阳光,不由得眯起了眼睛。她头昏眼花,神志不清,嘴唇肿胀,眼睛也好像肿了。这种感觉颇像宿醉反应,可昨晚她分明滴酒未沾。

牛仔裤女孩

　　这是一个需要面对现实的早晨,虽然现实变得陌生而不可思议,但你得接受。你问自己,这一切只是个梦吗?或者是真的?他真这么说了吗?现实一点一滴地涌回脑海,你又开始觉得不可思议。你禁不住问自己,因为昨晚发生的事情,今天、今晚、明天乃至后半辈子是不是都会随之改变呢?蒂比知道答案。

　　她把手指放在嘴唇上。昨晚的吻让你醉了吗?

　　布莱恩醒了没有?她想着布莱恩在他床上的样子。她又想着布莱恩在自己床上的样子。这个想法把她吓住了,她不由得打了个冷战,她得想点别的。他会不会后悔?她有没有觉得后悔呢?

　　如果他们再次见面,又该说些什么呢?

　　早餐时他会像以前一样来吃烤薄饼吗?他会不会给她一个湿吻故意在众人面前晒恩爱?

　　她起身去照镜子。她的样子是不是正如她所感觉的那样焕然一新了?唔。腿上晃荡着的还是那条黑色的彩格睡裤。上身还是那件小号露脐白背心。也许还是老样子。

　　她的房间依旧乱得像狗窝。这里没有任何变化,不过当她四处打量时,她的眼光却变了。她这辈子是不是什么东西都没扔过?

　　墙上、地上,到处都是蒂比一层一层成长的痕迹。如果你像考古学家那样挖掘这间房的话,只要挖得够卖力,很可能还可以在地底下发现蒂比小时候玩的费雪农场。她这人到底是怎么回事?

　　房间里堆满了东西,到处都是灰,她开始看不顺眼了。其实这里一直都是这样,但她一直都觉得挺好的。蒂比突然产生了一种前所未有的冲动,她走到窗前想推开窗。窗子很难打开,她都记不清自己有多久没打开窗呼吸过真正的空气了。她用力推开窗格时刮掉了一点油漆。

　　噢。空气一拥而入,清新的感觉扑面而来,打开窗户还是很美好的。风把桌上的纸吹落在地,但她毫不在意。

她听见妈妈在楼下厨房忙碌的声音。她想和妈妈谈谈布莱恩。从内心来讲,她非常希望妈妈能知道这件事。爱丽丝肯定会惊喜不已。她也许会兴奋地大呼小叫。她喜欢布莱恩。如果女儿把像这样的猛料告诉她,她不知道会有多高兴。爱丽丝一直都希望女儿能和自己这样亲密无间,可蒂比总是拒她于千里之外。

蒂比离开房间时,听见了苹果树的树叶在沙沙作响,声音小得几乎听不见,她很喜欢。

早晨妈妈通常都是忙得不可开交,今天也不例外。蒂比盯着妈妈,她怎么就不能放慢速度听蒂比爆料呢?第一句话该说什么呢?蒂比开始打腹稿:"布莱恩和我……我和布莱恩……"蒂比刚刚张开嘴,爱丽丝就抢了她的话头。

"蒂比,你今天上午得帮我照顾凯瑟琳。"爱丽丝似乎正在气头上,蒂比吓得把"不"字咽了下去。

蒂比一肚子的话顿时被冻住了。

爱丽丝没有看蒂比,这表示她内心深处还是很内疚的,不过这种内疚只会让她更不耐烦。"洛蕾塔得带她妹妹去看医生,她中饭后才能回来。"爱丽丝从架子上拿了几盒果汁,随手塞给尼奇一盒。"或者她只是这么说说而已,谁知道是不是真的?"她刻薄地说道。

"她妹妹为什么要去看医生?"尼奇问。

"亲爱的,她可能是哪里感染了疾病,具体我也不太清楚。"爱丽丝挥了挥手打断这个话题,似乎在说她不管这是真还是假,总之她不想再谈了。

爱丽丝手忙脚乱地整理着手袋:"我得带尼奇去夏令营,然后去办公室。"

"别指望我照顾凯瑟琳。"蒂比说道。她不仅失去了和妈妈讲布莱恩的所有欲望,而且她还决定,以后有任何重要的事都绝不会向妈妈透露半个字。

爱丽丝瞪着她:"什么?"

"我不是保姆。你总是找机会把孩子塞给我,我受够了。"

"既然你住在这个家里,你就得像其他人一样承担责任。"

蒂比翻了翻白眼。这样斗嘴真无聊,可这样的场景却反复发生,连台词都一模一样。

凯瑟琳把碗里的营养麦圈搅来搅去,不小心把牛奶溅到餐桌上了。

每次只要凯瑟琳在场,蒂比就总是不好意思拒绝照顾她,但这次她要克服内疚心理。

"我真想马上上大学。"蒂比咕哝着,虽然假装是对自己说的,但其实不是这样。这不是她的心里话,但她就是想让妈妈听了不自在。

半个小时后,蒂比拿着一大堆纽约大学的指南和小册子坐在后门廊边,凯瑟琳则在后院里蹒跚着跑来跑去。刚才吵架把她的好心情全毁了,她坐在地上情愿盯着虫子看也懒得仰望蓝天。

最后,凯瑟琳一个人玩腻了。她跑到蒂比面前。

"你想爬到树上摘苹果吗?"这是目前凯瑟琳最想干的事。

"哦,凯瑟琳,不能这样。你为什么就非要那些苹果不可呢?它们不好吃,它们还没熟呢,就算熟了,也是又硬又酸难吃得要命。"蒂比的语气像足了那种一脸不耐烦、不等孩子提完要求便忙不迭地说"不"的父母,这太可耻了。

"你吃过树上的苹果吗?"凯瑟琳问她。

蒂比的确一个也没吃过,但她不想和一个三岁小孩多费唇舌。"我告诉你,它很难吃。如果好吃的话,我们为什么不吃它们非要到 A&P 超市买苹果呢?"

凯瑟琳听到这种逻辑似乎很郁闷:"我还是想摘一个。"

蒂比坐在那里看凯瑟琳踮着脚摘苹果。她太小了,即便是最矮的树枝她也够不着,但她反而越挫越勇。她退后到树干的十米之外,然后全力冲刺跳起来。可她毕竟太弱小,无论怎么努力也无济于事,蒂比看得心疼。

凯瑟琳又退后准备再来一次。这次她退得更远,以便加快冲刺的速度。她架起两只小手臂准备冲刺,小模样让人看了忍俊不禁。老实说,可爱至极,蒂比看了都恨不得去拿摄像机。

但与此同时,蒂比却大为恼火,她的怒火越烧越旺。蒂比倒不是不想带妹妹,她只是生妈妈的气。她觉得如果让自己进入凯瑟琳的世界,就差不多表示她喜欢带孩子了,她不想那样。

所以蒂比只是看着。凯瑟琳没完没了地跳着。她为什么就这么想要那该死的苹果呢?蒂比想不通她的小脑瓜子是怎么想的。

不过,蒂比想起了自己小的时候,那时她也喜欢像凯瑟琳这样跳,冲刺,再跳,小小的蒂比以为自己几乎可以展翅高飞——小孩子总是不切实际,心比天高。

布丽奇特一到足球训练营,第一件事就是找戴安娜。她们打过电话,写过很多电子邮件,但自从离开下加州之后,布丽奇特有两年没见过戴安娜了。两年前,布丽奇特在这里经历过很多人很多事,唯一的快乐记忆就只剩戴安娜了。

布丽奇特在宿舍一见到戴安娜,便尖叫着猛扑过去狠狠地搂住了她,差点把她整个人拦腰抱起。

"老天。"戴安娜盯着布丽奇特的脸,她退后几步,"你又变漂亮了。你长高了吗?"

"你长矮了吗?"布丽奇特回问她。

"哈哈。"

布丽奇特把硕大的野营包扔在铺位上。她不喜欢叠衣服或分类放衣服。她以前总是把东西往行李袋里一塞,但后来卡门帮她纠正了这个坏习惯。

牛仔裤女孩

　　布丽奇特再次拥抱戴安娜，并目不转睛地打量着她。两年前的夏天，戴安娜的头发是直的，可现在她扎了一头长长的细发辫。在布丽奇特看来，这美得简直惊心动魄。"看看现在的你简直美艳不可方物！你和迈克尔恋爱了吗？"

　　戴安娜回抱她："是啊，不过我住在这里，一天到晚与足球相伴。你懂的。"

　　"你还是有时间见迈克尔的，不是吗？你有没有他的照片？"

　　布丽奇特一看到戴安娜帅气的足球队员男友的照片，还有她搞笑的妹妹的照片，便情不自禁地大呼小叫连连赞叹。

　　"这里还有谁？"布丽奇特问道，狭窄的宿舍里还有第二张高低床。

　　"两个副教练。"戴安娜的神色变得暧昧起来。

　　"你见过她们吗？"布丽奇特问。

　　"吃午饭时见过。一个叫凯蒂，另一个叫……"她闭上眼睛努力回忆，"艾丽森。好像是这个名字吧。"

　　布丽奇特觉得不对劲了："她们人怎么样？"

　　"很好，不错。"

　　"很好，不错？凯蒂和艾丽森很好不错吗？"

　　戴安娜尴尬地笑了一下。

　　"到底是怎么了？"

　　"什么怎么了？"

　　"你怎么这副表情？"

　　"什么表情？"戴安娜仍然嘴硬，但却心虚地低下了头。

　　布丽奇特无法忍受。戴安娜是个诚实的姑娘。可为什么她现在变得不老实了呢？

　　戴安娜把手腕上的发箍扯下来用食指和拇指撑着玩："你还没有……和其他教练见面吧。是吗？"

戴安娜说话吞吞吐吐,而布丽奇特说话则像连珠炮似的:"没有,你呢?"

"也没有,一个都没见过。不过我看见……"戴安娜玩发箍玩得太出神,后半截话被她生生地咽下去了。

"谁?"布丽奇特追问。

"你很可能已经……"

"谁?"

"我敢肯定,你……"

布丽奇特火冒三丈。她抓住戴安娜戴手表的那只手腕,把它抬起来看了看手表上的时间:"八分钟后就是教练见面会,到时候我一定会知道你说的是谁。"

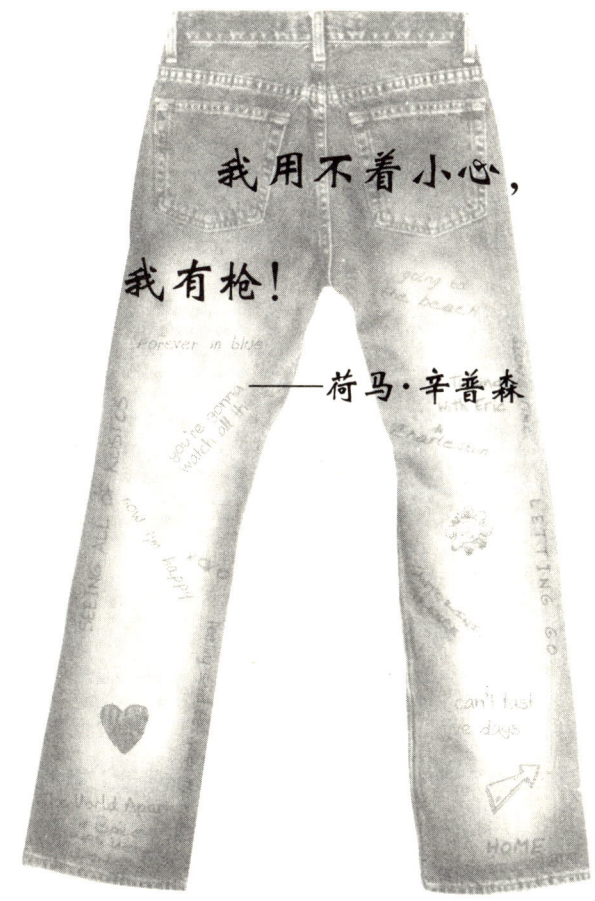

我用不着小心，
我有枪！

——荷马·辛普森

那天后来的时候,卡门一直坐在厨房的小餐桌前死死地握着那瓶孕妇专用维生素。

她坐着回忆,一些事渐渐地涌入脑海。妈妈在前几个月长胖了很多。卡门以为是心宽体胖,现在她才明白自己真是蠢得无可救药,怎么会这么没眼力呢?克里斯蒂娜的衣柜里悄无声息地多出了许多宽松的衣服,这种变化是显而易见的。她是不是还戒酒了?卡门回想了好半天。她是不是经常看医生?

有一次,卡门无意中偷听到妈妈和姨妈开玩笑,妈妈说背着孩子们藏东西真是太容易了,因为孩子长大后都自顾不暇,哪里还有心思翻看大人的东西呢?现在一想到这句话她就心里窝火,虽然那时她只是一笑置之。

她听见钥匙开门的声音——妈妈通常都是这个时候下班回家。卡门仍然坐着不动,她知道妈妈放下手袋后会到厨房里来。卡门没打算突然袭击,但她的行为却和突然袭击没什么两样。"嗨,宝贝。"克里斯蒂娜疲惫不堪地走进厨房。她以前上班绝不会穿套裙配球鞋,可最近她却不再讲究身份。现在卡门知道原因了。

卡门一言不发地握着瓶子。

克里斯蒂娜盯着瓶子，渐渐地，她开始意识到问题的严重性了。她瞪大双眼，脸上的表情从迷惑转为惊讶，继而再转为恐惧，最后是疲倦，然后再如此反复。

卡门决定打开天窗说亮话。"你多久了？"她尽量保持平缓、客观的语气，虽然她的心在狂跳不止。她知道妈妈肯定怀孕了，但还是希望妈妈能矢口否认。

克里斯蒂娜挺直腰杆，似乎想摆出一个强势的防御姿态。她可能想了几种姿势，但是，面对着卡门的眼神，她最终还是泄气了，连深红色的衬衫顿时都变得皱巴巴的："五个月。"

"你开玩笑。"噢，居然会这样，"你打算瞒我到什么时候？"卡门摆出一副兴师问罪的模样。

"卡门，亲爱的。"克里斯蒂娜坐在卡门对面。她想握住卡门的手，可卡门把一只手垫在屁股下，另一只手则死死地捏着维生素的瓶口。克里斯蒂娜只好把手收回。她沉默了半晌，终于调匀了呼吸："听我解释好吗？这很复杂。"

卡门耸了耸肩，又点点头。

"大卫和我都很想生孩子，我们谈过很多次。他和我不一样，他这一生从来没享受过天伦之乐。我们都不知道我是不是还能怀孕。不过我们都愿意试一下，生命本短暂，如果不试一下就太可惜了。"

卡门恨透了什么"生命本短暂"这样的理由。她觉得这是借口史上最烂的借口。如果你觉得"生命太短暂"所以硬要去干点什么事的话，你迟早会发现生命其实很长，长得足以让你自食恶果。

"我们以为怀孕起码得一两年，如果我还能行的话，"克里斯蒂娜接着说，"我们从来都没想到居然会这么快，毕竟我都快四十一岁了。"

卡门深表怀疑，她把头扬得高高的。她一边听，一边计算妈妈怀孕的时间是在婚礼前还是婚礼后。这个时间太巧了，前后都说得通。

"我真没想到我怀孕了,直到差不多三个月时我才意识到。我简直不敢相信。那时我就想该怎么告诉你。可我又觉得那时不能告诉你。这太……复杂了。"

"复杂"!多么恶心的字眼!政客的术语。

"那时你要考试,还要写高中毕业论文,接下来就是毕业。"克里斯蒂娜握着手继续说道,一脸的哀怨,"这些都是你的大事,我不敢告诉你怀孕的事,我怕影响你。"

"你要等到快生孩子了才告诉我吗?"

克里丝蒂娜终于受伤了:"我本来打算这个周末告诉你。"

"你知道胎儿是什么吗?"

"你指的是男孩还是女孩?"

卡门点点头。

"不知道。我们想等到孩子出生后自己去看。"

卡门又点点头,她知道会是个女孩。肯定是个女孩。

"我猜,预产期大约……"卡门已经计算出了预产期,大约就在她生日前后,不过她还是等妈妈亲自说出来。

"大约在九月底。"克里斯蒂娜缓缓说出答案,她脸上的恐惧越来越强烈。

从理智上来讲,卡门知道这事不管从哪方面来看都是个好消息。克里斯蒂娜已经有了全新的生活。从七年级开始,卡门就害怕上大学。她想象她的单身母亲一个人待在家里,孤零零地吃冷冻食品,日复一日。可看看现在,等她九月上大学了,幸福的妈妈可以和大卫一起迎接新生婴儿。

而且,卡门一直都很羡慕别人有兄弟姐妹,现在她终于也能有妹妹(或弟弟)了。如果她成熟善良,她肯定会为妈妈感到高兴。她会祝福甚至会拥抱妈妈。但她不够成熟,也不够善良。她本可以了解真正的自己,有太多太多这样的机会,可她却通通扔掉了。

"从某种程度上来说,这很方便。"卡门像机器人一样说着,好像她完

全不在乎似的,"你可以用我的房间当做育婴房,不是吗?等我前脚上大学,宝宝后脚就出生。计划得真周到啊。"

克里斯蒂娜的嘴角不住地颤抖:"这不是什么计划。我们从来就没有像这样计划。"

"你甚至可以把两个生日派对合二为一。多有意思的巧合啊。"

"卡门,我并不觉得这很有意思。"克里斯蒂娜的目光诚挚而坚定,"这是个很正经的事,我知道你的感觉肯定很复杂。"

卡门别过头去。她知道自己像个神经病。她从妈妈忧心忡忡的眼神里就看得出来。卡门的抱怨牢骚和喋喋不休的刻薄话是有名的。克里斯蒂娜摆出一个迎接暴风雨的姿势,这说明她已经准备接受无情的鞭笞了。

卡门不想说任何话,所以更不会指责妈妈。

是的,卡门的确很愤怒,这么大的事他们居然瞒着她。一想到此,她便怒眼圆睁,此时此刻,卡门真怕自己会把脸气爆了。

她默默地把维生素瓶递给妈妈,然后起身离开。本来她还犹豫要不要告诉妈妈瓶子先前掉到马桶里去了,但现在她只是走出房间。她想,就让妈妈毫不知情地继续吃吧。

卡门现在恨透了自己,但她更恨的是妈妈。

噢,卡卡:

在所有人里面,我是第一个不敢祝贺你的。以前总有一些烂人提醒我,说我曾经总说多么想要一个弟弟或妹妹。我发誓,我是不会这样对你的。我理解你的痛苦。我的意思是,他们怎么就不能只养条狗呢?

我希望这盒奥利奥能让你好过点,至少能快乐一小时——把它吃了再郁闷吧。知道我为什么要给你准备这份特别的惊喜吗?——这是因为我特别爱你!

蒂比

普林谷足球学校的餐厅弥漫着一种怪异的气氛。布丽奇特被吓出一身鸡皮疙瘩,她高度警觉。她有一种预感,但她不敢想——不敢把它付诸文字或画面。或许她确实希望预感会实现,只是不敢存有这种心思。也许是这样吧。

餐厅是一间木屋,从地板到天花板全是多结的松木。墙面是大块的木板,地面铺的是中等尺寸的木板,而天花板则是薄木板。教练、指导员、管理员等一帮人鱼贯而入。营员明天才到。看着这一张张陌生的面孔,她觉得似乎在哪里见过他们。她的紧张使她成为了隐形人。她看别人看得太出神,完全意识不到别人也在看她。

"布布?"

戴安娜的声音在身后响起,但她没有回头。戴安娜是一个真正的朋友,可她没有告诉布丽奇特她想知道的东西。所以布丽奇特得自己找答案。

餐厅一边摆着一条长桌。上面摆着苏打水和一台硕大的咖啡机,还有几碟超市买来的曲奇,另外就是麦片和葡萄干。

她的心为什么狂跳不止呢?是因为恐惧还是因为期待?她的脚趾死命地抠着拖鞋,把脚都抠麻木了。

布丽奇特感觉左肩后有一个人,一个对她极其重要的人。她不知道这是第几感告诉她的。他离她很远,她既碰不到他,也感觉不到他的体温。他在她身后,她更没法看到他。不过,她转身一看,一点没错。

她的眼睛正在努力地找焦点。是他吗?当然是他!嗯,又不像。

"布丽奇特?"

没错,就是他。黑漆漆的卧蚕眉下,闪烁着一对深褐色的眼眸。他变了,脸比以前更成熟,个子也长高了。不过,他还是以前的那个他。他吃惊吗?高兴吗?或者还是内疚?

出于自卫,布丽奇特用手捂住了脸。

他做出一个准备拥抱的姿势,可两人之间的隔膜太深,他似乎不敢轻举妄动。

　　她该说点什么了,可她口不能语,只能这样默默地望着他。她以前在别人面前一向都是直来直去,从不掩饰自己。

　　"你好吗?"他问她。她才想起他是个诚恳的人。这是他的一个优点。

　　"我——我太意外了,"她实言以告,"我没想到你会在这里。"

　　"我知道你会来。"他清了清嗓子,"我是指这里。"

　　"你知道?"

　　"几个星期以前,我就收到了营员名单。"

　　"噢。"布丽奇特暗骂自己为什么没仔细查邮件。她最讨厌表格(要填母亲的姓名、职业等等),从这个足球训练营到布朗大学,有太多的表格需要填。

　　所以,他知道她会来。她一无所知。如果她知道会怎么样?那她还会心甘情愿地跳入这个四处都是埃里克·里奇曼的夏天吗?毕竟,埃里克曾让她心碎神伤。

　　他一直像老朋友一样在她心里占据着一席之地,从某种程度上来说,这很神奇。她对他始终难以忘怀。在这两年里,在布丽奇特的心中,埃里克不仅代表他自己,同时也代表布丽奇特所有的错综复杂、难以言述的感受。

　　他小心翼翼地看着她。当她的目光与他相遇时,他微微一笑:"我听说你过得还不错。"

　　她只看到他的嘴唇在蠕动,但什么都没听见。她不想掩饰。"我指的是在足球方面。"末了他加上一句。

　　她忘了自己身在足球训练营,忘了自己是来踢球的。

　　"我很好。"她说道。她甚至都不知道自己在说什么。但她又说了一遍,因为她喜欢这种重复的感觉。"我很好。"

躲在树下反而更容易被雷劈。所以不如站在空旷的地方，掷拳于天空大吼："去死吧，风暴！"

——约翰尼·卡森

牛仔裤女孩

在卡门的这一生中,唯一没有微笑着祝贺她即将有妹妹(或弟弟)的成年人只有莉娜的奶奶——瓦莉娅·卡利加瑞。莉娜家的厨房光洁照人,卡门坐在餐台旁,瓦莉娅则坐在早餐桌边,卡门对她充满了感激之情。

事实上,瓦莉娅这几天无心聊天。卡门坐在这里等莉娜从餐厅下班回家,瓦莉娅仍然穿着紫色浴袍,她板着脸看了一眼营养麦圈盒,然后踽踽着向黑漆漆的书房走去。她在书房里打开电视,声音开得震天响,尽管隔着两间房,可电视里的每句话卡门都听得一清二楚。这是一部肥皂剧。不用看就知道,德克把未婚妻蕾文扔在教堂做了逃跑新郎,神奇的是,第二天蕾文的双胞胎妹妹萝冰也不见了。

卡门觉得这部肥皂剧太狗血了,因为这不是她的菜。她喜欢看的肥皂剧——自一月份她被威廉姆斯大学预录取从而不用做家庭作业之后,她就疯狂地迷上了肥皂剧——《猛男与美女》。那部电视剧里的台词精妙多了,没有哪一句会像这部电视剧的台词那样脑残。只要看《猛男与美女》,卡门的目光永远都只会盯着一个男演员,他叫瑞恩·亨尼斯。他是当之无愧的美男,帅得惊天地泣鬼神,不管朋友们怎么笑她花痴,他始终都是她的最爱。他是个好演员。真的,他的演技太精湛了。他在拍肥皂剧之前,曾拍过好几部莎士比亚的戏剧。至少,昨晚卡门在A&P超市等蒂比买健怡可乐时看到《肥皂剧文摘》上就是这么写的。

卡利加瑞家的门打开了,旋即又关上了,一分钟后,莉娜和她妈妈出现在门口。

"嘿,卡卡。"莉娜刚从伊莱特餐厅下班,脸上汗涔涔的。阿里穿着工作装。

"嗨,上班感觉怎样?"

莉娜翻了个白眼。

"至少你有工作。"卡门实话实说。

"工作找得怎么样?"阿里从冰箱里拿出凉水壶给自己倒了一杯水。"谁还要?"她举起凉水壶。

"不,谢谢。"如果卡门要什么,她会自己去拿的。九月姐妹一向都把彼此的家当做自己的家,从来无须客套。"找工作……呃……不太容易。我,呃,今年夏天不大想做保姆。"卡门知道如果不主动交代,阿里肯定会没完没了地问下去。"不过我在A&P超市看到这则招聘老人陪护的广告,是照顾一位老太太,每周去五个下午。那位老人可能是盲人,所以工作内容多半是读东西给她听。我打了这个电话还留言了。"

阿里重重地把玻璃杯放在大理石餐台上。莉娜扭头看了妈妈一眼。"你知道,"阿里说道,她的眼神变得生动起来,"这真是不可思议。我一直都在想给瓦莉娅找个陪护。她需要一个人帮她跑腿打杂写信,也许还得带她去看医生。这个月我可再不敢请假了。"

卡门点点头。

"我希望莉娜或艾菲能帮得上忙,可她们这个夏天都找到工作了。"

卡门尽量保持淡定,她不想对莉娜摆出一副兴师问罪的模样。

阿里不可一世地把玻璃杯放进水池。"那份广告上提供的报酬是多

少？"她越说越来劲了。

"时薪八美元。"

"如果你每周照顾瓦莉娅三十个小时左右,我付你时薪八美元半怎么样?我们可以一起安排一下时间。"

卡门低头望着手指上斑驳的指甲油陷入了沉思,这一刻,她从一个没有工作、成天无所事事的人变成了一个有工作的人。报酬还不错。不过让阿里付钱给她还是有点别扭。但对阿里来说,请卡门总比请陌生人放心。老实说,莉娜的家宽敞通风,那个老太太的家里很可能闷热不堪,相比之下,还是在莉娜家上班舒服。

"嗯……"卡门在餐台上敲着食指,"好吧,为什么不呢?"

"太好了。"阿里说道。

在此之前,卡门没有看到餐台对面的莉娜。莉娜一直背对她妈妈面对卡门,眼睛瞪得如铜铃般大,嘴唇做出"不"的口型,食指还不停地在脖子上比画着。可卡门却没看到。一切已经太迟了。

莉娜把卡门拉到自己的房间关上门后,终于忍不住爆发了。

"你疯了吗?"

"哦,莉娜,到底怎么了?"

"艾菲和我四月中旬就开始找工作,你知道是为什么吗?我俩都恨透了工作,你难道还不明白吗?"

"因为……你们闲得慌?"

莉娜发疯般地摇头。

"因为……你们不关心甚至讨厌刚刚失去丈夫、孤独无助的奶奶?"

"因为瓦莉娅是个噩梦!"莉娜几乎吼了起来。

幸亏瓦莉娅有点耳背,卡门暗暗想道。

"我的意思是,她是个多才多艺、了不起的女人。"莉娜正色道,"她真的很了不起。我们也很爱她。可现在她太可怕了!我丝毫没有怪罪她的意思。爷爷去世后她很痛苦。她觉得来美国和我们住一起很痛苦。她恨爸爸逼她来美国。她恨这个国家的一切。她还是喜欢待在希腊的老家和朋友们在一起。她现在脾气火爆得不得了。你还不明白吗？"

现在卡门才意识到自己有多傻，不过她还是想为自己辩护："也许你说的对，但也许我应付得来。"

莉娜摇摇头："相信我，你和瓦莉娅绝对是水火不相容。"

卡门眯起眼睛："你什么意思？"

过了很久之后，布丽奇特终于明白要想静下心来，最好的方法莫过于跑步。有时她会一声不吭地跑很远，一边跑一边陷入沉思，这样可以考虑问题。有时她只觉得疲倦，于是便可以什么也不想。

有时她觉得这样跑着跑着会豁然开朗，而有时她又觉得跑步只是跑步。不过，她仍在坚持跑步。

这一天她照例在晚上沿着崎岖不平的乡村小路跑步，路边长满了矮小的灌木，时值六月，树叶绿得几乎可以滴出油来。落日的余晖偶尔会映入她的眼帘，身后的车不住地对她猛按喇叭（是因为她在落日下跑步很危险还是因为她的秀发呢），她受够了，从小路上一跃而下。夜幕降临，别的女孩也许不敢在陌生的森林中穿行，但布丽奇特毫不在意。她知道她跑得快，几乎没人能追上她。而且这一带的熊是不会吃人的，她非常肯定。

她神清气爽。这片森林长的都是小树，树叶稀稀拉拉的，中间到处都是小路。布丽奇特沿着一道宽大而深邃的河床一路奔跑，她猜这里以前应该是一条河，脑海里不由得浮现出河水泛滥时自己在这里拼命挣扎的画面。她不停地奔跑着，直到思绪支离破碎，相互之间不再有任何联系。它们只能一掠而过。她无心刨根问底。她只是想想而已，并不想问为什么或怎么办。这是她沉淀心情的法宝。

现在，太阳完全落山了，布丽奇特知道最后一丝光很快就会消失。她

牛仔裤女孩

总觉得夕阳的最后一丝光有些像虚假的承诺。正前方脏兮兮的河床上似乎有什么东西。布丽奇特呼吸急促,大脑开始缺氧。那团模糊的影子离她不到20米,却让她心烦意乱,仿佛猫抓心一般。她放慢脚步,她不想看都没看清就一晃而过。她想躲开它,可与此同时,她又想勇敢地面对它。哦,她又开始问为什么或怎么办了。

她猜这是一只鸟,也许是鸽子。很明显,它已经死了,因为它弯曲的姿势很不对劲,它的脑袋似乎可怜巴巴地支在地上。布丽奇特快跑到它身边了。她不会停下来,她会继续往前跑,她会移开目光。不,这一次她绝不逃避。

等到差不多跑到鸟旁边时,她才蓦然发现,这根本就不是鸟。这是一只手套。一只被人遗弃在路边的灰手套,拇指高高竖起,看起来像极了鸟的头。

她一下子恍然大悟,松了一口气。身体和意识迅速镇定下来。

她继续奔跑着,天空渐渐抹上了一层斑驳的深灰色,此时此刻,一阵伤感袭来。虽然她明明知道路边那个扭成一团的东西是手套,可奇怪的是,她仍旧固执地当它是鸟。

如果阿里的车没有烧坏发动机,这件事就不会发生。这个夏天的结局也许会完全不同。

可星期四的下午,阿里的车却烧坏了,所以莉娜只得在星期五借了爸爸的车。她把爸爸送到他上班的公司就直接把车开到绘画班去了。这样很方便,事实上,当时爸爸身上的白T恤全湿透了。她离开爸爸后还心不在焉地想,从爸爸的公司到她的绘画班其实走几步就到了。可那时她并没有多想。

九、十点的时候,她深深地沉浸在画画的快乐中。安妮可叫模特安德鲁摆几个造型,每个造型只摆五分钟。画前几个造型的时候,莉娜赶得太急,手中的炭笔几乎没法勾勒出模特的轮廓。但过了一会儿之后,这五分钟开始变长了。虽然还是有紧迫感,但她渐渐地忘记了时间。这正如她前几天看到模特的裸体如坐针毡可后来却慢慢释然了一样(事后回忆时,莉娜恨死了羞得满脸通红的自己,这太幼稚了。对于班里其他老练的同学来说,安德鲁的裸体给他们带来的性冲动和莉娜的咖啡杯给他们带来的性冲动一样多)。

现在,莉娜仔细观察安德鲁的每一寸肌肤,她打量着他臀部的线条、小腿上结实的肌肉,不再有一丝羞怯。她聚精会神地画画,心中毫无杂念。控制手臂的肌肉直接与自主神经系统相连,她可以完全忽略大脑思维。莉娜气闲神定,渐入佳境。

下课铃声响起时,她吓得跳了起来,双肩忍不住颤抖着。莉娜讨厌这种感觉。她讨厌菲莉斯翻报纸的"哗哗"声,查理穿着人字拖走路的"啪嗒啪嗒"声。安德鲁又穿上浴袍了,真让人扫兴。各位读者可不要想歪了,莉娜不是那个意思,真的(真正的原因是,当安德鲁穿上绿色浴袍,之后又脱下浴袍时,莉娜又会盯着他的裸体脸红心热)。她只是想画画,她只是想保持观察裸体但又不产生任何邪念的状态。

莉娜若有所思地盯着空空如也的咖啡杯,她突然——几乎是抽象地——感觉到了快乐。哦,算了,快乐不是真正感觉出来的,它应该是探测出来的。严格来说,这也许不是快乐,也许它更像——宁静。去年夏末,她的宁静像烤牛肉一般被切成了碎片。她心烦意乱,怎么也无法安静下来,她以前从未有过像这样强烈的感觉。但这种感觉糟透了。

莉娜忆起了去年夏末初见卡门的继兄——保罗·罗德曼——时的情形。她想不到自己居然会对他来电。她以前从未对任何人这样一见钟情,甚至对卡斯托斯也没有这样。和保罗在一起的时候,就是第一次见他的那次,她发花痴了,她不可救药地幻想他们恋爱的情形。可等保罗离开后,她的幻想消失了,她一贯如此。她把自己浪漫的一面隐藏起来,过一段时间

牛仔裤女孩

之后，羞怯的一面便又一次战战兢兢地占据了上风。

现在，当她想到保罗时，不觉惭愧万分。在这一年里，她一直逃避许多东西，保罗便是其中之一。他是她躲着不敢联系的人之一。

二月时，她第一次听卡门说保罗的爸爸病了。她感到很难过，因为她想到了保罗。她很担心保罗。不过她没有给他打电话或写信，她是故意的。后来她又听卡门说保罗的爸爸病情加重，估计是好不了了。她不知道该对保罗说什么。

她不敢面对保罗的痛苦。她怕勾起保罗的伤悲。可与此同时，她又怕自己没能勾起他的伤悲。她最害怕的是和保罗提到他的爸爸之后，他们会陷入一种最尴尬的境地——无话可说，唯有沉默。

直到上这堂课，她才重新获得了平衡感。她拿着炭笔在硕大的画纸上画着，看着安德鲁，听着安妮可的指导，心情渐渐平复下来，归于平静。这就像一份超大号的礼物，她没法立刻收下。她需要费点力气才能全部拿下。

上课铃响了，她的心兴奋起来，又可以画画了。上课铃和下课铃是同一种铃声，前者让她爱，后者让她恨，这真是不可思议。

然后，致命的打击悄然而至。

正当安德鲁摆造型的时候，门以迅雷不及掩耳之势打开了，然而更悲剧的是，进来的人是莉娜的爸爸。最让人崩溃的是，门正对着模特的位置，而且安德鲁摆的造型——你肯定不会摆那种造型——从门那边看尤其淫荡，外面的人一冲进来，迎面而来的就是安德鲁的两腿之间，而且离得非常之近，简直可以看得纤毫毕现。可怜的莉娜根本没有意识到这所有的一切足已挑战爸爸的底线，她浑然不觉，仍然不知羞耻地凝视着安德鲁。

等到爸爸的声音如惊雷般炸响时，她才恍然大悟。爸爸一步一步逼近她，莉娜手足无措，她嗫嚅了好半天。

"爸爸，你——"

"爸爸，你别——"

"爸爸,别这样,听我说——"

她连着说了好几个句子。接下来,爸爸用手钳住她的手臂死命地把她往门外拖,强迫她远离安德鲁。

安妮可慌忙追到楼道里。"到底怎么了?"她镇定自若地问。"我们走!"卡利加瑞先生咆哮道。

"你走吗?"安妮可问莉娜。

"我不走。"莉娜的声音小得像蚊子哼。

卡利加瑞先生用希腊语吼了三四句话,然后才开始说英语:"我不会让我女儿在这种……这种班上学画画,你们这里居然会……而我女儿,她——"

莉娜知道爸爸当着她的面不好意思说出这些必要的描述性字眼。爸爸是个老古董,在这方面极为保守。自从爷爷去世后,他的保守程度甚至还加深了。不过在这以前,他对莉娜的管教已经够严了,莉娜的任何一个朋友的爸爸都没他这么古板。他从来不让男孩子上他们家的二楼,甚至她的弱智表哥也不能。

安妮可保持镇定:"卡利加瑞先生,您和莉娜能和我一起坐下来谈谈这个绘画班的学习模式吗?就几分钟?也许这样有帮助。您必须知道,几乎所有的艺术课都提供——"

"不,没什么好谈的,"卡利加瑞先生打断她,"我女儿不会上这种课。她不会再来了。"

他把莉娜拖进楼道,再押着她走上人行道。他一路唠叨着,说什么他们公司临时决定要他去开会,所以他来这里找莉娜要车,结果一看——这是什么乌七八糟的课!

莉娜好不容易才脱身,她站在火辣辣的阳光下,头昏脑涨,那种失去平衡的感觉又来了。

这就像，它还能更黑一点吗？答案是不能。已经黑得不能再黑了。

——《摇滚万岁》

卡门星期一下午一两点钟时到了卡利加瑞家,她一进门就给瓦莉娅泡了一杯茶,瓦莉娅正在书房看电视,她把茶端进书房。

卡门暗笑,这能有多可怕呢?

"难喝死了,"瓦莉娅才尝了一口就几乎要吐出来,"你在里面放了什么?"

"呃,茶叶,"卡门很有耐心,"还有蜂蜜。"

"我说了要放糖。"

"糖碗空了。"

"糖和蜂蜜不是一回事。美国的蜂蜜哪是人喝的?"

"其实你可以尝尝。"卡门刚一说完就意识到这话太不委婉了,"算了,我再冲一杯。"她把茶杯拿回厨房,从食品柜最上层取下一盒多米诺白砂糖,把它倒进糖碗。

她得再次烧水,等水开的时候,她的思绪飘到了九月。那时妈妈快临产了,一想到此,她不由得打了个寒战。之后便是新生儿派对,她可以想象自己的房间到时会堆满祝福,但这些祝福并不属于她。

以前想到九月时,她想的是自己上大学,一边打开行李一边和室友第

一次见面的情形。现在,她满脑子里想的只有自己离开家后家里发生的一切,一想到此,她就觉得那时的自己仿佛已经去世,或者是从未出生过。

她以前很期待上大学。威廉姆斯大学是她梦想多年的大学,它是美国最优秀的大学之一,也是爸爸的母校。虽然和朋友们分离很痛苦,但大学是她真正向往的地方。可现在她为什么不再向往了呢?

她很生气。事实上,让她生气的不是妈妈腹中的胎儿。她怎么能这样呢?她也不是生妈妈的气。好吧,她承认她还是有点生妈妈的气,可这并不是她愤怒的真正根源。她生气是因为她无法再勾勒自己将来的生活,她生气是因为妈妈和这个宝宝不仅偷走了她的未来,还把她扔进了过去。

不知不觉,卡门的眼中溢满了愤怒的泪水。出于条件反射,她从墙上取下电话。

"嘿,是我。"她对蒂比说。

"你没事吧?"蒂比问她。知卡门者莫如蒂比也。卡门才说了三个字,她就能猜出卡门的心情。

卡门可以听见电话那头尼奇大嚷大叫的声音:"还行。你好吗?"

"尼奇,你能去其他房间玩吗?"蒂比移开电话喊道。"瓦莉娅好相处吗?"她拿过电话问卡门。

"她——"

突然,电话里响起了刺耳的"哗哗"声:"蒂比?"

"哗哗,哗哗,哗——哗。"

"喂?"

"好像是调制解调器的声音,"电话里的杂音太大,蒂比只能大声吼着说,"肯定是你那边的。"

卡门挂上电话去了书房。证据确凿,瓦莉娅已从电视旁移到了书桌前,她神气活现地握着鼠标,那架势就像开赛车一样威风。卡门目瞪口呆地看着瓦莉娅娴熟地打开一系列的菜单,直接杀进实时聊天对话框。她可能在用希腊语和朋友聊天,因为卡门一个字都看不懂。卡门在卡利加瑞家混了这么多年,没吃过猪肉也见过猪跑,虽然她不会说希腊话,但希腊文长什么模样她心里还是有数的。

卡门应该帮瓦莉娅处理信件吗?在这之前,她还以为这里有一大堆皱巴巴的航空邮件和蓝色信封。

"怎么了?"瓦莉娅板着脸转过头来,她肯定感觉到卡门在盯着自己蓬着一头乱发的后脑勺。

"没怎么,哇哦,你用电脑太熟练了。"卡门决定成熟一点,她不想指责瓦莉娅霸占了电话线害得她没法和蒂比聊天。

所以,她只能坐在舒适的电视椅中,心不在焉地拿着遥控器开始换频道。《猛男和美女》七分钟后开始。她倒在椅子里把重重的脑袋靠在椅背上。陪护的工作就是让瓦莉娅在网上和她的希腊朋友聊天,而自己可以看一整个夏天的肥皂剧,最妙的是,还可以白拿工资。这活有那么可怕吗?

"不是那个频道。"瓦莉娅转过头来,手仍然放在键盘上。

"你什么意思?"

"我喜欢七频道的《隔离的世界》。"

"可你没看电视,你在电脑上聊天。"卡门听见自己的声音高了八度。

"我喜欢听。"瓦莉娅理直气壮。

"可我喜欢看。"卡门毫不示弱。

"你和我到底谁是陪护,谁是主人?"

见鬼。卡门觉得瓦莉娅的样子简直可以吃人。她的脸不禁涨得通红。"嗯,那么,你可以下线吗?你占住了电话线。"卡门脱口而出,她的口气一点都不成熟。

Tibberon:和那个老古板相处得怎么样?

054

Carmabelle:哦,不坏吧。何止是不坏,简直是没一点好。你懂的。

"你一喝完冰沙就马上告诉我,不许隐瞒一丝一毫。"

蒂比得意非凡。她就是喜欢看到卡门迫不及待的样子。她把塑料杯里粉红色的冰沙摇匀。

"嗯,一开始的时候我们跳舞——"

卡门把手一挥:"不,不,从前面开始讲。我要听最开头的。我要听整个经过,每一个细节。"

蒂比自顾自地笑起来。她喜欢老乔治敦路上的冰沙店,她喜欢坐在太阳伞下让阳光亲吻着她的小腿。蒂比交叉双腿,让脚上绿色的塑料凉拖滑落在炙热的人行道上。事实上,她想将每一个细节、整个事情的来龙去脉都告诉卡门。这让她觉得仿佛旧梦重温一般。"好吧,从我家开始讲起。门铃响了,凯瑟琳打开门。他穿着西装还打了领带——西装的手臂那里短了点,而且肯定是廉价货,可是,但可是,简直是帅气逼人啊。而且他——"蒂比真希望她的脸上没有泛起红晕,可对此她无能为力:"还带了一束花。是粉红色的康乃馨,丑得要命。你知道的,只有小男孩才会买的那种花,不过我很喜欢。"蒂比得停下来喘口气,不然她会晕死过去。

就在这时,她的草编袋下面传来了手机微弱的铃声。蒂比拿出手机,眯着眼看了一下号码,这是妈妈的手机号码。

"喂?"

一开始没人说话,她听到那边闹哄哄的,然后她听见妈妈对别人说话,声音很反常。

"喂?"

"蒂比?"妈妈的声音变得刺耳。

"你没事吧?"

电话那头传来了妈妈的哭声。

"妈妈,你没事吧?到底怎么了?"蒂比觉得一股冰凉的肾上腺素涌入她的血管。

"宝贝,你爸爸和我——"爱丽丝说不下去了,她泣不成声。蒂比可以听到爸爸在电话那头的咆哮声。

蒂比穿上凉拖站起身来:"妈妈,求你了,快告诉我到底怎么了?你吓坏我了。"

妈妈过了一会儿才调匀呼吸,蒂比以前从来没听过妈妈这样失态的声音。她的大脑高速运转起来,各种可怕的可能突然涌上心头,她绕着桌子踱来踱去。

"怎么了?"卡门焦急地问道。

"我们在医院,凯瑟琳受伤了。"爱丽丝顿了顿,再次调匀呼吸,"她从窗子里掉出去了。"

蒂比呆若木鸡,大脑一片空白,浑身一下子变得冰冷,肋骨下方开始涌动着一股不可抑止的恐惧:"她——没事吧?"

"她还有意识,她——"妈妈虽然仍在哭泣,但她的声音还是充满希望,"这是个好现象。"

"需要我过来一趟吗?"蒂比问。

"不,你还是回家照顾尼奇吧,好吗?"

"好,我马上走。"现在蒂比也开始泪流满面。卡门也哭了起来,虽然她根本不知道发生了什么事。

蒂比鼓起所有的勇气,她必须问一个问题。但她太害怕了,只有等那头的电话挂了她才有勇气问。

"从哪扇窗掉出去的?"

工间休息,莉娜坐在餐厅后门的台阶上。餐厅里面太热了。她浑身黏糊糊的,围裙上溅了几滴番茄酱,看起来像滴了血似的,仿佛她刚刚手起

刀落宰了一位叽叽歪歪的顾客。

她讨厌这份工作。她讨厌这些劣质食物——都是急匆匆地扔进大锅里煮出来的;她讨厌不停地翻台;她讨厌绿颜色的塑料包厢,还有咖啡盘上摇摇晃晃的咖啡杯,害得她总把滚烫的咖啡泼到围裙上去。餐厅里有一整面墙上都画着帕特农神庙壁雕,可是画得太拙劣了,她看了都替它难过。她讨厌这里的假窗户和假常春藤,还有那个耳鬓斑白的餐厅经理安东尼斯也让她恶心,那人找莉娜聊过几次,都是自恋似的自说自话,但他却仍然以为莉娜会说希腊话。

她情愿坐在后门的过道里闻垃圾箱散发的臭味,只要不待在餐厅里,她需要一个人静一静。找她搭讪、抱怨的客人太多了,她不断地受到骚扰。就算是彬彬有礼的客人也总会招手叫她过来,色迷迷地盯着她,故意支使她去拿这拿那。

有些人话太多了,恨不得和别人从早聊到晚,可莉娜不喜欢这样。想想去年夏天在芭莎服装店打的那份工,其实也挺美好的,起码在那里工作相对安静一点。

这份工作是爸爸逼着她做的,他还亲自把莉娜推荐给伊莱特餐厅的老板。爷爷奶奶在希腊就是开餐馆的,爸爸从小在餐馆长大。自去年夏天爷爷去世后,爸爸便对餐馆产生了深厚的感情。

爸爸穷极大半生都在和爷爷作对,他痛恨他生长的环境。所以,他抛弃了餐馆而选择了法学院。他还把自己的名字由乔戈斯改为乔治,他坚持做美国人,甚至还不屑教女儿希腊语。可万万没有想到,爷爷一去世,他便开始把爷爷以前强迫他重视的东西视之为珍宝。在莉娜看来,这太可悲了。

"开餐馆是非常实在的。"爸爸几次都对莉娜这样说,言外之意即当艺术家华而不实。"这是个好行当。"他这样说道。莉娜也知道爸爸说得没错,但这是对他人而言的。莉娜想不通,爸爸怎么就不能断了这念头,想想她喜欢做什么呢?他真的以为莉娜将来会继承祖业开餐馆吗?他怎么就不明白莉娜真正喜欢的是美术呢?

四天前在绘画班上发生那场灾难后,她就再也没有回去上课了,她非常想念那里。如果有上课这个念想,她还是可以忍受这份工作的。如果能够画画,她可以忍受瓦莉娅大呼小叫,可以忍受父母在家里剑拔弩张。可现在不能画画,她的一颗心只能下沉,不断下沉。

也许她可以上其他的课,那里还有金工制作、综合画法和一种叫做"三维式性别问题研究"的课程,但她心里明白自己对这些没兴趣。她对哲学或政治这方面的艺术尤其没兴趣。她不是什么先锋派艺术家,她也无意于颠覆什么规则。她只想像安妮可那样画画。

四月份的时候,她去国会大厦街拿暑假兴趣班的申请表。一进画廊就看到了很多引人注目的展品,不过看起来都很怪异,莉娜根本没心思看。后来,当她走到办公室旁边的角落时,看到墙上有一幅构图简洁的画,意境颇为静谧。这是一幅人物画,上面有一个年轻女人用一只手往后拨弄秀发,人物的表情很平静,但却有一种别样的美。莉娜只看得喉咙发干,一股热血从头扑到脚。这幅画不仅表现出了种种复杂的细节和画家纯熟的技巧,而且它还很有感觉,一笔一画都透着一股优雅的气质。莉娜知道这就是她一生的目标。

莉娜眯着眼睛看龙飞凤舞的签名,她终于在小册子上找到了这位老师的名字——安妮可·玛奇恩德。莉娜径直走进艺术学院的办公室,当即就报名参加了安妮可·玛奇恩德的人物绘画课。她难得这么冲动,只凭着一幅画,她就爱上了安妮可,而那时她们连面都没见过。

"下班了。"三点半时安东尼斯宣布午班结束。莉娜把椅子搬到桌上去,以便杂工拖地。然后她就得面临回家的恐惧了。她很爱瓦莉娅,这也正是乖戾的瓦莉娅让莉娜难过的原因之一。

莉娜没有搭往北的巴士,相反,她却坐上了去南边的巴士。下车后她走过一个街区到了国会大厦街的艺术设计学院。她并不是回去上课,她只

是想找安妮可说几句话。

才刚刚开始上课。即使只看看这间工作室,闻闻它的气息,莉娜也会兴奋起来。安妮可转身看到了莉娜,她又惊又喜立即摇着轮椅过来。

"见到你真高兴。"她说。

"我不是来画画的。"莉娜说道。

"为什么呢?"

"呃……因为我爸爸的原因,"她指了指安德鲁那边,"我爸爸是个老顽固,他不会改变主意的,而且他还把大部分学费要回去了。"莉娜低头看着自己的手指,指甲被她咬得光秃秃的,"我只是想过来对你说声'谢谢'。"

"谢我什么?"安妮可问。

"谢谢你教我画画。虽然我没上很长时间的课,但我知道你教得很棒。"

安妮可叹了一口气:"听着,我得上课去了。你为什么就不能多待一会儿呢?等下课后我们再聊。你可以在这里画画,如果你愿意的话。我有多余的画纸和炭笔,或者你也可以做其他的事,随便你好了。等下课后我们再聊。"

"好的。"莉娜说道。其实她并不想走。即便是待在这里浇花她都愿意。

安妮可把笔和纸放到一张空着的画架上。这和在瘾君子面前放毒品没什么两样。它曾经是莉娜的画架,所以现在才没人用。开始的时候,莉娜只是站在教室后面看同学们画画,可到了后来,她盯着炭笔手指发痒。她偷偷溜到画架前,起初她只敢用眼神在画纸上勾勒。犹豫良久后,她终于抓起了炭笔,逐渐忘记了时间。下课铃响了。

安妮可走了过来。"画得真好。"她看着纸上的安德鲁摆的三个造型,由衷地赞叹道,"我们出去聊聊好吗?"

"好。"莉娜本来以为她们会在走廊里谈,可安妮可却带着她走进大厅,上了一个斜坡,然后进了一间院子。安妮可把轮椅摇到一张长椅前,莉娜坐在长椅上。风吹过来,山茱萸树沙沙作响,庭院中一座小喷泉不断地喷涌出珍珠一般的水珠。院子里还有各种雕塑和拾得艺术品①,其中一个是用一堆汽车轮胎摆成的圆圈。

"你画安德鲁觉得尴尬吗?"她问。安妮可有一头漂亮的红发,在阳光的照耀下这头红发越发迷人。你可以看到橙色、金色、栗色甚至还有粉红色。莉娜估计安妮可还很年轻,很可能不过二十七八岁,她的脸部线条柔和而妩媚。莉娜心不在焉地想着,她有男朋友吗?

"不,"莉娜说,"第一天我羞得无地自容,可后来那种感觉就淡了,渐渐地不再觉得难堪。"

"我以前也是这样的,"安妮可说,"你多大了?"

"十七岁,夏末时我将满十八岁。"

安妮可点点头:"我可以告诉你我的想法吗?"

莉娜点头。

"我想你应该上我们的课。"

"我也这么想,可我爸爸不这么想。"

安妮可把手放在车轮子上,她似乎准备走了。

莉娜很想知道,她很多次都这样问自己,安妮可为什么会坐轮椅呢?她是天生残疾?还是小时候和正常的孩子一样本来都是有腿的?她是不是曾经惨遭横祸或者是得过什么病?现在她能做什么?什么又是她不能做的?如果她想要孩子,她能生吗?

尽管莉娜有一肚子的疑问,可她不敢问。她按下好奇心,强迫自己不要问这类问题。一个人如果把她的痛苦和不幸遭遇讲给每个人听,她和他人之间的距离便会迅速拉近。而且,对他人的不幸不闻不问似乎是一种冷漠甚至是懦弱,这样只会刻意地保持距离,莉娜恨自己的懦弱。

安妮可把轮椅往后摇,然后又摇到了前面一点点,仍旧停在原地。"你应该听从自己的内心。"她说。

①译者注:用随手捡来的材料制作而成的艺术品。

莉娜不知道这是什么意思,是叫她回去上课还是叫她听爸爸的话,但她强烈怀疑是前者。

"我不知道该怎么付学费,这是第一个问题。"莉娜若有所思地说。

"我需要一个助手,"安妮可说,"你每天得帮我搭画架打扫卫生,包括拖地。不过你可以在这里免费学画画。"

"我愿意。"莉娜脱口而出,她还没意识到自己心意已决。

安妮可真诚地笑了:"我真高兴。"

"我不知道应不应该告诉爸爸。"莉娜喃喃道,这话有一半是说给自己听的。

"告诉他实情吧。"安妮可说。

莉娜耸耸肩,她知道自己不会采纳安妮可的这条建议。

如果不是因为

怕被别人拿走,我们

会扔掉许多东西。

——奥斯卡·王尔德

牛仔裤女孩

蒂比呆呆地坐在书房的椅子上,木然地盯着尼奇看卡通片。她好不容易想起一些事,可《猫和老鼠》中的打打闹闹又时不时地打乱了她的思绪。她全身酸痛无力,一想到凯瑟琳她的每根骨头都会隐隐作痛。她只让自己想凯瑟琳几秒钟,然后再想点别的,不然她会痛彻心扉。

尼奇仍然一无所知,他们都不想吓坏他。而蒂比则怕得要命,她发疯般地等着电话铃响,不过她只想听好消息。

蒂比从小就不信鬼神。在她还小的时候,她父母都是坚定的无神论者,他们整天都谈马克思的理论。现在蒂比不知道他们的信仰是什么。他们不再谈理论了。

可蒂比和他们不同。在蒂比看来,如果你爱的人,尤其是深爱的人去世了,你就必须相信有这种上帝的存在,而且你也只能这么想。贝莉的例子——通过她的生,而不是她的死——就活生生地证明了这世上肯定有某种超自然的神秘人物或事物存在。

蒂比一想到贝莉,就觉得这种理论更有道理了。因为那位智慧过人、急匆匆地把贝莉召回天堂的上帝也发现了凯瑟琳的美,上帝实在是太聪明了。蒂比生活的这个世界太世俗,容不下像凯瑟琳这样的天使。蒂比生活在这个世界没问题,可对凯瑟琳来说就太委屈了。凯瑟琳勇敢大度、纯真热情。如果她不能上天堂,那谁还有资格上天堂呢?如果蒂比有一天能上天堂的话,恐怕她只配站在角落里,而凯瑟琳和贝莉则可以和上帝一起跳波尔卡舞或兔子舞,甚至还有可能跳街舞。

"请不要带走她,"蒂比苦苦哀求,"她只有三岁,我们都深深地爱着她,没有她我们怎么活下去?"

蒂比的要求太自私了,她知道这是她的错。她房间里的窗户本来一向是关的,可她却心血来潮把它打开了。她为什么会这么做呢?她明明知道凯瑟琳想爬苹果树,她知道凯瑟琳就是从这扇窗户掉下去的:"上帝啊,我真的不是故意的,请相信我。"

这是一场意外。它太可怕了,但更可怕的是,它是蒂比故意不帮妹妹摘苹果而引发的。蒂比一向嫉妒怨恨妹妹。她以为这么小的孩子不会有什么真正的感情,所以她伤害了凯瑟琳。现在蒂比才明白,小孩也一样有真正的感情——很可能是所有感情中最真挚的那一种。

如果蒂比能给予凯瑟琳应有的爱,也许她就不会从窗户里掉出去了。如果蒂比能多关心凯瑟琳,能当时抱着她抓住苹果树的树枝,那么她就不会爬窗户。如果她当时没有想布莱恩想得出神,也许这一切就不会发生。

爱是最美好的安慰。尽管如天使一般可爱的凯瑟琳应该得到无穷无尽的爱,可蒂比却连百万分之一的爱都没给过。

"我真的爱她,上帝啊,我真的好爱她。"蒂比只希望能有一个弥补的机会。

电话铃响了,蒂比扑过去。

"蒂比?"

是爸爸。她拿着电话躲进厨房,她不想让尼奇听见。"爸爸?"蒂比浑身颤抖。

"亲爱的,她的情况正在好转。医生说她会好的。"

牛仔裤女孩

蒂比的泪水终于汹涌而下,她抽抽搭搭,胸口不断起伏,不住地颤抖着。爸爸在电话那头也哭了。

"我可以来吗?"她问。

"她正在照X光。她的头骨摔裂了,这是最严重的问题。她的腕骨和锁骨也骨折了。我们希望不会再有其他的问题。她现在可以说话,不过有点惊吓过度。我觉得你还是应该待在家里陪尼奇几个小时。等六点钟左右这边安顿好了你再把尼奇带来,好吗?"

"好的,不过我——我好想见到她。爸爸……"蒂比泣不成声。

"我知道,亲爱的,你等会就见到她了。"

"蒂比,是我,卡门。我们一整天都在担心你,莉娜叫我不要给你家打电话,可她自己却打了五次。听说凯瑟琳没事,我就放心了。我很想你,请有空给我打电话,我爱你。哔哔——"

"蒂比!是我,布布!老天,莉娜打电话跟我说凯瑟琳出事了,我现在还在发抖。不过她很快就会好的,我就知道会没事。给我打电话好吗?我爱你。哔哔——"

"蒂比,真不好意思,我都打过几次电话了,我是莉娜。我只是心里太急,她没事就好。我明天过来看她好吗?好了,我要挂了。我们都爱你。哔哔——"

"我看它就在眼前,然后我想去抓它。"凯瑟琳坐在医院的病床上靠着枕头,由于药物作用,她有点神志不清,但她还是很想给蒂比和尼奇讲她的历险故事。尼奇和蒂比两个人都交叉着双腿坐在床尾。

蒂比拼命点头,她极力掩饰心中的痛苦,凯瑟琳说的每一个字都让她心疼。望着凯瑟琳伤痕累累、缠满了绷带的头,还有石膏、吊腕带以及数不清的伤口和剐痕,蒂比心如刀割。可凯瑟琳似乎毫不在意,蒂比的心简直要碎了。

"我够不着,所以我爬上了窗户。"这时她的脸上才掠过一丝悔意,"我不应该爬,但我差点就够着了,所以我继续再往上爬。后来——"说到这里,她望着尼奇,"我摔下去了。"

尼奇听入迷了,他觉得妹妹酷毙了。"掉在地上了吗?"他激动地问道。

"一开始我还抓住了窗户,"她解释道,"我试着爬回去,但我的手指疼死了,而且吊在半空中实在不好爬。"

尼奇点点头,眼睛瞪得大大的,眨也不敢眨一下。

"我没法爬回去,后来我看见地上松软的草坪,我就掉下去了。"

"噢。"尼奇叹了一口气。

"可它一点也不软,我的头骨都摔裂了。"凯瑟琳滔滔不绝地说着。

"凯瑟琳!"蒂比听不下去了。她不敢想象当时的情景,一想到此她就头皮发麻。蒂比把头扭到一边强迫自己一定要镇定。等到她再回头时,她趴在床上握着凯瑟琳的两只赤脚,强作笑颜。"你是个坚强而勇敢的姑娘,你知道吗?"她又转身问尼奇,"不是吗?"她知道凯瑟琳最喜欢听尼奇表扬她。

"是的。"尼奇一本正经地答道。

"可是你必须答应我以后绝不爬窗户,好吗?"

"我答应过了,我已经向爸爸妈妈保证过了。"

蒂比把她的两只小脚丫按在自己的脸上,一边脸上按一只。她闭上双眼,心中五味俱陈——有心疼,有释然,还有内疚和悔恨。蒂比深深吸了一口气,强忍住眼泪。她不想让凯瑟琳看到更多的眼泪。

"布莱恩!"凯瑟琳大叫起来,几乎兴奋得手舞足蹈,对于一个刚刚在八小时前摔裂头骨的小女孩来说,这太不可思议了。

牛仔裤女孩

蒂比抬起头。她今天的心情本来已经够复杂了,现在更是乱成一团麻。

布莱恩心如刀绞,但他走过来小心翼翼地拥抱凯瑟琳时却强作轻松状。"我的凯蒂猫咪,你还挺完整的嘛,"他说,"运气不错。"

凯瑟琳眉开眼笑:"我是从蒂比的窗户上掉下去的。"

布莱恩飞快地瞥了一眼蒂比,但蒂比已在他的眼里读到了一丝爱怜:"我听说过了。"

蒂比不明白他是怎么知道的。他很可能是一听到消息就赶到医院来的。

蒂比放下凯瑟琳的小脚丫,布莱恩关切地望着蒂比——他的眼神清澈见底,内心的想法尽显无遗,他不仅担心凯瑟琳,而且也担心蒂比,他希望蒂比心里好过点,不必过于自责或内疚,他还想——或者这些都是蒂比一厢情愿的想象?——让蒂比知道,他对她的感情是认真的,他说的每一个字都是发自肺腑的。

蒂比有一个心愿,只有这么一个小小的心愿:希望她和布莱恩能回到过去,只做朋友。

卡门躺在床上想着凯瑟琳,她很担心蒂比,思绪不由得飘来飘去。她们一小时前刚刚吃完晚饭,可妈妈现在就躺在床上睡觉了。这一次,大卫又没有赶回家吃饭。

大卫接了一个大案子。他的工作计划排得满满当当,只消看一眼,卡门就发誓将来决不做律师,至少不做像大卫那种类型的律师。以前有几个星期他差不多每晚7点回来吃晚饭,但最近一个月他没在晚上十一点之前回来过。就算回来了,他也总不停地处理电话。还有几次他前一天早上去上班,忙到第二天早上才回来,回来后匆匆洗了个澡,然后又接着回公司上班。卡门以前总怀疑男人像这样疯狂工作很可能是不想回家,但她知道大卫不是这样的人。他想回家和克里斯蒂娜在一起想疯了,他深爱克里斯蒂娜。卡门知道他每次没能回家吃饭都会内疚自责——他几乎一顿饭都没回家吃过。

在克里斯蒂娜看来,大卫的工作可是天大的事。他正在办理一家巨型公司兼并另一家巨型公司的业务,卡门只懂得这么多。大卫只想在宝宝出世之前把这件大事办完,所以他每天都工作二十个小时。

卡门盯着天花板,上面星星点点地贴满了闪闪发光的星座贴纸,那是她八岁那年兴致勃勃地贴上去的。法律真该明令禁止八岁小孩装饰房间,尤其应该严禁粘贴贴纸。八岁的卡门在房间里贴满了丑得令人发指的贴纸和透明的独角兽窗贴,致使十七岁的卡门痛苦不堪。这些玩意儿没法撕下来。

实话实说,其实卡门至今对这些闪闪发光的星星仍然毫无抵抗力,但今晚它们却使天花板看起来是那么的近,没有一点遥远的感觉。

一想到八岁的卡门,她又不由得想起了四岁的卡门,那时的她会把一大堆被她精心打扮(呃,也可以说是折磨吧)的洋娃娃放在衣柜里。接下来,她又想起了婴儿时期的卡门,那时的她就待在这间房里。一想到此,当然,她又想起了妈妈肚子里的宝宝。

卡门希望自己上大学后,这间房仍然属于她。也许这有点自私,但她的确这么想。她希望告别旧日生活后,这里的大门仍然向她敞开着。这样她至少有机会回去。

可看看现在,好像她前一分钟刚跨出房门,后一分钟门便会"砰"的一声关上,仿佛她不曾在此存在过。然后,新家庭便以闪电般的速度取代了卡门以前的那个家——她再也回不去了。在她看来,事实便是如此,她不敢离开,她害怕失去自己的领地。

天花板让她压抑得喘不过气来。眼睛下方似乎有一股力量直往上涌,眼球仿佛被老虎钳夹住一般。卡门跳下床打开灯,她移动鼠标,处于睡眠状态的电脑猛地被惊醒。她上线了,却不知道该做什么才好。她进入了马

里兰州立大学的网站,漫无目的地打开里面一个又一个的网页。这只是一所高等学府的宣传网站,普通得不能再普通了。卡门发现自己正在点击入学申请网页,然后又打开了在线申请表格。这所大学提供滚动录取[1]的方式。卡门不知道现在申请是否还有效。她的手指鬼使神差地点击了"打印"图标。

卡门漠然地瞥了一眼威廉姆斯大学的一大堆小册子和文件——有健康表格、宿舍信息、课程简介,还有一张麻省西部的地图,那块地方看起来就像一片叶子,那里是威廉姆斯大学的所在地,距离家至少有七个小时的车程。

打印机吱吱作响,卡门不禁问自己。如果她死活不走会怎么样?她就是不消失,怎么样呢?

---

[1] 译者注:即整个学年都接受申请表格的招生,它采取先到先审制,以循环方式,入学申请没有一定的截止日期,申请资料随时寄到就随时开始审核。

> 从空气动力学的理论来看,大黄蜂根本不能飞,但大黄蜂并不知道这一点,所以它可以不断地飞。
>
> ——玫琳凯·艾施

牛仔裤女孩

"我又给自己多加了一个班次。"晚饭时爸爸问莉娜一天的工作,莉娜这样告诉爸爸,"就是晚餐的第一班,从四点到七点的那个班次。"说话时她心虚地低头看着意大利面。

"太好了。"爸爸回答。

"凯瑟琳现在怎么样了?"她妈妈很想知道,"你今天顺路去看了吗?"

"看了。"一想起凯瑟琳讲述事情的经过时一脸得意的样子,莉娜几乎要喷饭,这场悲剧居然成了小小的凯瑟琳最值得炫耀的资本,"她状态不错,不过她从现在到夏末都得戴冰球头盔。"

"我戴过冰球头盔,"艾菲回忆道,她拿着沙拉叉在盘子里拨拉着,那种声音简直让人抓狂,"你记得吗,妈妈?"

"戴了一个星期,"阿里答道,"你当时是脑震荡,谢天谢地,幸好头骨没裂。"

莉娜嚼着面包。为什么妹妹们都会摔破脑袋呢?莉娜从小到大连针都没缝过。

"这种酱叫什么?"瓦莉娅扯着大嗓门问道。

"香蒜酱。"莉娜的妈妈胸有成竹地答道。

"一点都不好吃。"瓦莉娅用叉子蘸着尝了一点点。

大家都不吭声,只盼着这一刻能快点捱过去。连艾菲都被吓得不敢动弹。过了一会儿,莉娜站在水池边洗盘子。她听到奶奶轻手轻脚地走进厨房来到她身后,全身顿时绷得紧紧的。

"我今天在网上和瑞娜聊天了。"

"噢?"莉娜没有回头。她不喜欢这种对话。

"她告诉我,卡斯托斯和那个女人现在没住一起。"

莉娜闭上双眼,傻呆呆地站着,手泡在温热的洗碗水中浑然不觉。谢天谢地,瓦莉娅没有看到她的表情。

有太多的事让瓦莉娅耿耿于怀,卡斯托斯就是其中之一。瓦莉娅深爱着卡斯托斯,她一直都把这个优秀帅气的小伙子当做自己的亲孙子,她最大的心愿莫过于让卡斯托斯和她的漂亮孙女莉娜结婚。她似乎并没有意识到莉娜的痛苦和失望胜过她千百倍。如果她理解莉娜的话,她就不会时不时地散布伊亚那边的小道消息。

故事里还是没有提到导致卡斯托斯去年夏末闪婚,又害得莉娜痛不欲生的罪魁祸首——卡斯托斯和玛丽安娜的宝宝,宝宝似乎是流产了。这是去年十二月左右莉娜听到的第一个爆炸性新闻。那时瓦莉娅连着讲了几个星期,几乎快把莉娜逼疯了。没人知道到底是怎么回事,莉娜听到的只是无穷无尽的猜测。瓦莉娅的成见太深,莉娜怀疑她提供的信息都不可靠,说不定玛丽安娜已经生了宝宝,现在伊亚那边有一个活泼可爱、人见人爱的小卡斯托斯呢。

但是现在,莉娜既希望这些传言全是真的,又希望它们不是真的。内心那个理智的莉娜不希望这些都是真的,否则她就没法忘掉卡斯托斯而重新开始。她不允许自己心存幻想,更不允许自己继续纠结。她不想再知道任何卡斯托斯的消息。他们已经完了,无论如何都无法改变。可是,她还是想知道。

牛仔裤女孩

瓦莉娅住在莉娜的家,她和伊亚那边保持着密切的联系,这成了莉娜心中的一根刺,每次只要伤口快要愈合,她总会冷不防地扑过来,把它撕得血淋淋的。

"卡斯托斯住在沃桑纳斯的一间公寓里,那里离机场很近。他在一家建筑公司找到了工作。"

莉娜一时心乱如麻。她很想控制自己的思绪,可怎么也控制不住。

那个婴儿是不是流产了,所以卡斯托斯才觉得内疚?或者这本来就是一场骗局,所以卡斯托斯讨厌玛丽安娜?卡斯托斯现在爱他的妻子吗?或者是恨她?他们会不会又生了一个孩子?这些问题莉娜想过千百遍了。现在又出现了一个新的问题:卡斯托斯和他的妻子是不是真的分居了?或者他只是先把新工作安排好,然后玛丽安娜就会搬过去?

如果电击疗法可以摆脱这些想法,莉娜情愿去试一下。

"这很有意思。"莉娜对着墙无力地说。她不想让瓦莉娅看见自己被这些新闻炸弹轰炸后遍体鳞伤的样子。

瓦莉娅开始喋喋不休地大发感慨,莉娜不想再听。她飞快地把锅碗瓢盆洗完,找了一个彬彬有礼的借口,便如出膛的炮弹一般冲进卧室。她给蒂比打了电话,但没说什么特别的事。她把本来就一尘不染的房间又打扫了一遍。

莉娜捧着一本书爬上床,和往常睡觉前一样,她又一次强迫自己不要再想卡斯托斯。

"他长高了一点点,你觉得呢?"布丽奇特的问题飘飘忽忽,飞过她的头顶,然后又往上飞了一两米,最后碰到了房顶。于是问题又跌落,一头栽在戴安娜的铺位上。

"呃,是的,我猜是的吧。"

布丽奇特用脚趾头敲着金属床架:"我的老天,他太帅了。原来我的记忆并没有美化他。"

"布丽奇特？"

宿舍里传来凯蒂低沉缓慢、不耐烦的声音。

"什么？"

"你能闭嘴吗？"

布丽奇特大笑起来。她喜欢这种坦率："好的。"

布丽奇特的心情好得很，她就是控制不住自己的兴致。凯瑟琳没事，这是第一喜。当她一想到埃里克·里奇曼睡的床离自己不到一百米时，她惊奇地发现自己居然一点也不难堪，而且还很开心，这是第二喜。她打着电影《赌城风云》主题歌的拍子，然后翻了个身趴在床上，清了一下嗓子："我可以说点别的吗？"

"不能。"凯蒂厉声说道，但她凶巴巴的样子却又让人忍俊不禁。

"求你了。"

"你想说什么，布布？"戴安娜不耐烦地问。

已经过了二十四个小时，布丽奇特仍然兴奋不已——这个夏天她要和传说中的埃里克共事了！这一天她已经碰到了他两次。他们相视一笑，不过都没有说话。布丽奇特的心里又蠢蠢欲动起来，两年过去了，她对他的感觉丝毫未变。也许这很危险，但她现在已不是从前的那个布布了。她心里清楚。

"他在这里我一点也不难堪，"她告诉戴安娜，"我想我会处理好的。"

LennyK162: 我好不容易和布布联系上了。真想不到啊，她又遇上埃里克了。

Carmabelle: 我也觉得意外。不过她说她没问题。

LennyK162: 我们能相信她吗？我们要不要去宾夕法尼亚州把她拖回来？

Carmabelle: 再等一个星期吧。

牛仔裤女孩

今天是瓦莉娅看医生的日子。显然,她的肝脏一直都不好,所以她每隔两周就要去医院检查一次。

这是她们第一次一起出门,卡门早就盼着这一天了。她只想离开莉娜的家。就算刚刚踏上前门的过道就被推土机碾得粉碎,也好过一下午闷在卡利加瑞家黑漆漆的书房里发霉。

而且,今天也是卡门穿魔法牛仔裤的日子,和瓦莉娅一起坐在书房里是不可能发生奇迹的,就算有奇迹发生,瓦莉娅也会将它碾得粉碎。

她们才相处了一个星期,不过卡门和瓦莉娅已经烦透了彼此。瓦莉娅每每对着电脑那头的人——以及卡门——大呼小叫(同时还在听电视)几个小时后,她的精力便会开始减弱。有时大约三点钟的时候,她坐在软椅上,脑袋开始呈小鸡啄米状,然后渐渐进入梦乡。这时正是放《猛男与美女》的时间,卡门坐在椅子边上小心翼翼、轻手轻脚地去拿遥控。接下来,如果有必要,她会静观其变等一会儿,看着瓦莉娅皱巴巴的眼皮闭上。有时她得再等一会儿。然后,她会慢慢地调小音量,再小心翼翼地换频道。每每到了这个时候,她的心都要跳到嗓子眼了。有一次她好不容易调到了四频道,还想象自己用手指做了一个胜利的手势,卡门想死了瑞恩·亨尼斯那双绿松石色的明眸……然后……

瓦莉娅以迅雷不及掩耳之势从椅子里坐起来了,一声炸雷从天而降:"这不是我的频道!"可怜的卡门只得垂头丧气地调回瓦莉娅的频道。然后,等瓦莉娅睡着了,卡门又开始换频道,如此反复。

所以,当卡门和瓦莉娅一起关上车门时,卡门惭愧地发现,她明知瓦莉娅得了肝病却还暗暗在心底叫好。瓦莉娅没完没了地斥责卡门握方向盘的姿势不对,足足唠叨了十分钟,卡门只得装聋作哑。

由于卡门赶路心切,她们到医院时离预约的时间还有一大截,这真讽刺。所以,瓦莉娅要卡门把车停在医院拐角处的冰激凌店,卡门完全赞同。卡门怎么能抵抗得住冰激凌的诱惑呢?

瓦莉娅说要开心果味的。不,她又说不要。她说要奶油胡桃味。不,这种也不好吃。

"他们为什么要在冰激凌里放饼干屑?"瓦莉娅很好奇。

"'吉米斯①'是什么东西?"

"谁会吃这种紫色的玩意?"

柜台后面那个女孩的脸上乌云密布,电闪雷鸣,这种表情很熟悉。一个星期以前卡门就是这副表情,她差不多摆了三十个小时。

最后,在问了一大堆问题和无缘无故地挑剔了一大通之后,瓦莉娅终于选择了胡椒薄荷口味的冰激凌。这种冰激凌红得刺眼,黏糊糊的一大团。

瓦莉娅只吃了一口就塞给了卡门:"我不喜欢,你吃吧。"

"我不想吃。"

"我不要。"瓦莉娅硬要塞给她。

卡门顿时火冒三丈。她也不喜欢这种恶心的胡椒薄荷冰激凌,但让她更恶心的是瓦莉娅。瓦莉娅是一个有些婴儿肥的老人。卡门讨厌婴儿。她也讨厌老人。她讨厌除了婴儿和老人之外的人。她讨厌所有人。

除了他。

他是一个男孩——也许和她年龄差不多或者大一点点。卡门正在躲避这只黏糊糊的红色冰激凌时,这个男孩走进了店内。

她不讨厌他,不过她正在气头上,指不定也会恨他。他不是像瑞恩•亨尼斯这样的少女杀手,但却电到她了。他有一头黄棕色的直发,略微有点蓬乱。眉毛差不多是金色的,脸上长了一些雀斑,但却令他多了几分活泼帅气。只看他的雀斑,你会以为他对什么都不在乎。可如果再看看他的双眼,你会发现他其实还是很在乎的。

卡门恋恋不舍地盯着他的脸。过了好一会儿等她回头时,她才发现瓦

①译者注:小糖粒、巧克力的小颗粒或作为装饰物撒在冰激凌上的可口的糖果。

牛仔裤女孩

莉娅的蛋筒上有一颗冰激凌球快掉下来了,可为时已晚,来不及补救了。卡门只能眼睁睁地看着冰激凌球掉到地上,滴溜溜地滚到三米以外的地方。瓦莉娅一边怒气冲冲地用希腊语高声叫骂,一边大步流星地向前走。而此时的胡椒薄荷冰激凌却一点都不黏糊。瓦莉娅的脚后跟猛地踩在冰激凌上,重重地飞了出去摔倒在地,卡门吓得魂飞魄散。卡门的尖叫声、瓦莉娅的冰激凌在空气中渐渐融为一体,乱成一团。

卡门飞也似的冲上去挽起瓦莉娅的胳膊。瓦莉娅比她想象的要干瘦得多。她双眼紧闭,脸痛苦地扭曲着。卡门可以看出她的右腿摔折了。等瓦莉娅睁开眼睛时,两行浑浊的老泪纵横而下。卡门内疚不已,她的眼里也溢满了泪水。

"噢,瓦莉娅,"卡门喃喃着,她试着扶起她,"对不起。"她听到自己的喉间发出了抽泣声。

正在此时,卡门看见另一双手伸了过来。正是她不讨厌的那个男孩。他正在帮卡门把瓦莉娅从黏糊糊的地板上扶起来。

店里的其他顾客和服务员都围了过来,大家紧张地挤成一团。

瓦莉娅呻吟起来。"我的脚好痛,"她说,"我不能动,求你们别碰我。"

"没事的,"卡门安慰她,"不要怕。"

"您可以把手搭在我肩上,我扶您走。"那个男孩耐心地劝她。瓦莉娅听从了他的安排,男孩对卡门点点头,好像是在告诉她现在可以扶着瓦莉娅走了,卡门顺从地配合他的动作。

瓦莉娅又呻吟起来,但他们坚持将她扶了起来。

"瓦莉娅,急诊室就在那边。我们把你扶到那里去,好吗?"卡门的声音轻柔无比。

瓦莉娅点点头。这一次她终于不再凶神恶煞,尽管她的脚疼得厉害,脸上的表情却显得格外地柔和。

准备好了吗?那个不讨厌的男孩对卡门作出口型。突然之间,他们成了最佳拍档。

他们开始一起走。卡门俯在瓦莉娅的耳边说着安慰的话。走出商店的时候,门重重地甩在卡门身后,她的手一时腾不开,没法握住门。金属门框上的尖角猛地撞在她的手肘上。卡门拼命地强迫自己不摇晃不呻吟。她咬紧牙关,强忍泪水。她发现那个男孩正关切地看着她。他盯着她的手臂,这时她才发现手肘流血了。

卡门微微耸了耸肩。她隔着瓦莉娅的脑袋对男孩作出口型:我没事。她发誓绝不流一滴眼泪。

在急诊室里,他们小心翼翼地把面色苍白的瓦莉娅扶到椅子上,然后卡门便开始忙得团团转了。她好不容易挨个地说服排队的人让她插到队伍的最前面,她要了几张表格,信誓旦旦地对工作人员保证她一把瓦莉娅交到医生手里就马上填表。幸运的是,卡门发现急诊室有一位医生正好会说希腊语。瓦莉娅听到希腊语顿时镇定多了,很快她就被安全地送到了检查室,一切顺利。

然后卡门才想起那位不讨厌的男孩。她回到了等待室,男孩仍在那里,他坐在急诊室的塑料椅上,手肘撑着膝盖。

"谢谢你,"卡门马上真诚地说,"你人真好。"

"她没事吧?"他问道。

"希望没事。有个医生会说希腊语,瓦莉娅心情大好。医生判断她膝盖的韧带可能撕裂了,不过她好像没有骨折,这真是不幸中的万幸。医生等会会拍片子确诊。"

和一个素不相识的男孩一起送瓦莉娅去医院,还能和他有说不完的话,这太神奇了。

卡门在他身旁坐下。他递过来一张他握了很久的湿纸巾。"给你。"他指了指卡门的手肘。

"噢,我的天。"血早已止住了,现在刚开始凝固,但看起来还是血淋淋

的。卡门用纸巾擦去血迹。"谢谢。"

"疼不疼?"他问。

"一点都不疼,不过是一点擦伤而已。"这可远不止是一点擦伤,但卡门喜欢装出勇敢的样子。

她看着血迹斑斑的纸巾。他则看着她。

"呃……再次谢谢你。"她轻声说。卡门想暗示他可以走了,不过他似乎并不想走。

他仍然望着她,好像想看透她的心思似的。

"我在这里上班。"他打破沉默。

"真的?"

"呃,确切地说,是做志愿者。我读医学院预科,所以你知道的,我想在医院多学习,看看自己是不是适合这一行。"

"我敢打赌你一定行。"卡门刚一说完就脸红了,她惊异于自己的口不择言。

"谢谢。"他说道。他第一次低下了头。

他们沉默了半晌。男孩穿着棕色的彪马运动鞋,他的下巴上长满了稀稀拉拉的金色胡须,颇有几分成熟男人的模样。他的头发闪闪发光,像游泳健将的头发一样富有光泽。他的肩宽阔厚实,他的四肢强壮修长——游泳健将的标准身材。

"她是你奶奶吗?"他问。

"噢,瓦莉娅?不,她是……呃,她是……事实上,她是我朋友莉娜的奶奶。我带她来检查——我的意思是,不是急诊的那种检查。她摔伤纯属意外。"

"明白了。"他微微一笑,然后又盯着她的上臂看。

幸好她受伤的部位还算骨肉均匀,娇嫩可人,起码卡门觉得如此,她不禁有些得意。

"也许你以后可以再来。我指的是带她来检查。"他说。

"我肯定会再来的,"她说道,"瓦莉娅没有这里的驾照——尤其是现在这个时候——我有车,而且……"

男孩点点头,准备起身离开:"也许我们会再见面。希望如此吧。"

"我也希望如此。"她小声说着,眼睁睁地看着他离开,一颗心仿佛游离出胸腔,在身体的各个部位毫无目标游荡跳动。

然后,卡门回忆起了他们的对话,她开始内疚起来。是的,瓦莉娅是她的朋友莉娜的奶奶,她的确是带瓦莉娅来检查的,而且她也确实有车。

可她也是一小时拿八美元五十美分的陪护。她觉得自己应该和男孩说明这一点。

先一次击中要害，然后一而再、再而三地痛下毒手——杀它个片甲不留。

——温斯顿·丘吉尔

今天是布丽奇特差不多可以直勾勾地盯着埃里克·里克曼的日子,当然,埃里克也可以盯着她。今天不同于以往,所以穿衣打扮可是个浩大的工程。布丽奇特一般都不修边幅。就算打扮也是为了悦己(比如穿那条闪闪发光的粉红色裤子)或彰显自己的个性(比如穿那件旧得起了球、人人都恨之入骨的绿色高领衫)。

在这个清晨,布丽奇特要满足的远不止是自己的虚荣心。马尾辫要扎高一点吗?不,那简直是灾难。要编麻花辫吗?卡门编两个麻花辫风情万种,可布丽奇特的一头金发不能这么编,不然就像儿童故事书里的那个小海蒂①了。总之,头发是她的秘密武器,她得好好利用。

"秀发",这是蒂比的叫法。它的美用千言万语都难以言述。车喇叭不停地按着,送货员会对着布丽奇特吹口哨,甚至体面高尚的男人也会看得魂不守舍。理发师看到她的头发都会大呼小叫,仿佛看到了活生生的奇迹一般。秀发,玛丽的秀发,格蕾塔的秀发。事实上,头发不过是头皮上长出

---

①译者注:《小海蒂》是瑞士女作家约翰娜·斯比丽(1827—1901)的一部著名作品,作品里的主人公就叫海蒂。这部作品在世界儿童文学宝库里一直闪耀着光芒,可与《汤姆·索亚历险记》《爱的教育》《苦儿流浪记》等著名作品媲美。这部作品从19世纪后期出版问世以来,曾被多次拍成电影。20世纪30年代,美国电影界曾将这部作品摄成电影,由秀兰·邓波儿主演。

的一束死细胞而已，但它却是布丽奇特继承的一大笔遗产。

我要他盯着我看吗？布丽奇特问自己，她靠在镜子上，眼睛挤在镜子上形成了一个硕大的，如独眼巨人的眼睛。

在这间狭窄的宿舍里，镜子又脏又小，只能照出人的上半身。如果她后退一步，她会倒在凯蒂凌乱的床上。

布丽奇特一向大大咧咧，她才不在乎。她心烦意乱，大脑嗡嗡作响，期望如成群结队的蚊子一般飞过来，嗡嗡嗡，嗡嗡嗡。她讨厌这些东西。她拒绝心存任何幻想。

她只是……胡乱穿上第一眼看到的一条短裤。很好，这是一条蓝色的阿迪达斯短裤，裤型不错。好了，看看第一条背心。呃，还是看第二条吧，因为第二条是白色的工字背心，比第一条好看多了。至于头发嘛，布丽奇特直接把它们放下了。她这可不是存心勾引埃里克。她当然不是！她只是……太匆忙了。教练是不能迟到的。她在手腕上缠了一根橡皮筋，以防万一要扎头发。

布丽奇特拎着跑鞋的鞋带光着脚跑出宿舍。这两年她长高了许多，穿上跑鞋很可能会比埃里克高。

球场中间已经有五个教练在四处转悠了。其中一个正好是埃里克，是他先看到她的。

太阳升起后，布丽奇特睡意全消，她终于看完了营地的手册，现在才明白这里的规则。营地分为男子组和女子组。每一组又分为六个队。每天上午他们会打四个小时的球。午饭后，男子组和女子组会在一起进行一个小时的速度和敏捷度训练，接下来是其他的活动——游泳、滑水、徒步、漂流以及所有其他的营地活动。晚餐后有几个小时的自由活动时间，通常可以看电影或做点别的什么。

现在，布丽奇特才看到了教练的花名册，埃里克·里克曼的名字的的确确是用12号字体打印在上面的，可这份表格在她家的房间里躺了几个星期，一直装在信封里到现在都没拆开过。看完这份表格，布丽奇特才知道自己被分配为男子组的教练。这没问题。唯一让她遗憾的是戴安娜是女子组的教练,如果她俩能在一起就好了,这样会快乐得多。

布丽奇特一屁股坐在球场中间,她掏出跑鞋里面塞成一团的袜子,然后穿袜穿鞋,系上鞋带。此时此刻,温暖的阳光洒落在她的头顶。

现在不同了,一切都不一样了。她这样告诉自己。但她不知道真正的自己会不会相信。埃里克在她身旁转悠,脸上还是那副略显茫然的表情,一如两年前的那个夏天。她的目光追随着他。

营员集合了。这些孩子应该介于十至十四岁之间,但男孩子们的年龄相差太大,以至于充满了喜剧元素。有些男孩看起来像儿童,还有一些简直像成熟男人。

她看到了她的指导员曼尼,他们昨天开会的时候见过面。她向曼尼挥手示意,曼尼也向她挥手。

男队主管乔·华沙吹响了口哨。他以前曾在圣荷西地震队打过球,这在训练营可是一项了不起的资本。布丽奇特一边跳,一边甩腿。她的心情激动不已。去年夏天她在布吉斯做过非正式教练,后来还做过培训班的教练,在学校里她做过几次学校候补球队教练的助理。但她从来没有自己真正的球队。

她知道自己在这里已经很出名了。吃早餐的时候,她听到有人在她身后吹口哨。她不仅是这里最年轻的教练,还是今年唯一的一位高中全明星。

布丽奇特并不在乎自己的足球成就,大半时间她都待在足球圈之外的地方。她的朋友都不是运动员。她的三个朋友尽一切所能支持她,当她获奖时,她们都激动得热泪盈眶。但是,她们并不理解这类奖项的意义,布丽奇特也不希望她们理解。朋友们爱的是足球之外的她,布丽奇特喜欢这样。她那成天魂不守舍的父亲以为全明星和大学运动队明星差不多没什么区别,而她的弟弟只看过她的一场比赛。可是,在这里,布丽奇特俨然成了大明星。这些孩子对她的成就顶礼膜拜。还有埃里克,他比所有人都更理解全明星的意义。

主管召集球队时，布丽奇特发现自己最终还是站在了埃里克的身边。她不是故意的。在男队，埃里克是她唯一的熟人（多么陌生的熟人）。她只是下意识地站在这里而已。

我不会再犯前年同样的错误，她暗暗对自己发誓。

有时一想起埃里克，她不免会怀念从前的那个自己，那种感觉让她心痛，现在见到他，她的心痛越发强烈。从前的那个她大大咧咧、敢爱敢恨，那时的布丽奇特有一种说不清道不明的魅力。也许你曾无心获得某些品质，可一旦这些品质离你而去，你便再也找不回它们了。即使她仍然爱他，但往日已一去不复返。

这倒不是说所有的品质都离她而去。她仍然还是布丽奇特，只是变得更温和了而已。和埃里克在下加州的时光曾让她一会儿上天堂，一会儿又被打入十八层地狱。埃里克让她受够了冰与火的双重折磨。

现在的她更脆弱了，也许未必如此。也许她更坚强了，也许她学会了接受伤害和避免伤害。她现在很能保护自己，这一点倒是不假。她是个没有母亲的女孩，她必须得保护自己。

布丽奇特知道自己在营员中颇受欢迎。她球队里的男孩子视她如女神。现在她被他们团团围住，有些男孩大胆地含情脉脉地望着她，而另一些男孩则露出敬畏之色。她有几个肌肉发达、资质出色的球员。其中一个是说英语带口音的金发男孩。不知道为什么，她的目光停留在这个男孩身上。他长着一张布满雀斑的国字脸，五官分明，双腿细瘦修长，脚大得触目惊心。他英俊帅气，脸上充满了渴望，但他即使站着不动也显得笨拙不自然。这个男孩将会是一个好苗子，布丽奇特就是看得出来。

队员们开始穿运动衫时（布丽奇特的球队穿的是天蓝色的运动衫），她发现自己又站在埃里克身边了。"你很受欢迎，不是吗？我从来没有这么失宠过。"埃里克说着说着便大笑起来，布丽奇特真希望这是真心赞美。

"你好吗？"她淡定地问他，她想让他知道自己已不是以前的那个布丽奇特，"你晒黑了。"

"两个星期以前我才从墨西哥回来。"

布丽奇特的脸抽搐了一下。他这是什么意思?她从来就不想从别人的只言片语中猜度对方的动机,现在她也不想这么做。

从他的表情来看,他似乎意识到自己说错话让双方陷入尴尬的境地了。

她清了清嗓子:"在墨西哥玩得开心吗?"

他有些局促不安:"我们去了穆莱赫看外婆。然后我们一起去了洛斯卡波斯,最后又在墨西哥城待了几天。"

布丽奇特觉得其中一个字眼格外刺耳。他在不停地说"我们"。"我们"是什么?谁是"我们"?她可没心思站在这里猜谜。

"谁是'我们'?"

他顿了顿,不敢再直视她的眼睛:"我们?噢,呃,是我和卡娅,我的女朋友。"

布丽奇特点点头。他的女朋友,卡娅。"哇哦,祝贺你。"

他是故意透出口风?还是无心之失?

"再见。"布丽奇特木然地说着,然后转身走到她的球队集合的地方。她真希望有一瓶杀虫剂能杀掉她心中那些嗡嗡作响、四处乱飞的期望。你有过幻想,承认吧。她痛恨欺骗,尤其痛恨自欺。你知道你曾经心存幻想。

莉娜坐在巴士上望着窗外。今天的巴士空荡荡的,所以她可以把腿跷到座位上。莉娜双手抱膝,她喜欢魔法牛仔裤紧贴皮肤的感觉。她今天下午在绘画班上度过了一个美好的下午,快乐得不可思议。一部分原因是她穿了这条牛仔裤,另一部分原因则是因为她的画进步神速。

她画了模特摆的最后一个造型,这个造型摆的时间最长,足足有二十分钟,是她最喜欢的一个造型。现在绘画班来了一个新的模特——蜜雪儿,她臀部浑圆,双臂笔直修长。莉娜觉得用"美"这个字来形容模特是很不确切的,对她来说,蜜雪儿代表一系列的绘画技巧挑战。莉娜坐在巴士上望着窗外,可她脑海里浮现的全是蜜雪儿的手肘。

牛仔裤女孩

莉娜喜欢坐在巴士上,然后下车在路灯的照耀下从车站慢慢走回家。这可以让她顺利地从温馨的绘画班过渡到刀光剑影的家。

她一回到家,迎接她的果然是刀光剑影。她还没放下包爸爸就咆哮起来。

"你到哪里去了?"爸爸还没换下西装,他怒目圆睁。

莉娜一声不吭。她觉得爸爸肯定知道她没去餐厅。

"我下班回家路过餐厅,我想进去看看你,可你不在。"他咬牙切齿地说。

莉娜摇了摇头,她的心猛地一沉。她得耐心地等,在辩解之前她得知道爸爸到底知道了多少。

"你晚餐不当班,是不是?"

莉娜点了点头。

"你是不是去了绘画班?"

现在否认还有用吗?这条牛仔裤有很多成文的规则,但莉娜觉得应该还有一条不成文的规则,那就是穿牛仔裤不能撒谎。至少她不能。

她得再次深呼吸:"是的。"

爸爸的脸因为愤怒而扭曲得变形了,眼珠子瞪得几乎要夺眶而出。每次一看到这副表情,莉娜就会胆战心惊。她和艾菲都知道,如果爸爸的眼睛瞪成这样,她们就会倒大霉。在整个童年时代,这种情况很少发生。但自从爸爸把不舍得离开希腊的奶奶硬拉到美国和他们同住后,这几个月爸爸就经常这样大发雷霆。

莉娜的妈妈出现在了前厅,她站在爸爸身后一脸愁容。"冷静一下再谈吧,乔治,先把衣服换了,等会还要吃饭呢。莉娜,你也去换衣服吧。"她像教练把拳击手拉回到角落一样把乔治拉开。

莉娜冲上楼关上房门,她不知道自己是否该大哭一场。她哽咽了几下,眼泪簌簌而下,牛仔裤的膝盖很快就被浸湿了。她的脸热得发烫,脉搏剧烈地跳动着。

晚餐的气氛安静而紧张。艾菲到朋友家去了。瓦莉娅仍然抱怨不休,不过她这次的抱怨有新内容了,她啰啰唆唆地说着自己受伤的膝盖,事实上,她的抱怨是在缓解紧张的气氛而不是火上浇油。至少有人在说话。

之后,莉娜、妈妈还有爸爸一起进了书房关上门。

爸爸不再像刚才那样暴跳如雷,但他的怒火似乎烧得更旺了:"我考虑好了,莉娜。"

莉娜把手垫在屁股下面坐着。

"你撒谎让我很恼火。"

吸气。呼气。

"你知道我一直都不喜欢你读艺术学校,"爸爸继续说,"学艺术不实用,费钱不说,读完了四年还不一定找得到工作。说真的,你不要以为艺术能当饭吃。"

莉娜望着妈妈。她知道妈妈正左右为难。她并不反对丈夫的意见,但她也没法同意。

"上次去绘画班之后,我觉得你更不能学艺术了。这种氛围不适合年轻女孩。也许有的父母可以接受这种氛围,但我不行。"至少他没再咆哮了,"我已经和你妈妈商量过了,我不能支持你的决定。我们不会付你上罗德岛设计学院的学费,我们只付你上普通大学的学费,你休想读什么艺术。"

莉娜听傻了,"现在这样决定是不是有点晚了?"她怯生生地问道。

"你可以申请别的学校,我是这么想的。你的成绩不错,有些学校现在仍在招生。如果申请不到,你可以明年再读,但在这一年里,你得给我乖乖地待在家里打工赚钱。"

我宁愿去死,莉娜恨不得对爸爸这样吼道,但她没有。她一个字也没有说。她能说什么呢?爸爸在乎的到底是什么?当然不是她的感受。

爸爸恨莉娜不听话,他打着实用的幌子公报私仇,他假装苦口婆心大义凛然,可莉娜知道他是个什么样的人。

她从屁股下面抽出手,手像大理石一般冰凉,全身的血液已停止了流动。

莉娜缓缓起身走出书房。爸爸不会理会她的话,她怀疑爸爸也不会理会她的沉默。

派大星:我很生气。

海绵宝宝:为什么,派大星?

派大星:我看不见我的额头!

卡门有一个很有意思的特点，对于这一点，她太了解了：她在发疯做出自毁行为之前完全理解这样做的后果，她可以分析预测得清清楚楚，可到最后还是要义无反顾不撞南墙不罢休。这种行为可以称为"预谋"，预谋犯罪足以让人在牢房里待一辈子，你别以为关几年就没事了。

人为什么会预谋犯罪呢？

卡门又一次等着疲惫的妈妈下班回家，她坐在客厅里假装漫不经心地翻杂志，其实满脑子里想的都是万恶的预谋。

等妈妈换完拖鞋坐在客厅的沙发上后，卡门伺机以待，准备杀她一个措手不及。现在宝宝的秘密再也掩盖不住了。克里斯蒂娜的肚子鼓得活像一个大西瓜。

"我今天接到了马里兰大学招生办的电话。"卡门一边快速地翻着杂志，一边漫不经心地说。

事实上，卡门根本不想在马里兰大学读大一。这所学校虽然好，但和威廉姆斯大学不是一个档次。马里兰大学是一所大而无当的公立学校，相比之下，威廉姆斯大学则小得多，但它却是一所顶级私立大学。

牛仔裤女孩

卡门唯一的目的就是看妈妈的反应,在这方面,她的心理有点变态。

克里斯蒂娜一脸疲惫,她甚至都没精力疑惑:"为什么?"

"因为我申请了那所学校,招生办的那位女士说他们可以给予我特殊照顾让我入学。"

克里斯蒂娜坐直了一点点:"亲爱的,我不知道你在说什么。"

"我在考虑上马里兰大学,我不去威廉姆斯大学了。"

现在克里斯蒂娜完全坐直了:"你到底为什么要这样做?"

"我可能没准备好离开这里。也许我还想住下去,我可以给你们帮忙,我可以成为宝宝生活的一部分。"卡门轻描淡写道,她的语气轻松得好像只是在谈做美甲的计划一般。

"卡门?"妈妈的表情让卡门满意至极。此时此刻,她终于开始考虑卡门的未来了,这是肯定而且一定的,她慌得顾不上肚子里的宝宝了。

"什么?"卡门天真无邪地眨巴着眼睛。

克里斯蒂娜吸气,呼气,她用了几次瑜伽吐纳法,然后又瘫倒在沙发中,思忖了一会儿才终于开口说话:"亲爱的,从自私的角度来说,我非常希望你能留在家里。我其实一点也不想你走。你要走了,我会想你想得发疯。你知道的,我希望你能留下来和我、大卫还有宝宝住在一起,但这只是我自私的幻想。"

卡门的眼泪夺眶而出。才不到二十秒钟,她的冷眼就变成了泪眼。

克里斯蒂娜的声音温柔如水,她继续说道:"可我不能这么自私,我得做一个无私的母亲,我必须为你着想。无私的母亲应该给孩子最好的东西。有时,自私和无私这两者并不冲突,可这次它们却背道而驰。"

卡门用手背擦了擦眼泪。这到底是什么样的眼泪?高兴的眼泪?痛苦的?恐惧的?或者还是迷惑的?也许以上皆是?

"你怎么知道呢?"卡门一时情绪失控,禁不住高声质问道,"你怎么知道它们背道而驰?"

"因为你是一个聪明能干的女孩,威廉姆斯大学才是你理想的选择,宝贝。你属于那里。"

"我属于这个家。"

"你一直都属于这个家。去威廉姆斯大学并不意味着你就不属于这个家。"

"也许我前脚走你们后脚就会关上大门。"

"不会的。"

卡门耸耸肩,又一次用手背擦眼泪:"我觉得你们会。"

莉娜:

刚才在电话里你似乎很难过,我们觉得这些东西可能会让你高兴一点。糖果店的售货小姐说她还从来没见谁喜欢根汁汽水味道的糖豆,老实说,这袋糖全是棕色的,看起来没有热带水果捞那么诱人。不过,你就是你,我们就爱这样的你。

爱你的蒂比+卡门

蒂比悬在窗外。她双手死命抠住窗台,仰望着她的房间,双脚悬在空中。窗内洒满了温馨的黄色灯光,而窗外——即她所在的地方——则是一片黑暗。她可以感觉到苹果树就在身后,但她看不见。她的手疼痛难忍,她的手臂失去了知觉。她想回到房间,想得要命。可她怎么会悬在窗外呢?她到底做了什么?她不能放手坠入黑暗,但她也回不了房间。

"蒂比?蒂比?"

蒂比睁开眼,过了好一会儿才回过神来。她瘫坐在电影院的椅子上。灯亮了,眼前的屏幕一片空白。玛格丽特正在细声细气地喊她。

"嗨,玛格丽特。嗨,我是不是睡着了?"

"是的。没关系,你可以下班了。我刚才帮你把垃圾都清理完了,所以

没什么可担心的。"

蒂比对她投以感激的一瞥:"太感谢了。下次我帮你清理,好吗?"她昏昏沉沉地坐起来,梦境渐渐远去。她以前看电影的时候从来没睡着过,但在电影院上班却很容易这样。她在这里只负责检查四点钟那个场次的电影票,等确保观众都已入座并把走廊打扫干净后,她就可以坐下看电影了。这也正是她求玛格丽特帮她找到这份差事的原因。

但现在她已经把《女演员》看了十四遍。看前面三四次的时候还感觉妙不可言。但在那之后,电影的悬念逐渐减少,直至再无一丝悬念可言。轰轰烈烈的爱情亦萎谢至空无一物。等看到第十一二遍时,蒂比差不多可以看到演员头顶的摄像机,她几乎可以看见摄像机工作时"咯吱咯吱"旋转的齿轮。等看到第十四遍时,嗯,她睡着了。

身为一名资深影迷,从某种程度上来说,眼睁睁地看着神奇的幻象渐渐枯萎成一块无意掉落在凯瑟琳的婴儿椅中晾了一夜的通心粉,这实在是一件非常扫兴的事。这只会让蒂比觉得无聊乏味。看看观众们一张张兴奋的脸,她更是不觉悲从中来。影片逐渐进入高潮时,小提琴、大提琴齐上阵,一张张或真诚或狂喜的人物特写镜头扑面而来,观众们看得如醉如痴。蒂比知道,他们都被骗了。观众们只会觉得影片是多么的神奇多么的不可思议,他们当然没有想到这一切只是一场精心设计的骗局。但这并不重要。

去年夏天,蒂比制作了一部以贝莉为主题的影片并横扫了一系列的奖项,因此她顺利地被纽约大学电影学院录取。她将学习四年的电影制作。蒂比本以为这是自己的终极梦想,可现在她却开始疑惑了。

她沮丧地想象着主婚人或助产士的感受。在一般人看来,结婚生子是人生中刻骨铭心、独一无二的大喜事,可主婚人或助产士每天都会看到不同的人迎接相同的心动时刻,他们的眼睛都看出茧来了。这样的奇迹在他们眼里不过是家常便饭而已。你一度以为的屏幕上的奇迹其实不过是骗局而已,你曾经以为的艺术其实不过是一些骗人的招数,这太悲哀了。

晚上在营员上床睡觉后,布丽奇特找戴安娜聊天。她们一起坐在河边,往平静的水里扔石头。布丽奇特讲述了她的计划,她的计划简单至极,就是躲着埃里克,碰到他就绕道走,她要将全部注意力转移到其他的事情上——比如球队、和戴安娜一起出去玩、结识新朋友。而且,她有三个周末的假期,埃里克也是如此。他们的周末假期有可能会错开,所以见面的机会并不太多。虽然她和埃里克在同一个训练营当教练,但这并没什么好担心的。这个训练营大着呢。

第二天早上开餐前会议,主管给教练们分配工作。除分配教练工作外,他还给每位教练指派了一位搭档,教练不仅需要和搭档一起负责下午的活动,而且偶尔还需要一起吃饭,组织晚间活动和一些周末远足活动。

这场会议又臭又长,布丽奇特一边心不在焉地听着,一边偷偷地看戴安娜带的照片——有她的男友迈克尔、她的室友、她在康奈尔大学的足球队。突然,她听到了自己的名字。

"布丽奇特·维尔兰。漂流和皮划艇,周一至周五下午两点半至五点。周一的早餐、周一的午餐、周四的晚餐和周日晚上的游泳活动一律必须参加。周末的远足活动待安排。"乔·华沙宣读道。

布丽奇特开心地耸耸肩。这样的安排听起来挺有意思的。她对漂流和皮划艇一无所知,不过她聪明伶俐,学起来应该很快。而且,她比任何人都爱在夜里顶着满天星光游泳。乔翻了一下笔记板上的资料。"布丽奇特·维尔兰,你的搭档是……"他正在找名字,"埃里克·里克曼。"乔连眼皮都没抬一下就读出了这个名字,然后便接着分配下一位教练的任务。

布丽奇特真希望自己是在做梦,戴安娜紧张地看了她一眼。如果布丽奇特在做梦,那戴安娜肯定也在梦游。

这一切来得太突然,布丽奇特简直哭笑不得。这是谁开的玩笑?是不

是有下加州的某个捣蛋鬼事先给乔打过电话跟他说布丽奇特和埃里克曾经有过一段纠结无比的感情,所以一定要把他俩安排在一块?

布丽奇特抬起眼睛,迎头遇上了埃里克的目光。她皱起眉头。

"你可以换一个搭档,"戴安娜低语道,"等会和乔谈谈。他喜欢你,他肯定会帮你换的。"

散会后布丽奇特找到了乔:"嘿,可以帮我一个忙吗?"

"当然。"

厨房的员工正在布置餐台。

"我,呃,我可以换一个搭档吗?这样没问题吧?"

"只要你能给我一个正当的理由。"乔似乎很期待她的理由,他抢了她的话头,"我指的是身体原因或专业原因,我指的不是个人原因。我不接受个人原因。"

"哦。"她搜肠刮肚地寻找身体原因或专业原因。皮肤溃疡?这个理由有用吗?传染性足癣?多重人格障碍症?最后一个理由似乎可行。

"很好,好好和你的搭档合作吧。每个人一开始都想换搭档。"他把资料摞在一起,起身准备离开,"你会没事的。"

上帝很含蓄，
但并没有恶意。
————阿尔伯特·爱因斯坦

牛仔裤女孩

  那个凶神恶煞的瓦莉娅又回来了，而且其凶恶程度更胜以往。这一天她们又该去医院了，这次瓦莉娅既要验血检查肝脏，又要做膝盖理疗。她死活不上卡门的车，她说卡门握方向盘的姿势不对。所以卡门现在只能推着坐在轮椅上的瓦莉娅走在人行道上，卡门活像推着婴儿车的妈妈，而瓦莉娅则像极了蛮横不讲理的婴儿。

  尘归尘，土归土，尿片归尿片，婴儿车归婴儿车，奶嘴归奶嘴。卡门一边推着瓦莉娅，一边胡思乱想。谁敢说她这个夏天没找到保姆的工作？

  这是一个七月中旬的午后，烈日炎炎，卡门之所以会不辞劳苦地步行几千米去医院，当然是有原因的，不过她还不知道那个男孩的名字。不管怎么说，出门起码可以和满世界的人一起分担瓦莉娅带来的痛苦，总好过待在小黑屋里让瓦莉娅折磨她一个人。

  卡门一只手握着轮椅，另一只手掏出手机拨通了莉娜的号码。

  "嗨，"听到莉娜的声音后卡门问道，"你忙完了吗？"

  "我中餐、晚餐都当班，"莉娜说，"不过现在正在休息。"

  "噢，听着——"

  卡门突然没了声音，因为瓦莉娅猛地甩过头来，又是一脸的凶神恶煞,嘴角的法令纹如刀刻一般。"别打电话了,我听着心烦,"瓦莉娅吼道,"而且你一只手怎么推车?"

"你快挂电话吧。"莉娜善解人意地说,她对卡门深表同情。

"噢,是啊。"卡门立刻挂了电话。她也窝了一肚子火。瓦莉娅还不如婴儿呢,婴儿比她可爱多了,而且还不会说话。

卡门咬紧牙关推车走完了最后的一千米。一到医院,她就去了八楼检查肝脏的楼层。瓦莉娅对着那些热心肠想帮助她的人破口大骂,卡门则在走廊里四处晃荡。四十分钟过去了,她看到了许多张来来往往的脸,但没有一张脸是她想看到的。

之后她们去了三楼做膝盖理疗,卡门又在走廊里踱来踱去晃荡了二十分钟。最后,她终于见到了那个她不讨厌的男孩,男孩的脑袋从墙角里探了出来。男孩看到她后,整个身体也随之冒了出来。

"嗨!"他大步迈过来,微笑着招呼道。老天,他居然穿了一条牛仔裤。难道自上次一别后他变得更帅了吗?

"嗨!"卡门也招呼道。她一见到这个男孩,一股暖流便从小腹直涌上来。

"上次我忘了问你的名字,"他说,"我猜了一个星期。"

"你觉得我应该叫什么?"卡门问道。

他想了想:"嗯……芙罗伦丝?"

她摇摇头。

"娜潘芝儿?"

"不对。"

"安吉拉?"

她不屑地冷哼了一声。她有一个肥得像猪一样的表姐叫安吉拉。

"好吧,那你叫什么呢?"他问。

"卡门。"

"噢,卡门。好名字。"他歪着脑袋,努力地把这个名字与卡门本人对

上号。

"那你叫什么?"

"我叫温。"他故意说得很大声,好像等着别人和他吵架似的。

卡门眯起眼睛:"温?温暖的温?"

"温是小名,"他痛苦地解释道,"大名是温思罗普①。"

"温思罗普?"卡门微微一笑。他们还不熟,她不敢贸然取笑他的名字。

"我知道,"男孩皱了皱眉头,"这是家里人给我取的,我一开始恨死了这个名字,但我说话晚——两岁时才会说话。到了那个时候这个名字才是真正的灾难。"

卡门大笑起来:"我们的名字为什么要别人来取?"

"是啊,"男孩作愤愤不平状,"为什么?这个规矩应该改。"

"我记得冬奥会上有位滑雪运动员,"卡门回忆道,"她父母就让她给自己取名字,我记得很清楚,她给自己取的名字是'躲猫猫'。"

他若有所思地点点头:"哦,是啊,自己取名字也不大好。"

卡门嫣然一笑。温。很好。温,温,温,温。她喜欢这个名字。

"你好些了吗?"他指了指她的手臂。

卡门正好穿了一件甜美的无袖上衣,不,这绝非巧合。她曲线优美的蜜色手臂一览无余——事实上是两只手臂。

"好多了,差不多全好了。"

"很好。"

"瓦莉娅好吗?韧带撕裂,对吧?是前十字韧带吧?"

卡门喜形于色,连连点头。卡门以前和男孩子们交往总有一个很大的问题,那就是找不到话说。可和温在一起却有说不完的话,虽然他们对彼

---

① 译者注:Winthrop,这是一个很古老的名字,现在很多人都不愿意叫。即使父母给自己取了这个名字,也仍然愿意别人称呼自己为 Win。类似的例子有 Samuel,这个名字现在也几乎没人叫了,就算叫也情愿别人称自己为 Sam。

此还一无所知。

"卡门？卡——门？"

听到这个声音,卡门打了一个冷战,全身的骨头绷得紧紧的,连中午吃的饭都涌到了嗓子眼。卡门竭力保持轻松的表情:"是瓦莉娅,她需要我,我得走了。"

"她好像不高兴。"温说道。

"呃……"卡门咬着嘴唇。她不想将自己的痛苦传染给温,这样不好,"瓦莉娅是个可怜的女人,"她压低声音,"她是希腊人,出生在一个迷人的希腊小岛上,在那里过了一辈子。可大约一年前,她丈夫去世了,儿子硬逼着她来美国生活……"说到这里,卡门也觉得瓦莉娅实在可怜,"她只是……心情不好。"

温一脸凝重:"是啊,的确很可怜。"

"好了,我得走了。"卡门说道。如果瓦莉娅再咆哮一次,她很可能会崩溃。

"不过有一件事她很幸运。"温在她身后说道。

卡门走到一半猛地回过头来,她的长发从肩头甩过,像极了电影里风情万种的女郎。

"什么？"

"她有你。"

几天以来,莉娜都不敢再去绘画班。她知道爸爸现在正监视她的一举一动,好不容易等到这一天,莉娜觉得自己有了足够的勇气面对安妮可的质疑,于是她又来到了绘画班。

她问安妮可是否可以在课间休息时谈谈,安妮可说可以。这一次莉娜带着安妮可去了院子。在这间院子里,莉娜曾告诉安妮可她要去罗德岛设计学院上学,那时的安妮可眼角眉梢溢满笑意,她认识那里的许多老师,

当时她还喋喋不休地介绍每一位老师的情况。可现在计划有变，莉娜觉得她有必要和安妮可说清楚。

"所以他说我不能上罗德岛设计学院。他们不付学费。"莉娜木然地说着。

安妮可咬着嘴唇。她的深色眼睛睁得大大的，衬得红色的眼睫毛越发触目。她似乎在竭力控制自己的情绪。她很可能知道天下无不是的父母，无论他们做了什么，任何指责都显得那么的苍白无力。"他说你不能去那里上学，不然他不付学费吗？"终于她坚定地问了这么一句。

"是的，如果他们不付学费，我怎么上得了学？"

"你真这么以为？"

莉娜耸耸肩："这个问题我不敢深想。"

"你应该好好想想。没钱的学生如果想上艺术学院，办法有两个。据我估计，你没资格获得资助吧？"

莉娜摇摇头。他们住在带游泳池的大豪宅里，爸爸是大律师，妈妈收入颇丰。

"那么你可以争取优秀学生奖学金。"安妮可说。

"那我该怎么做呢？"莉娜不敢抱任何期望。

"我打电话问问朋友——"安妮可欲言又止。她握紧双手。

莉娜默数安妮可的戒指，一共有九枚。

"如果我是你，"安妮可换了一种语气继续说道，"我会上网查资料或给相关机构打电话查询。如果他们说'不行'，那你就问怎样才能行，一直问下去，直到最后有人跟你说'行'。"

莉娜简直不敢相信："我不行，我哪里做得了这些事？"

安妮可不耐烦了，虽然她没有流露出愤怒或轻蔑的神情，但她的确是不耐烦了："你到底是想上艺术学院还是想待在家里？"

"我想上艺术学院，我不能待在家里。"

"那你就考虑该怎么做吧。"安妮可把手放在莉娜的手肘上,只放了一会儿,"莉娜,我觉得你是个很有才华的学生。你有天分,而且还不少,我可不是随便说说而已。我希望你能试试。我知道你爱艺术,但我不能为你争取,这事要靠你自己。"

"靠我自己?"

安妮可望着莉娜似笑非笑,眼神里满是鼓励:"你能行的。姑娘,你还可以再努力一点。"

第一个计划以惨败告终。布丽奇特不仅没法躲开埃里克,而且还得做他的搭档。肯定有人会在背后恶毒地取笑她。

午休时,布丽奇特一边长跑一边制订她的第二个计划。

既然她和埃里克做不了陌路人,那他们就只能做朋友了。这个办法可行。她可以把他当普通朋友,这样总可以吧。

她要忘记埃里克是她的初恋和唯一。过去那段短暂的恋情虽然给过她致命的打击,但现在必须放下。她可以无视埃里克的强大魅力——虽然这很难。毕竟埃里克没有那么爱她,她必须得强迫自己接受这一事实。

布丽奇特在崎岖蜿蜒的山路上奔跑着,上气不接下气。森林从她身边匆匆掠过。

事实上,她从来没对任何人有过如此强烈的感情。在分别后的两年里,她也问过自己为什么会这么迷恋埃里克。真的是他有魅力吗?或者还是那年夏天她在下加州过于自作多情虚构了这一段?

今年夏天再遇埃里克,她找到了答案。这一切都是真的。即使她现在已经变了,但对他的感情仍然一如从前。

埃里克到底有什么魔力?他英俊高大,才华横溢。可这样优秀的男孩满大街都是。去年夏天她在阿拉巴马也喜欢过比利·克莱恩,但她的爱慕之心远没有这么强烈。为什么有的人会给你带来刻骨铭心的痛,而另一些

人却雁过无痕?如果布丽奇特是上帝,她肯定会颁布严禁单恋的法律——如果别人不爱你,你就绝不能爱他(或她)。

布丽奇特一口气跑到了小山顶。突然间,绿树全都消失了,眼前是连绵不绝的山峰和雾气蒙蒙的山谷。从这里看去,她的烦恼之源——足球训练营——只是山下的一个小圆点,用两只手就可以抱住。

布丽奇特知道该怎么做了。她虽然控制不住自己对埃里克的感情,但她可以控制自己的行为。曾经的她一根筋,不撞南墙不罢休,现在的她依然如此。曾经的她想方设法地引诱埃里克,现在的她可以想方设法不引诱他。

下个周末她可以回家,她可以借这个机会整理一下心情。等回到营地之后,她会控制自己:她绝不调情,绝不引诱埃里克,绝不伤心落泪,也绝不悲痛欲绝。她甚至不会心存任何幻想。嗯,也许她可以有一点点的幻想,但只会埋在心底。

她开始向山下飞奔,脚步有一点点失控。

是的,他们可以做朋友,他们可以做搭档。他永远都不会知道她深深地爱着他。

这个夏天将极为漫长。

我可以给你买杯饮料吗?要不我还是直接给你钱吧。

——失败的泡妞辞

牛仔裤女孩

"出来，蒂比！我们走！"

布布在蒂比家的草坪上蹦蹦跳跳着高声呼唤蒂比，蒂比站在家门口看得一头雾水。布布的金发在夜色中闪闪发光。

"我们去哪里？"蒂比有气无力地问。

"这是惊喜，很好玩的。快来啊！"

蒂比走出门踩在夏日的草坪上，草刚刚修剪过，有些碎叶沾在她的赤脚上："我不要惊喜，我也不要什么好玩的。"

"那你就更要跟我走了。"

卡门坐在车里手握方向盘，她按了按喇叭，把手伸出车窗向蒂比招手。蒂比可以看见莉娜坐在副驾驶座上。

布布走到蒂比身边歪着脑袋说："来吧，蒂儿，凯瑟琳恢复得差不多了，她真像弹力球一样充满活力。你没必要这样自责，你知道吗？我明天就要去宾夕法尼亚了，今晚我一定得和你在一起。"

蒂比跑回家告诉父母她要出门。周六的晚上父母一般都不在家，但自从凯瑟琳出事后，他们就总是待在家里了。而且，他们还炒了洛蕾塔。他们要是不在家，谁照顾尼奇和凯瑟琳呢？蒂比连鞋都懒得穿，光着一双脚走到卡门的车前。"我不想去。"她上了车之后便对好友们抗议道。

"你甚至都不知道我们要去哪里。"莉娜说。

"我还是不想去。"

卡门不管三七二十一，踩下油门就将车开走了："蒂比，你很幸运，因为你的朋友不买你的账。"

蒂比大摇其头，她真是没有幽默感："我可看不出有什么幸运的。"

"因为她们太爱你了，所以绝不会让你这个夏天窝在家里腐烂。"卡门解释道，"腐烂"是卡门这个星期的口头禅。

"也许我就喜欢腐烂。"蒂比说。

"可是腐烂……不喜欢你。"卡门用力地点了点头，意思是打嘴仗到此为止。

蒂比靠在椅背上，打嘴仗还是很温馨的。在她看来，朋友们的声音犹如不同的乐器交织在一起奏出的交响乐，只是更熟悉更亲切。这种韵律融合在一起，如一曲和谐的天籁，她听了会觉得安全。

最后，卡门把车停在了洛克伍德游泳池的停车场。

"到这里干什么？"

"我们去游泳池。"布布宣布道。

"我们为什么不去莉娜家的游泳池？那里方便多了。"蒂比问。

"她父母在家，而且瓦莉娅正在睡觉。"卡门解释道。

理由够充分了。任何一个有理智的人都不敢吵醒瓦莉娅——她卧室的窗户正对着后院。

"呃，游泳池已经关闭了。"蒂比酸溜溜地说。

"只管走，少废话，行不？"布布说道。

蒂比跟着她们走上桥，以前桥下可能是一条排水沟，里面的水老是咆哮奔腾着，哗啦啦地轰响，不知奔向何方，可现在却变成了一条小溪，它很可能只是一条下水道吧。她跟着她们上了无数级陡峭的台阶，走了很远都

看不到尽头,简直就像登天之路。最后,姑娘们终于来到一扇紧锁的大门前,然后她们撬开了锁,大门洞开。

蒂比的心情坏到了极点。

"就是这里!"布布指着一处没通电的铁丝网喊道。等她们走到网下时,布布已经开始翻铁丝网了。"爬过来。"她得意地招呼道,在她看来,翻铁丝网就和骑自行车一样简单。

"我不去。"蒂比说。

"为什么?"卡门和莉娜一起回头盯着她。

翻铁丝网这种事蒂比一般都会参与,但今晚她一想到翻铁丝网就觉得恶心,胃里几乎要翻江倒海。虽然说不出个所以然,但她知道自己不能这么做。

"我就是不想去。"她说。

布布站在铁丝网的另一端呆住了。蒂比对这个计划不感兴趣,这无异于给她们三个人当头泼了一盆冷水。布布又翻回来。现在蒂比感觉糟透了。

"不过你们可以翻过去玩,"她故作欢快地说道,"我说真的,去吧。我不会介意的。而且,你们也需要一个人在这里把风……你们懂的,嗯,以防万一嘛。"这话说得连蒂比自己都觉得可怜巴巴的。

"我要你去,你要不去就不好玩了。"莉娜说道。

"下次吧。"蒂比垂头丧气地说。

然后她就坐在那里,浑身无力地靠在铁丝网上——铁丝网的外面,她假装把风,朋友们脱下内衣跃入水中的声音从那边传过来。如果蒂比在那里,她们会玩得更放肆。但不管怎样,她们仍然愿意戏水。

"卡卡,我欠你一个人情,我发誓我会还情的。"

卡门翻了一个白眼:"闭嘴。你说这干什么呢?我们不欠对方什么人情。难道我们还记人情账吗?"

事实上，手忙脚乱几乎快发疯的蒂比已经镇定多了，她感激地望着卡门："那我不用还情了。"

"谢天谢地。"卡门从蒂比乱糟糟的梳妆台上抓起一管樱桃味的润唇膏涂了一下嘴唇，"十一楼，是吗？"

"是的，先到服务台去登记。找巴纳斯医生。医院有儿童游乐区，如果要等的话可以先到那里玩一下。"

"没问题。医院我熟得很，简直就是我的第二个家。"卡门拿起蒂比的一件黑色T恤，面料柔软之极，卡门恨不得占为己有。

"凯瑟琳喜欢儿童游乐区。"

卡门还是把T恤放回乱糟糟的梳妆台上。"这对我来说是个很好的预热机会，不是吗？"她的声音故作镇定。

蒂比了解她的心情，她拍了拍卡门的手腕："我知道你不高兴，卡卡。"

卡门走下楼梯，凯瑟琳正在楼下眼巴巴地等她，她已经背上了黄色的双肩包，头上戴着冰球头盔，虽然戴歪了，但歪得恰到好处，显得她格外俏皮。

"准备好了吗，小宝贝？"

凯瑟琳从餐椅上站起来，她无视身上的石膏，像跳水运动员一样高举双臂向卡门扑过去。

蒂比把凯瑟琳抱到车里的婴儿座椅上后便跳上副驾驶座。卡门先开车送蒂比上班，然后才去医院。停车的时候，卡门欣慰之极，凯瑟琳的脾气真好，她坐在后座上叽叽喳喳说个不停，一次都没抱怨过，她从来不说卡门不会开车。和瓦莉娅相比，她简直就是天使。

她们穿过自动门走进宽敞气派的大厅时，卡门把凯瑟琳抱了起来。凯瑟琳像考拉熊一样搂着卡门，那小模样可爱死了，她的冰球头盔正好抵着卡门的下巴。

"我可以按按钮吗？"凯瑟琳在电梯里问道。

"可以啊。十一楼，两个一。"卡门握住凯瑟琳的食指，示意她往右边按。

牛仔裤女孩

凯瑟琳欣喜若狂，不知道的人还以为卡门刚刚给了她一辈子也花不完的巨款。"以前总是尼奇按。"凯瑟琳解释道，她按了几次才按亮。

卡门的眼睛鬼使神差地在走道里四处扫射，一颗心狂跳不止，如发了疯一般。当然，她在想那个男孩，她想见到他。但从另一方面来说，她又怕见到他。

她把凯瑟琳抱到儿科的前台上。"凯瑟琳·罗林斯找巴纳斯医生。"她对柜台后面的女人说道。

女人写下凯瑟琳的名字，然后找到了凯瑟琳的病历。"小宝贝，你要去游乐区玩一会儿吗？"她问凯瑟琳。

"她可以来吗？"凯瑟琳用食指指着卡门，手指碰到了卡门的颧骨。

"当然可以。"女人一边说一边示意她们往右边走。

卡门抱着凯瑟琳向游乐区走去，她仍在不停地张望。她真的希望见到他。不，不是希望，是渴望。

好吧，下次再见吧。卡门走进游乐区时暗暗想道。这是一个充满了阳光和笑声的地方，有很多玩具和迷你家具，除了凯瑟琳之外，还有几个孩子在玩。卡门只能站在一边或坐在地上，因为儿童椅太小，她的大屁股可没法塞进去。就算她走狗屎运可以塞进去，要想出来可就难了，也许走出医院时红色的塑料儿童椅还会卡在她屁股上。

"嘿，宝贝儿！"她把凯瑟琳抱到木珠架前，然后把她的头盔扶正，"你想玩什么？"

凯瑟琳高兴得手舞足蹈。她在游乐区里拿了一艘诺亚方舟、一把木琴、两个木偶和一本书。卡门知道，蒂比的朋友们每次去蒂比家只找蒂比时，小小的凯瑟琳总是醋意横生。现在好了，卡门只归她一人所有了。

角落里洋娃娃屋那边传来了一个小女孩吃吃的笑声。卡门看见那边探出来一个男人的半边身子——肯定是女孩的爸爸。卡门打算等那对父女一走，她就和凯瑟琳去"攻占"洋娃娃屋。有两个双胞胎男孩正在互相扔尼尔夫①篮球。卡门发现其中一个男孩正抱着一只球啃得不亦乐乎。

"这样好玩吗?"凯瑟琳把方舟里的动物往外面摇。

她们一起玩方舟。方舟里的动物本来都是成对的,可在凯瑟琳手中的方舟里,很多动物都只有一只,也许是弄丢了或被"顺"走了,但凯瑟琳似乎毫不在意。卡门开始扮河马、大象、狮子和企鹅。她扮得惟妙惟肖,因为模仿动物的声音可是卡门的绝活。扮企鹅的时候,她简直到了忘我的境地。她扮演的企鹅是一名黑手党——有点像马龙·白兰度在《教父》中扮演的那种黑手党,唯一的区别在于这名黑手党是一只企鹅。凯瑟琳笑得眼泪都快流出来了,她什么也不玩了,只盯着卡门。洋娃娃屋后面的人也跟着爆笑不止。那两个双胞胎男孩痴痴地围在卡门和凯瑟琳身边舍不得离开。

突然,卡门注意到了洋娃娃屋旁伸出的那条腿,腿的尽头是一只棕色的运动鞋,而且是彪马运动鞋。她吓得立即噤声,企鹅的独白戛然而止。片刻之后,迷你三角墙后探出了一张脸。卡门用双手盖住脸,恨不得找个地洞钻进去。"嗨,温。"她的声音小得像蚊子哼。

温整个人从洋娃娃屋后走出来,他拼命地忍住微笑的冲动,不,很可能是爆笑的冲动。当然,爆笑的对象是卡门。

"嗨,卡门。"温说完便顺势爬到卡门身边。卡门盘腿坐在地上,手撑着地面。他拍了拍卡门的内手肘,卡门的手一软。"你知道吗?我这辈子从没见过这么可爱的企鹅。而且企鹅居然还会说话,这太神奇了!"

"哈哈。"卡门傻笑着又把手撑在地上。她想坐直身体重拾一点点可怜的自尊。

卡门清了清嗓子:"温,这是凯瑟琳。凯瑟琳和我可是好朋友。凯瑟琳,这是温。"

凯瑟琳一本正经地站起来。"嗨。"她问候道。

温指着她的头盔:"我喜欢上面的贴纸。"

---

①译者注:一种泡沫橡胶玩具的商标。

她点点头:"我把头骨摔碎了。"

卡门骇然:"小宝贝,你没有摔碎头骨,只是摔裂了。"

凯瑟琳不耐烦地挥了挥手,她不想再谈这个话题。

"而且你恢复得很快。"卡门末了又加上一句,很可能只是为了自我安慰。

卡门可以看出温正在竭力掩饰内心的沉重:"嘿,曼迪。"

一个蜜色皮肤的漂亮女孩从洋娃娃屋后探出脑袋。"这是凯瑟琳。"温说道。

凯瑟琳径直走向洋娃娃屋:"嘿,我可以玩那个吗?"

"只要你不把客厅弄乱。"曼迪请她进去了。曼迪可能有四岁,凯瑟琳喜欢大孩子,这个年龄的玩伴是凯瑟琳的最爱。

温挨着卡门坐下,卡门可以感觉得到他的体温。她甚至还可以闻到他的味道。他的味道咸中带甜,咸如腰果,又甜如芒果洗发水。卡门不觉心神荡漾。

"真想不到会在这里见到你。"她说。在拿着塑料玩具幼稚地捏着嗓子叫了一阵子之后,她感到无地自容。

"这是我的工作。"

"我的意思是,我知道你在这里上班——"她说道。

"不,我指的是我就在游乐区上班。上午九点到下午两点我在儿科,大多数时间都在这里。孩子们的父母找医生谈话时,我就在这里和他们一起玩。"

卡门扬起眉毛:"真的?"

"是的,如果你想在这里上班,我立马就可以聘用你。你扮企鹅真是一绝。"

卡门闭上双眼:"少来!"

"不过这里的薪水可不高。"他说。

"有多少?"

"零。"

"那可不好。"

"总比我下午两点之后的那份工作要好。那时我要去老年科陪老年患者,我的工作是逗他们开心。他们老是强迫我给他们买售货机里的东西。干那份工作我还得倒贴。"

一位护士来到游乐区的门口:"凯瑟琳·罗林斯?"

卡门从地上爬起来:"嘿,凯瑟琳。轮到我们了。"

温也站了起来:"她是你……妹妹?"他问道。

"不,我是独生女。"卡门答道。她不知道自己为什么会这么说。她说的固然是事实,但说得太勉强,有小家子气之嫌,听起来倒像是谎言。

"那她是?……"

"我朋友蒂比的妹妹。几个星期前她从窗户上掉下去了。现在已无大碍,但她得经常来医院检查以便了解恢复的情况。今天本来应该是蒂比带她来,可蒂比加班,她需要攒钱——"卡门突然抬起头,"我为什么要跟你说这么多?"

温耸耸肩,微微一笑:"我不知道。"

"快走,凯瑟琳。"她催促道。凯瑟琳舍不得离开曼迪和洋娃娃屋。

"不过你可以和我说,"他说,"不管你说什么,我都喜欢听。"

他的语气诚恳而真实。卡门知道他说的都是真话,这绝非挑逗或调情。他是真的对卡门好奇,卡门说的每一个字他都凝神倾听。卡门知道温很想了解她。从这方面来看,她满足之极,被人顶礼膜拜简直是这世上最美妙的事。

可从另一方面来看,这又让卡门难过——温心中的卡门并不是真正的卡门。他根本没有看过她的真面目。他心中的卡门是个善良无私的姑娘,那个卡门会热心帮助身边的人。他要这样想,那就是大错特错了。

可悲哀的是,故意误导他的人正是卡门自己。

做一个脚踏实地、不屈不挠的姑娘,因为,你至少还有脚。

——安妮可·玛奇恩德

"**布**丽奇特！看在上帝的分上，别晒太阳了，快帮我把这些东西拖到水里！"

布丽奇特睁开一只眼，从码头上坐起来。她笑得前仰后合。埃里克正吃力地把四条皮划艇往水里拖，以往的优雅顿然全失。

"小子——"她故意拖长音调，惟妙惟肖地学着室友凯蒂低沉慵懒的语气，"你迟到了，我这次可救不了你喽。"布丽奇特用手撑着地往身后一靠，金灿灿的阳光洒在她的魔法牛仔裤上。她已把所有的充气艇、桨、救生衣、溯溪鞋以及两艘双人艇准备妥当。她总是提早到，他总是迟到。看他那副模样，好像布丽奇特总塞给他一大堆活害得他迟到似的。

"迟到是正常的，因为根本就没人露营。"他说。

这是他俩打趣的另一个内容。他们在营地已组织了三个星期的划艇活动，可几乎没人参加他们的活动。划艇没有登山那样拉风，看起来就是这样。嗯，偶尔也有两三个男孩子参加，但在埃里克看来，那些男孩来这里可不是为了划船的。

如果不是因为不能调情的话，布丽奇特肯定会抛一个媚眼问道："哦，那你说他们来这里是干什么的呢？"但她没有那样。

牛仔裤女孩

"你为什么要把营员们给吓跑?"布丽奇特问道。阳光懒洋洋地洒在身上,她不由得打了个哈欠。

"因为我不想上班。我懒得连屁股都不想挪一下。"

布丽奇特不禁莞尔一笑。埃里克在球场上生龙活虎,有着使不完的劲,但每天下午两点半到五点,他们却差不多总是闲坐在这里无所事事。这种生活节奏自有其美妙之处——上午进行魔鬼训练残酷地摧残球队,再顺便把自己累得半死,下午和心爱的人一起懒洋洋地晒太阳。

布丽奇特站起身来。在过去的几天里她一直都穿最保守的连体泳衣,她只是不想诱惑埃里克,可那件泳衣已经穿脏了。而且,今天可不是个平凡的日子。今天是"魔法牛仔裤"日。上个周末她回家把牛仔裤带过来了,它有一股特殊的芬芳,浓得化不开,连空气中弥漫的金银花香都黯然失色。今天,她在牛仔裤里面穿了她最爱的绿色比基尼。不过,埃里克很可能不会注意,就算注意到了,他也不会感到惊艳(是吗?)。她为什么要他注意呢?

阳光越来越毒辣,布丽奇特小心翼翼地脱下牛仔裤,精心叠好放在码头上。她扯下发带,一头金发如瀑布般奔泻而下。她伸直双臂弓着身体,从码头上一跃跳入湖中。她只是喜欢这样,并无诱惑埃里克之意。布丽奇特一头扎下去,一直往下游,往下游,直到最后她碰到了布满鹅卵石的湖底。然后,她不紧不慢地浮出水面。她的肺活量异于常人,可以在水里憋很久。当她的脑袋冒出水面时,埃里克正好奇地盯着她。

"我的天,你是鲸鱼吗?"

布丽奇特佯装愠怒,她一边踩水一边说:"谢了,埃里克,大多数女孩子都不喜欢被人比作鲸鱼。如果不信你可以去问问你的女朋友。"

"人不可能在水底待那么久。"

"那是你,可不代表我。"她游到一排充气艇边,"嘿,你想不想试试这个?"

这个想法颇有创意:"当然,我们好像没发神经吧。"

布丽奇特把一艘双人艇从布满砾石的岸边拖下浅水。她坐在前边握好桨,埃里克也跟着她下了水。

他爬上皮划艇时故意把艇摇晃得东倒西歪,布丽奇特吃吃笑个不停。埃里克终于上来了。

"我想你忘记了一件东西。"她说。

埃里克环顾四周,耸了耸肩。

"桨?"

"噢,就是这个啊。"他又坐下去,仰起脸迎着热辣的阳光,"这真的重要吗?"他竭力忍住笑。

"坐在这里随波漂荡怎么能算划艇呢?"她说道。不过说归说,她也把桨放下往后懒洋洋地靠着。他们就这样漂了一会儿。

只不过一个星期,他们之间就变得亲近多了。他们总是无所事事地坐在一起,现在布丽奇特觉得和他在一起很放松。他们可以无所顾忌地瞎聊。和心爱的男人一起这样消磨时间实在是太少见了。

她总会假装不经意地提到卡娅,每天至少提一两次,其实这需要勇气。她只是想表示自己不会有非分之想。布丽奇特想让埃里克知道自己不会因为他有女友而耿耿于怀,更不会破坏他们的感情。

埃里克抬起头。"蜜蜂。"他说。

"什么?"

"蜜蜂!"

她抬起眼睛。似乎有紧急情况。

"什么!"

"老天,蜜蜂!"

他指了指,这时她才突然听到耳边嗡嗡作响。她大声尖叫着用力拍赶,可蜜蜂又飞到她的另一边。她急得直跳脚,皮划艇猛烈地摇晃起来。

蜜蜂转而扑向埃里克,它直往他的头发里冲。埃里克也跳起来,皮划艇摇晃得更厉害了。

布丽奇特捧腹大笑,肠子都要笑断了。她坐在艇里东倒西歪,几乎要被甩了出去。埃里克尖叫着,也一样踉踉跄跄的。布丽奇特先被甩入水中。很快,她也听到了埃里克落水的水花声。等他俩浮上水面时,两人相视大笑。

布丽奇特剧烈地咳嗽,好容易才把鼻子里的水咳出来了:"我想我们真的没疯,哈哈。"

莉娜在上课前找到了安妮可。她刚刚从餐厅下班,脚酸腿疼,身上黏糊糊的一身臭汗,T恤上也布满了星星点点的污迹。不过,此刻她对自己却非常满意:"罗德岛设计学院助学金办公室的那位女士说,只要在八月十五号之前递交申请作品就还有机会申请助学金。"

安妮可满眼都是笑意:"做得好。"

"我告诉他们我爸爸可能会去索回保证金,我请那位女士还是保留我的录取资格。她说我这个月底必须交齐保证金。"

"你有钱交吗?"

"我在餐厅里又另外给自己加了三个班次。我恨透了这份工作,但老板会付我钱。"

安妮可拍了拍她的肩。看来轮椅会使人更有力量,莉娜暗暗想道。

"这就是我所说的'抗争'。"安妮可欣赏地望着莉娜。

"不过'有机会申请'和'成功申请'是两码事,"莉娜说道,"学院里只剩一个全额奖学金的名额了,他们手上已有七十多份申请资料。"

安妮可盯着天花板:"那你得好好表现。"

下课后,莉娜拖地,安妮可坐在一旁等她。"你能多留一个小时吗?"她问莉娜。

莉娜想了一会儿,她可以打电话回家编个理由。"当然。"如果有必要,艾菲会帮她圆谎。

"我摆一个比较长的造型,我想看你画得怎么样。我就坐在这里好了,你知道,我可没法站。"安妮可似乎挺喜欢这样自嘲。莉娜笑不出来。"你真要这么做吗?"她问道。

"我很乐意帮忙。我等会就坐在这里。"她把轮椅转到窗边,"我们只有一个小时左右了,这个时候的光线最好。"

莉娜面红耳赤地搭起画架。直勾勾地盯着老师毕竟不大礼貌,但莉娜一旦进入状态,她便浑然忘我。她一直不停地画,足足画了半个小时。安妮可舒展了一下脖子,然后莉娜又画了半个多小时。以前的模特摆的造型从来没超过半个小时,可今天却是个例外,这很让人兴奋。

等安妮可看她的画时,莉娜的羞怯感又回来了。安妮可把轮椅往前推,然后又往后推,仔细地端详着这幅画。莉娜不自觉地啃着自己粉红色的指甲,等待着最终审判。

"莉娜?"

"嗯?"她的声音有些颤抖。

"画得不错。"

"谢谢。"莉娜知道她还有话要说。

"但你没有画我的轮椅。"

"什么意思?"莉娜恨不得找个地洞钻进去。

"我的意思是,你画到了我肩膀以下的部位。从这个角度你肯定可以看到轮椅,但你却把它画漏了。为什么?"

莉娜的脸红了。"我不知道。"她的声音小得像蚊子哼。

"我无心让你难堪,"安妮可说道,"但这个轮椅是我身体的一部分。你明白我的意思吗?我对它的感情深沉而复杂,我当然恨它,但它却是我身体的一部分。如果我画自己,我肯定会画它。我真想不通你怎么会把它画漏了。"

莉娜无言以对。她本以为画轮椅会伤害安妮可。她不知道该怎么处理那张轮椅,后来想了半天也想不出个所以然来,所以她干脆选择了视而不见。

"你画画很有天分,莉娜。想知道怎么才能提高吗?我告诉你,那就是画人物像,要模特摆很长时间的造型。我看得出,你对造型和面部表情很敏感。如果勤加练习,你在这方面会大有作为。"安妮可诚恳地说,"可是莉娜?"

"什么?"

"你得画轮椅。"

蒂比以前从来都没喜欢过洛蕾塔,可自从她被炒掉之后,蒂比却怅然若失。

蒂比不喜欢洛蕾塔的主要原因是她总对蒂比管头管脚摆出一副保姆的架势,可蒂比已经是大人了,她才不会把洛蕾塔放在眼里。

还有一次洛蕾塔把蒂比最心爱的羊绒衫放到甩干机里,结果衣服缩得连凯瑟琳都穿不了。蒂比知道这是鸡毛蒜皮的小事,但她一直怀恨在心。

尽管这样,当父母炒掉洛蕾塔的时候,蒂比却大惊失色——既惊恐又内疚。

"那不是她的错。"她听说洛蕾塔被炒后对父母抗议道,"如果非要把这笔账算在哪个人的头上,那就让我来做这个替死鬼吧,楼上的窗户是我打开的。"

可父母固执己见,蒂比觉得洛蕾塔太冤枉了。她在自己如狗窝一般的房间——窗户当然已经关得严严的——里待了很久,满脑子里想的都是洛蕾塔。她想念她。

蒂比以前从没有意识到洛蕾塔是多么的善良。不管要她做什么,她从不拒绝。当罗林斯家的气氛紧张到剑拔弩张时,她总是能以微笑和幽默轻而易举地将其化解于无形。此外，她管教尼奇和凯瑟琳的功夫也颇为了得，这两个小淘气居然对她都服服帖帖。自洛蕾塔走后，爱丽丝差不多每天都对尼奇大吼大叫，这愈发激起了尼奇的叛逆心理，现在的尼奇简直无法无天，蒂比无比想念洛蕾塔。她想不通，这么多年了，妈妈就算没吃过猪肉也见过猪跑啊，她怎么连洛蕾塔的一招半式都没学会呢？

一天晚上，蒂比睡得很晚，突然一阵忧伤袭来令她泪如雨下。洛蕾塔现在找不到工作，而导致洛蕾塔被炒的罪魁祸首却正是蒂比自己。最让蒂比痛心的是，她再也没机会亲口告诉洛蕾塔她是一个多么好的人。

第二天早上，蒂比在妈妈的通讯簿里找到了洛蕾塔家的地址。她别上洛蕾塔两年前的圣诞节送给她的发卡，穿上最亮丽的黄色T恤，跳上车朝乔治王子县驶去。指引她的只有一张华盛顿特区的地图和满心的内疚。

她足足花了两个半小时（其中一个半小时是因为走错路了），不过，当洛蕾塔看到蒂比时，她脸上的表情让蒂比觉得不枉此行。即使蒂比回家又因为迷路而耗掉二十四小时也值。

"蒂比！"洛蕾塔兴奋地叫起来，然后她一连串地说了一通西班牙话，蒂比听得一头雾水。

洛蕾塔不仅没有心怀任何怨恨，她反而紧紧地搂住蒂比，仿佛搂着失散多年的女儿一般。她如小鸡啄米似的不住地狂吻蒂比的脸，眼里噙满了泪水。

洛蕾塔把蒂比拉进自己的蜗居，把她亲亲热热地介绍给家里的每一个人，听她那语气，好像她经常和家人提起蒂比。蒂比眨巴着眼睛，她简直不敢相信这一切。洛蕾塔指着一个躺在沙发上身穿浴袍、面色苍白的女人。"她不能起来。她……"洛蕾塔鼓起勇气，正色说道，"她生病了。"

此时此刻，蒂比才意识到这是洛蕾塔的妹妹，心中的内疚越发沉重。

蒂比和洛蕾塔一起坐在餐桌旁，洛蕾塔不时地拍着她的手问长问短，她最放心不下的就是凯瑟琳了。

"她恢复得很快,现在快好了。不过她很想你。"蒂比末了飞快地加上这么一句。然后,蒂比拿出凯瑟琳戴着冰球头盔笑逐颜开的照片,洛蕾塔激动地拿起照片就亲。洛蕾塔也关切地问起了尼奇,她甚至还担心冰箱里有些剩下的食物会变质。洛蕾塔看到蒂比既难过又高兴,突然间她泪如泉涌,呜哩哇啦地说了一大通西班牙话,蒂比一个字也听不懂。

但蒂比知道,洛蕾塔爱凯瑟琳,她也爱尼奇,她甚至还莫名其妙地爱蒂比。蒂比的父母怎么能忍心赶她走?他们太不通人情了。

洛蕾塔坚持要蒂比留下来吃晚饭,蒂比同意了。接下来的一个小时里,洛蕾塔和她的侄女以及另一个妹妹便在厨房里忙得不可开交,而蒂比则坐在沙发上和洛蕾塔那个生病的妹妹一起看电视。洛蕾塔给蒂比递了一大杯橘子苏打,还严禁她去厨房帮忙。

男演员说的也是西班牙语,蒂比盯着电视,大脑一片空白。她惊讶于洛蕾塔爱的能力,即使含冤被炒,她仍能深爱着他们。洛蕾塔似乎并不在乎蒂比的父母不分青红皂白地把她赶走,她才不管什么公平不公平。

有些人一辈子活在仇恨中,可还有些人——比如洛蕾塔——却对命运的不公一笑置之。

餐桌上堆满了菜,蒂比可以看到洛蕾塔一脸的自豪。为了欢迎蒂比的到来,洛蕾塔和侄女以及妹妹亲自做了牛排。

蒂比尽量不流露出不悦的神情。洛蕾塔的行为让她感动。她看得出,洛蕾塔一家肯定不会每晚吃得这么丰盛。因此,蒂比努力地嚼着牛排,竭力装出一副垂涎三尺的样子,虽然自九岁起她就一直吃素食了。

> 可闻曲自佳,
>
> 无闻曲逾妙。
>
> ——约翰·济慈

牛仔裤女孩

"**我**们叫她'好卡门'吧。"卡门说道。

这是一个星期六,她们在农夫市场闲逛了大半个上午。现在,莉娜和蒂比都趴在蒂比家后院的露台上,双手托腮不住点头。

"这个在医院工作的男孩,你们知道的,他总是遇见这个女孩,这个叫'好卡门'的女孩。"卡门从休闲椅中坐起来,然后像印度人一样盘膝而坐。莉娜涂了菠萝味的防晒霜,味道很好闻,卡门不由得猛吸了一口气。"'好卡门'不仅会照顾瓦莉娅,还会照顾凯瑟琳。她心地善良,崇高无私,乐于助人。可问题是,这个男孩以为'好卡门'就是我。"

"他帅不帅?"蒂比问道。

卡门眯起眼睛:"蒂比!你有没有听我刚才说的话?"

"当然在听,我只想多了解一些内容。比如他叫什么?他长得怎么样?你到底有多在乎他的想法?"

卡门沉吟片刻。"这个嘛,呢。"老实说,一想起他,卡门就心花怒放,一谈起他,卡门一脸的喜不自胜,"你的问题是他长得帅不帅?呢,在我看来,他当然不是瑞恩·亨尼斯……"

"那是,他当然不是,"蒂比抢过话头,"可他是实实在在的。""是,他是实实在在的,这可是瑞恩·亨尼斯比不了的。而且他也是不折不扣的帅哥。"卡门的脸上掩饰不住得意之色。

"他当然帅喽,"莉娜说,"看你这得意的小样我就知道。"

"他叫什么名字?"蒂比问道。

"温。"她发现自己说这个名字时和他的语气一样都有些许挑衅的意味,看来真是近朱者赤,近墨者黑。

"温?"她们都愣住了。

"是的,温是小名,他大名叫温思罗普。我也知道这个名字不好听,可又不是他自己取的。"

"我喜欢。"莉娜发话了。

蒂比盯着卡门看了好半天:"哦,我的老天,我的卡门,卡卡,我的大美女,你喜欢他,是不是?"

卡门的脸"刷"一下红到了耳根。

"太神奇了,简直是太阳从西边出来了,"蒂比继续打趣道,"看来你喜欢他了。"

"可他不喜欢我,问题就在这里。他是个好人,他是医学院的预科生,他整天都在医院做志愿者。他喜欢的人是'好卡门'。"

"那你怎么不跟他说清楚?"莉娜好奇地问道。

"我怕他会再也不喜欢我了。"

"不试怎么会知道?"

"我不敢,我怕毁了他的感情。我情愿他把我美化成仙女也不愿告诉他实情。我喜欢他这样美化我——我指的是'好卡门'。"

莉娜推了推墨镜正色道:"卡门,这太没劲了。你还是做回自己吧。如果他不喜欢真实的你,那他就不值得你喜欢。"

"说得好!"蒂比击掌叫好。

卡门狐疑地盯着她们:"你们俩发什么神经了?"

牛仔裤女孩

　　布丽奇特坐在球场边上，她把笔记板搁在膝盖上，懒洋洋地把草塞在嘴里嚼。这些天她甚至懒得系鞋带。她光着脚到处跑，连踢球都光着脚丫子。她也知道这样很没规矩，可谁会真的在乎呢？

　　埃里克在不远的地方踱着方步。他的球队正在进行带球练习，他得在一旁盯着。现在布丽奇特见到他，心中早已波澜不惊。她变得淡定多了。

　　"朗格打前锋。"她自言自语。她把这个瑞典球员放到了防御的位置。这孩子是个全才，无论打哪个位置都会大放异彩。一般来说，欧洲的孩子基本功打得最扎实。诺顿也是她最得意的球员，她让他去守门。这孩子笨手笨脚的，毫无协调性可言，但他却有一种说不清道不明的神奇磁力，球总如磁铁一般追随着他。此时此刻，她的球队正在训练短跑。她得在他们跑完之前把位置安排好。

　　突然，笔记板上出现了一道阴影。"走开，不许偷看。"她头也不抬地说。

　　埃里克往后退了几步："诺顿怎么能守门呢？你疯了？"

　　"不管把他放到哪里，我都是在发神经。不许偷看，不许偷窥。别过来，我烦。"

　　"哇哦，看你对我多友好。"

　　"那是当然，不过我们迟早会打得你们满地找牙。"

　　"天哪，我好怕怕。"

　　她终于肯抬头看他了。埃里克作势要踩她的脚，她手搭额头遮住了刺眼的阳光，对他微微一笑。此时此刻，一脉温情涌上心头，她暗暗对自己说，也许这样做朋友更好。

　　前两天吃晚饭时，埃里克坐到了布丽奇特和戴安娜的餐桌上。一开始戴安娜还严阵以待，可她很快就适应了。人差不多可以适应一切。他们三个人可以坐在餐桌旁聊三个小时，像足球狂人一样点评每位球员的优缺点。

　　现在布丽奇特和埃里克有事没事就待在一起。有时他还陪她跑步。他

125

们一起在球场上吃午餐讨论战术(周一除外,因为周一他们得在餐厅里作公事公办状一起吃工作餐)。他们已经习以为常不再觉得别扭了。

她可以假装若无其事。她对自己有信心,这没什么难的。也许她还爱他,但她也爱和他在一起。只要能陪伴他左右她已心满意足,别无所求。

终于,终于,他们见面时最后的一丝尴尬总算消失了。布丽奇特现在和他是朋友,这种新的关系几乎完全取代了以前的暧昧朦胧。现在,布丽奇特自信能够把持住自己。

她的球队正大汗淋漓,从球场上一窝蜂地向她冲过来。她站起身来,像骄傲的母亲一样等待他们凯旋。诺顿是第一个跑过来的。说老实话,她怀疑这孩子拐弯时作弊了一两次,因为他的速度没这么快:"嘿,诺顿,累不累?"

"一点都不累。"其实他已经上气不接下气。

"你们先喝口水,"她对队伍发号施令,"等会还要训练。"

其他队员喝水时,诺顿还亦步亦趋地黏在她身边,看他那笨拙的模样,好像站都站不稳。他跟着她不停地问这问那。其实诺顿知道布丽奇特并不看好他。"你今晚跑步吗?"他问她。

"大概会吧,也许只跑一小段路。"

"我跟你一起跑好吗?"

这是个新问题:"呃……我想可以吧,如果今天你累了一天还有力气跑的话。"

他一脸的渴望:"我跟得上,别担心。"

这幅情景,让布丽奇特不由得想起了两年前的下加州。当年埃里克带队跑步时,她怎么就好意思死皮赖脸地跟着呢?当时她故意找埃里克搭讪,不仅厚颜无耻地炫耀自己的体能,而且还不知羞耻地和他调情。老天,她以前真这样干过吗?

几个小时后,当她和埃里克一起去餐厅吃午餐时,她还在自责不已。

牛仔裤女孩

埃里克看得出来她在想心事,但他什么也没说。

刚一进餐厅,乔·华沙就挡住了他们的道:"我正找你们呢。"他一边说,一边把他们俩拉到身边。乔对布丽奇特眨了眨眼,似乎在说:"看,你的搭档还不错吧,不是吗?"

布丽奇特低头盯着自己的脚趾。

"这个周末我们打算安排一次划艇活动,"乔说道,"计划沿着斯古吉尔河顺流而下,得在外面待一夜。这段线很好走,而且只有一站。已经有八个孩子报名了。本来是由埃斯默和你们俩带队的,可他这个周末要休息。这次带队就你们俩没问题吧?"

"我们觉得有问题又能怎么样呢?"埃里克问道。他知道乔可不是来征询意见的。

乔大笑:"是啊,这次你们非去不可。"

"那我们只有乖乖从命喽。"埃里克说道。

"我会吩咐厨房里的人把帐篷和一些装备装上车,以减轻你们的工作量,怎么样?"

埃里克和乔谈起了后勤工作,布丽奇特的大脑开始高速运转。她将和埃里克一起在外露营一夜。老天,真是要命!吃饭没问题,甚至每天下午划艇也没问题,她相信自己可以只开一些无关紧要的玩笑,绝不至于逾越友谊的界线。她可以将这门微妙的艺术运用得炉火纯青。可是和他一起睡在星空下?这太要命了!她不知道那时还能不能把持得住自己。

嘿,美女们!

还差四十一天!!!!我们马上就要相聚了,你们知道你们的比基尼在哪里吗?

布布

她做了一个梦,梦里的一切竟是那样逼真。

莉娜梦到了瓦莉娅、妈妈和艾菲,还有很多荒诞不经的事情。在梦里,她走进了家里的餐厅。是餐厅吗?在梦里这间房看起来不大像餐厅,但她知道肯定是餐厅。可奇怪的是,餐椅上并没有家人,取而代之的是一幅幅家人的画像——全都是硕大无比的炭笔画,依次竖在餐椅上。在梦里,莉娜不仅喜欢这些画,而且她还知道这些都是自己的得意之作。

梦醒之后,莉娜突然灵光一闪,她知道申请作品该怎么画了。从内心来讲,她并不想画家人的画像,但她知道这是个好题材。

莉娜决定先从妈妈开始。妈妈是她灵感的源泉,而且妈妈肯定会同意的。吃完晚饭后,莉娜在家里看来看去,终于找到了一个适合妈妈摆造型的地方。

"坐这里。"莉娜指着客厅里翠绿色的天鹅绒沙发,她已把沙发上的抱枕精心摆放好。莉娜盯着妈妈看了半晌。不,这里不好。事实上,妈妈一般都不会在客厅里闲坐。

"我们去厨房吧。"莉娜说道。妈妈跟着她进了厨房。莉娜把阿里按在餐椅上坐着。这样好多了。可还是不对劲,因为妈妈差不多总没时间坐。

"站起来,好吗?"莉娜又建议道。她要妈妈站在餐台旁。这才像样。妈妈想都没想,她习惯性地趴在大理石餐台上,双手托腮,静静地等莉娜动笔。

"别动,"莉娜说,"这个姿势正点。"她搬了一张矮凳放在妈妈对面,然后坐下把画板支在膝盖上。莉娜凝视了良久才动笔。她想看清楚每一个真实的细节,她得捕捉妈妈的每一丝感情。这一次她绝不逃避。

她开始画了。妈妈柔软的肌肤和闪闪发光的大理石餐台形成了鲜明的对比,她很喜欢;妈妈的手肘撑在餐台上起了几丝皱纹,她也很喜欢。妈妈一向想做个女强人,她从来都不喜欢流露出柔软的一面,但莉娜看得出来,妈妈是个刚中有柔的女人。

妈妈托着腮,手指上的婚戒黯淡无光,戴在手指上有点松了,硬生生

牛仔裤女孩

地抵着下巴。莉娜想捕捉这个细节。与此相映成趣的是妈妈柔软松弛的耳垂上的钻石耳钉,那是爸爸送给妈妈结婚二十周年的礼物。它璀璨夺目,散发出耀眼的光芒。

画画一点都不被动,安妮可经常这样说。你得主动地捕捉信息,把它付诸纸端。

莉娜凝神注视,她看到了妈妈眼神中的犹疑,一直延伸到嘴角的法令纹。妈妈小心翼翼地竭力掩饰自己的感情,可她的内心却欲盖弥彰。

从某种程度上来说,阿里是想支持莉娜的。为了帮莉娜画画,她可以坐在这里一动不动直到全身发麻也在所不惜。但她却不得不和丈夫保持联盟。在这一年里,她的妥协已经成了习惯,不再有一丝反抗之力。也许这一切正是她的纵容姑息所造成的,但此时此刻,莉娜理解了妈妈。

看着妈妈的脸,莉娜读懂了她内心的挣扎。妈妈脸上的皱纹出卖了她的痛苦。从表面上看,阿里是个平静淡定的女人,她的头发梳得纹丝不乱,眉毛修得一丝不苟,衣着永远都是那么优雅,每件衣服都是万年不变的米色。可如果用心观察,莉娜就可以发现阿里的内心其实正在激烈交战。

莉娜想象自己是一位陆军元帅,正在从妈妈纠结的眉头中通观战局。然后,她又想象自己是一位制图师,她得把阿里颧骨和下巴之间的每一条曲线和阴影都分毫不差地捕捉到纸上。莉娜想象自己是一个盲人,她只能拿着炭笔凭感觉勾勒妈妈的脖颈和锁骨。她想象自己小如微尘,妈妈肩上的凹陷处大如峡谷,小小的莉娜在峡谷中艰难地爬行。

第二天,当莉娜把画作拿给安妮可看时,安妮可的兴奋之情溢于言表。她几乎被震得说不出话来。

"你觉得我这次有没有漏掉轮椅?"莉娜怯生生地问道。

安妮可紧紧地拥住她,莉娜的腿重重地磕在轮椅的轮子上:"当然没有。"

我们可以不

出门神游吗?

——伊丽莎白·毕晓普

牛仔裤女孩

"**嘿**,诺顿。"布丽奇特没告诉诺顿她晚上跑步的确切时间,但他还是出现在她眼前了。真不知道这孩子在山脚的路边等了多久。今晚埃里克没有来。

他们默不作声地跑了好一会儿。空气沉闷无比,几乎可以感觉到水汽沉甸甸地压下来。布丽奇特不得不佩服诺顿。上山的路崎岖陡峭——布丽奇特喜欢给自己一个下马威,诺顿仍然紧紧跟着她,尽管他累得气若游丝,好像快要死了一般。

他14岁,看起来似乎比她小很多,但布丽奇特突然惭愧地意识到,诺顿只比自己小四岁,正如她比埃里克小四岁一样。

诺顿的目光始终停留在她身上。他很紧张。

跑到山顶后,布丽奇特休息了一会儿,这是她的习惯,她喜欢欣赏山顶的美景。诺顿打破了沉寂,他大口大口地喘着气,布丽奇特真怕他会把肺喘出来了。

她还是一言不发,直到一起下山时布丽奇特才开口说话。"你累不累?"她问他。

"不——累。"诺顿费了好大劲才吐出两个字。

跑完了六公里后,布丽奇特和诺顿一起慢慢走了一会儿以平稳心率。这时,诺顿说话了:"呃,布丽奇特?"

"什么?"

"我是叫你'布丽奇特'好还是叫'布布'好?"

"随便。"

"好吧,那我叫你'布布'。布布?"

"什么?"

"我有话要对你说。"

"说吧。"

沉默。

"噢……还是算了。"他脸上都是汗,闪闪发光。

"好吧。"

他不想就此罢休:"我——呃,我觉得你……很美。"

"我也很喜欢你,诺顿。"

他清了清嗓子:"我说的可能是一种不同的喜欢。"

"像对女朋友的那种喜欢吗?"布丽奇特直截了当,她可不想兜一晚上的圈子。

诺顿吓了一跳:"是的。"

"诺顿,我是你的教练。你知道我不能做你的女朋友。"想当年在下加州,这个理由让她的心伤透了。现在她怎么能搬出这个冠冕堂皇的理由伤诺顿的心呢?

"你有男朋友吗?"他问。

这个问题很好对付,但她不想撒谎:"不,我没有。"

"结营后我有机会吗?"他可怜巴巴地问道,"我可以等。"

他比两年前的布丽奇特可爱多了,而且这孩子还充满理性。所以,为

什么要让他失望呢？"也许有一天会有机会吧，谁知道将来会怎么样呢？"

几个小时后，布丽奇特和埃里克一起坐在码头上。太阳落山了，正在一点一点地没入树林。布丽奇特若有所思。

"我可以向你道歉吗？"布丽奇特问道。热浪袭人，她脱了鞋，光着一双脚吊着晃来晃去。

"你有什么要道歉的？"埃里克懒洋洋地反问道。他的头发乱蓬蓬的，可能是下午落水后没有整理。布满胡楂子的脸颇为放松，两年前的他在布丽奇特面前可不会这样无拘无束。

"为两年前的夏天。"

他微微皱了皱眉，但还是默许让她继续说下去。

"那个孩子——就是杰克·诺顿——想做我的男朋友。他很可爱，但让我想起了我自己。两年前我太唐突了，现在一想起来真觉得羞愧。"她把码头上的一块木板折断往河里扔，长叹了一口气，"我很抱歉，那时你肯定觉得我很可笑吧。"

埃里克的脸抽搐了一下。他沉默了很长时间。

布丽奇特把脚放在码头上，双手抱膝。她不敢看他，所以只能低头将下巴搁在膝盖上。背后的湿发快干了，她可以感觉得到。

他们以前从未谈过这个话题。他们虽然经常在一起，但却从未作出亲密无间的样子——仿佛只是泛泛之交而已。他们从未谈过"我们"，因为他们之间从来就没有什么"我们"。

可现在，布丽奇特却放出了"我们"这个幽灵。她曾发誓绝不重提旧事，可现在她却违背了自己的誓言。她想起了《恺撒大帝》中一句著名的台词——"我是来埋葬恺撒的，不是来赞美他的"。她可以将这句台词变换一下，成为"我是来埋葬我们的，不是来赞美我们的"。

埃里克将手插入头发。"我没觉得你可笑。"他终于开口了，他似乎急于为自己辩护，"我的感觉比你想象的复杂得多。"

"但这全是我的错,我知道。"

埃里克一脸疲倦,一边嘴角保持水平,而另一边嘴角却耷拉下来。布丽奇特知道他不想再说了。

"以后我不再提这些了。"她轻声说道,布丽奇特的眼里溢满泪水,但她不想让他看见,"我发誓,我们就当一切都没发生过吧。"

过了好久,埃里克终于又开口了。他的声音很小,布丽奇特好不容易才听清楚。"你以为我可以忘记吗?"他摩挲着额头喃喃问道,"你以为全是你的错吗?你以为我就一点都不喜欢你吗?"

布莱恩又来了,所以蒂比躲在房间里。布莱恩差不多每天都来看凯瑟琳。他用凯瑟琳的魔术笔在凯瑟琳的石膏上画了一条张牙舞爪的龙,每次来就画上几笔,现在凯瑟琳的石膏已经变成了一件艺术作品。

蒂比怀疑布莱恩醉翁之意不在酒,也许他每次来其实是为了看自己,但她不想见布莱恩。可布莱恩差不多总能在蒂比蹑手蹑脚地去厨房拿东西时逮到她,他那凹陷的眼窝似乎充满疑问:"你为什么躲着我?"蒂比依然自顾地东躲西藏,因为她无言以对。

蒂比窝在床上,她故意把房门打开了几厘米,这样可以听到布莱恩的声音但又不至于被他看到。楼下传来了卡门的声音。布莱恩很谨慎,他会尽量地不打扰蒂比,可卡门就没这么通情达理了。卡门大大咧咧地走进蒂比的房间关上房门。

"你这是干什么?"

"你什么意思?"

"你怎么不见布莱恩?你快把他折磨死了,你知不知道?他真是太可怜了。"

"他是来看凯瑟琳的。"蒂比狡辩道。

卡门可没工夫跟她绕弯子:"少跟我来这一套。我当然知道他爱凯瑟

琳,可他更想见的人是你。"

"我只是想一个人待着,难道不行吗?"蒂比没好气地说。

卡门叹了一口气。她摆出一副恨铁不成钢的样子:"布莱恩爱你,我敢打赌你肯定也爱他。为什么非要这个样子呢?我才不管你爱不爱听,你一个半月后就得上纽约大学了,你不能就这样和他告别。"

蒂比听得耳朵都起茧了。卡门怎么和妈妈唱一个调呢?妈妈昨天在她的房间里也是翻来覆去的这么几句话:"为什么每个人都这么急不可耐地撮合我和布莱恩呢?我为什么就非得要他做我的男朋友?难道没男朋友会死?为什么非得恋爱?"

"你不一定非得恋爱,"卡门说道,"但缘分来了就不要错过。而且对你来说,布莱恩的意义可远不止是男朋友那么简单。"卡门看着蒂比如狗窝一般的房间不由地皱起了眉头。"你难道吃凯瑟琳的醋不成?"她反问道,"凯瑟琳受伤后所有人都围着她转你不自在了是吧?"

"这和凯瑟琳无关。"蒂比听够了卡门的数落,她已忍无可忍,"这和任何人都无关。不管怎么说,也许你错了,也许我就是不喜欢布莱恩对凯瑟琳这么亲近。"

卡门打量着她:"你说你不喜欢布莱恩对凯瑟琳这么亲近,这是真的吗?"

蒂比没法说"不",她没法骗自己,所以她决定缄口不语。

"嗨,爸爸,是我。"

"嘿,乖女儿!听到你的声音我可真高兴啊,怎么了?"

卡门一般只在星期天的晚上给阿尔伯特打电话,但这是一个星期四的晚上,难怪阿尔伯特会问"怎么了"。

上次和妈妈说自己决定放弃多年以来的梦想不准备上威廉姆斯大学

时,卡门固然产生了些许变态的快感,但和爸爸说这事感觉可就没那么爽了。她一拖再拖,迟迟不敢告诉爸爸。"我……呃……莉迪娅好吗?"

"她很好。"爸爸一下子就明白了卡门有心事。

"克里丝塔好吗?"

"不大清楚,应该还好吧。"阿尔伯特回答这个问题总是很谨慎。他不想让卡门觉得克里丝塔是和他住在一起的女儿,而卡门则是只在星期天给他打一通电话的女儿。虽然事实本就如此。

"代我向她问好,好吗?"

"当然可以。她会很高兴的。嘿,亲爱的,你得告诉我,你好吗?工作干得怎么样?"

"还行。呃,听我说,我打电话是有事要说的,是……呃,是……我想谈一下秋天入学的事。"

"好……"

"我可能不打算离开家。"她竹筒倒豆般一口气说了出来。

"亲爱的,你这是什么意思?"

"我想继续和妈妈、大卫住在一起,妈妈马上就要生宝宝了。我现在不想离开。"

"好……"

"秋天我可能还是住在家里,我甚至有可能去马里兰大学上学。我已经被录取了,你知道的,我只是这样打算。"

"噢,真没想到你妈妈居然这么快就怀孕了。"

"是啊,很巧的。"

"这么说,你秋天可能还是会住在家里?"

"我想很可能是这样吧。"她长舒了一口气,如释重负。

"你不去威廉姆斯大学了?"

"可能不会去。"

"可能不会去？"

"很可能不会去。"

"哦,很可能不会去。"

"好吧,那我得打电话给威廉姆斯大学了。如果你不去,我们就不能占人家的名额,不是吗？"

"是的,你说得很对。"爸爸似乎一点都不生气,他好像若无其事。

"那我准备给他们打电话了。"

她可以听到爸爸把话筒放到另外一只耳朵上:"乖女儿,我来处理这事吧。我已经付了一大笔押金,我现在正需要钱,我得把它拿回来。"

"噢,不。你……"卡门猝不及防,她没想到爸爸在乎的只是那几千美元,他根本不在乎其他。

"没事的,"爸爸说道,"让我来处理,好吗？"爸爸的声音出奇的平静。难道妈妈已经把这事跟爸爸说了吗？ 也许爸爸妈妈已经串通好了准备给她吃个哑巴亏,卡门几乎可以闻到一丝阴谋的气息。离婚的父母在这种情况下一样会一个鼻孔出气。

"多谢了,爸爸,"这一次,卡门的泪水再次如决堤的洪水般奔涌而下,"你真的一点都不失望吗？"她的声音出卖了她,说到最后,她都泣不成声了。

爸爸叹了一口气:"如果你想去威廉姆斯大学,那就去威廉姆斯大学吧。如果你想去马里兰大学,我也没意见。只要你高兴怎么都好,亲爱的。"

父母怎么对她这么好呢？ 如今他们的好简直就是一种灾难,为什么会这样？

爸爸对她的爱远没有结束。"我爱你,卡门。我相信你的决定是对的。"

卡门的心仿佛被灌了铅似的异常沉重。有时候,信任是世界上最可怕的礼物。

还不是那种老掉牙的故事。男孩找到女孩，男孩失去女孩，女孩找到男孩，男孩忘记女孩，男孩想起女孩……女孩新年那天坐飞艇①摔下来砸在橘子杯橄榄球赛的赛场上，挂了。

——《白头神探》②台词

①译者注：在美国，每逢重大比赛，赛场上空总少不了广告飞艇的影子，它的作用是一边做广告，一边实时转播赛况。这句台词纯属恶搞，前半句很有道理，后半句完全是胡说八道，它有意营造出鲜明的对比，让人忍俊不禁。
②译者注：美国喜剧电影系列，无厘头风格的鼻祖。

牛仔裤女孩

  划艇一开始的时候是很顺利的。至少这次没有狂轰滥炸的蜜蜂。至少没有水花四溅,船也没有翻。布丽奇特和埃里克两人都摆出一副一本正经的面孔,他们这次没有发疯。

  与此同时,那八个营员举起船桨打得水花四溅,相互撞来撞去没完没了地疯闹。八个男孩玩得很尽兴,而布丽奇特和埃里克却只能正襟危坐。

  船在平静的水面上漂了许久,布丽奇特端坐在热浪中,有许多时间是在自责,她后悔上次不该和埃里克说那番话。他们之间的气场已经变了,不变才怪。往日的无拘无束凭空消失了。突然间,他们变得谨慎客套起来。布丽奇特恨透了这一点。

  紧张、拘谨的感觉随之而来。布丽奇特燥热难忍脱下套在比基尼上的T恤,虽然其他人都穿着泳装,但她仍然觉得有如芒刺在身。她不敢看埃里克赤裸的胸膛,虽然以前已经看过无数遍。有一次她编发辫时无意间看到埃里克正在看她,两人顿时都吓了一跳,于是都以闪电般的速度移开目光。

  晚餐乏善可陈,都是一些豆子罐头和米饭这样的野营食品,刚刚吃完就下雨了。布丽奇特和埃里克如临大敌。他们只有三顶帐篷:两顶营员用的四人帐篷,还有一顶领队专用的双人帐篷。布丽奇特搭起双人帐篷时,才发现这顶帐篷小得让她哭笑不得。

她估计埃里克本来是打算露天席地而睡的,她原本也是这样计划的。这样的话,埃里克可以睡在营地的一头,布丽奇特睡在营地的另一头,他们隔得远远的就不会尴尬了。可人算不如天算,一时间,狂风大作,大雨倾盆,今晚他们不得不同睡一顶帐篷。

每每紧张感袭来,布丽奇特总能把它们杀个片甲不留。这可是她的一大绝技。她可以勇敢地迎上去,把紧张感踩在脚下碾得粉碎,然后彻底地抛诸脑后。但这次突如其来的紧张感太狡猾了。它死死地缠住布丽奇特的脚踝,让她动弹不得。

她不知道在哪里换泳衣。她也不想让埃里克看见自己刷牙梳头发。当然,她更不想让埃里克无意间瞥见自己在树林里小便。她不想一进帐篷就发现埃里克只穿一件短裤或者赤身裸体。一想到埃里克可能会看见自己穿着睡衣往睡袋里钻的样子,她就紧张得要窒息。

她想起了两年前的自己,那时的她居然可以主动投怀送抱,她怎么做得出来?那时她对埃里克甚至一无所知。布丽奇特觉得自己太极品了。

也许正是因为不了解,所以才会迷恋。

埃里克在帐篷外等了很久才彬彬有礼地问他能否进来,他给布丽奇特留足了梳洗的时间。他太有礼貌了,以至于身上都湿透了。

布丽奇特躺在睡袋里,头发散乱在脖子下。她翻身背对着他,埃里克就在半米之外钻进睡袋,她假装什么也没看到。她真希望他们能没心没肺地泰然处之,可她不知道该怎样才能坦然。

就这样,他们并排睡在小小的橘色帐篷里。雨瓢泼而下,她可以闻到埃里克的洗发水的味道,甚至连他肌肤上潮湿的气息也丝丝入鼻。这太让人难堪了。

如果她此时能大大咧咧的话,也许还能挑逗一下埃里克,但布丽奇特太紧张了,她无暇顾及其他。真的,现在她只想打消埃里克的疑虑。她不会

构成威胁。她真的不会。她急于向埃里克证明这一点。

她翻了个身仰躺着直视帐篷顶。埃里克也做了同样的动作。她清了清嗓子。"和我说说卡娅吧,"布丽奇特说道,"她长什么样?"

埃里克没有马上回答。

"我敢打赌,她肯定是个美女。"

他长叹了一口气:"是啊,她很美。"他似乎颇有戒备之意。他不大喜欢谈这些私人问题。

"金发还是深色头发?"

"深色头发。她也有一半的墨西哥血统。"

"和你一样,你们真配,"布丽奇特傻乎乎地希望自己也能有一半的墨西哥血统,"她也在哥伦比亚大学上学吗?"

"她刚毕业。"

看来卡娅比她大,比她成熟,而且比她更值得埃里克去爱。想想,她有一半的墨西哥血统,刚刚从哥伦比亚大学毕业,意气风发。布丽奇特不由得自卑起来,相比之下,她只能像个白痴一般躺在睡袋里,将她那非墨西哥血统的、未成年的身体缩成一团。她什么也不想再说了,不然只会显得自己更无知、更幼稚,被他优秀完美的女朋友比得一钱不值。

布丽奇特恨死了自己,她为什么要在这顶橘色的小帐篷里谈起埃里克的女朋友呢?

他侧身与她相对,用手支着脑袋。聊天还是有助于缓和气氛的,虽然话题是那么的不堪:"嘿,谈谈你的好朋友吧。"

这个话题的诱惑太大了,布丽奇特无法拒绝。她的话匣子一下子就打开了,一发不可收拾,她口若悬河,滔滔不绝。紧张感逐渐消失,那个无知幼稚的布丽奇特又回来了。

莉娜又遇到了一个难题——她得画瓦莉娅。几个月以来,莉娜一看见奶奶就噤若寒蝉，对奶奶她是能躲则躲，能跑则跑。她哪里敢直视奶奶的眼睛？看上一眼都会胆战心惊。

当莉娜要求瓦莉娅给她做模特的时候，她甚至暗暗希望奶奶会一口拒绝，可意外的是，她居然一口应允了。她端坐在书房的书桌后，直勾勾地盯着莉娜。

"你可以用电脑，如果你愿意的话。你用电脑不碍事，我一样可以画。"莉娜建议道。

瓦莉娅耸耸肩："我今天网聊过了。"

莉娜这才想起，现在的希腊已经是晚上了，很可能正因为如此，瓦莉娅才懒得用电脑。

"你可以看电视，不然坐着太无聊。"

"不，我就这样坐着。"瓦莉娅油盐不进。

莉娜只得硬着头皮，她想避开瓦莉娅的锋芒，但瓦莉娅仍然直勾勾地瞪着她。事已至此，莉娜唯有鼓起勇气。

开始的时候无从下笔。瓦莉娅痛苦和矛盾的心情一直都写在脸上，可莉娜却故意视而不见。这次看着瓦莉娅的脸，莉娜知道她再不能逃避了。画瓦莉娅不仅意味着直面她的痛苦，也意味着理解她的痛苦。莉娜知道唯有一步一步来，别无他法。

在过去的一年里，奶奶苍老了许多。瓦莉娅的皮肤皱得惨不忍睹，仿佛随时都有可能从骨头上垮下来。曾经一度顾盼生辉的眼睛蒙上了一层泪影，不复往日神采，而且虹膜边上还隐隐透出了一丝蓝影。松弛的眼皮耷拉下来，使眼睛看起来就像两个黑洞。

爷爷深爱着奶奶。莉娜想象得出来，当他们白发苍苍时，在爷爷的眼中，奶奶依然如青春少女般明艳动人。如今，再没人能像爷爷那样深情地看着她，所以奶奶迅速地萎谢了。

就在这一刹那，莉娜知道该怎么做了。她决定试着从爷爷的视角来看

瓦莉娅。虽然奶奶的脸上遍布忧伤,但她不打算仅仅只捕捉忧伤。她可以做一个考古学家,她可以一点一点挖掘出青葱岁月时的瓦莉娅,她还可以抹平所有创伤还原瓦莉娅的本来面貌。

现在,莉娜开始真正地注视了,瓦莉娅一动不动地站在那里直视着莉娜。莉娜从来没有遇到过一个像这样直勾勾盯着自己的模特。她们就这样你盯着我,我盯着你,好像在较量谁的目光更凌厉一样。

考古学家莉娜在瓦莉娅的眉毛上找到了突破口。艾菲的眉毛和瓦莉娅的颇为相似,所以有人说艾菲长得像瓦莉娅。莉娜又在瓦莉娅的嘴巴和下巴上找到了爸爸的影子。莉娜把眼前的瓦莉娅一笔一笔画在纸上,但她却尽量在画里融入了瓦莉娅过去的影子。如果用心去看,她就可以发现美。

瓦莉娅千年不变的凶神恶煞相逐渐消失,眉头舒展开来,五官渐渐焕然一新,变得柔和而自然。莉娜突然发现,其实瓦莉娅挺喜欢被人看的,这让她不由得心头一酸。几乎没有人敢直视瓦莉娅,他们都怕她,一看到她都会心虚地低下头。生活本已充满悲剧,谁又会想多惹出一场悲剧呢?当瓦莉娅发牢骚时,他们只能礼貌地不理不睬或默默忍受,所有人都假装这些牢骚不存在。他们差不多都希望瓦莉娅不存在。至少是希望她的愤怒、痛苦、寂寞、怨恨和所有的牢骚都不存在。他们只接受瓦莉娅的正面情绪。

难怪瓦莉娅的脾气会这么坏。她的儿子硬逼着她来美国,把她接来了却故意忽略她的存在。瓦莉娅的心不在这里,她的心在希腊。他们希望她离开,她自己也想离开,可大家偏偏要住在一起相互折磨,真是悲剧啊!

莉娜不停地画着。瓦莉娅是个与众不同的模特,她比艺术学校一小时拿十五美元的专业模特敬业多了。七十分钟过去了,瓦莉娅一直坐着纹丝不动,她没有叹气埋怨,连身体都没动一下。

不知不觉间,莉娜的眼中溢满泪水,她不想强作镇定。瓦莉娅是多么的寂寞啊!她是如此的渴望被关注。家人怎么能对她如此冷漠?真是悲剧啊!

莉娜终于画完了,她起身吻了一下瓦莉娅的头。她们几个月都没有碰过对方,在这一刻,瓦莉娅似乎被触动了。

莉娜害羞地把画递给瓦莉娅看。她在心里默默念道,我看到你了,我想我终于理解你了。

瓦莉娅看了很长时间,她什么也没有说,她只是傲慢地点了点头。但莉娜相信在这个诡异的星期六的下午,她们理解了彼此。

第二天吃早餐时,瓦莉娅又照例发飙了。

"谁冲的咖啡?"她凶巴巴地问道,就差没把咖啡吐到餐桌上。

"我冲的,"莉娜供认不讳,"你不喜欢吗?"

"难喝得要命。"瓦莉娅的脸色变得柔和起来。

莉娜迎上瓦莉娅的目光,这次她不会再躲闪:"那就别喝。"

爸爸、妈妈和艾菲惊呆了,他们的目光齐刷刷地扫过来,莉娜的感觉好极了。

"嗨,卡门?你真的是卡门吗?如果你真的是卡门,那我就是温了。如果你不是卡门……呃,那我还是温,只是我要为打扰你而道歉。哦,就算你是卡门,我现在也打扰到你了,我还是得道歉。我弄到了你的号码,是从……呃,算了,不谈这个。我不是个傲慢自大的人,我可以向上帝保证。我从来没有像这样唐突地给任何人打过电话。但我得承认,我一直都很想念你,呃……哔——"

半夜不知道几点钟的时候,布丽奇特感觉有头发粘在她手臂上痒痒的。她睁开眼睛,身体不敢动弹。埃里克在睡梦中滚到了她身边,脑袋都快贴到她肩上了。布丽奇特呼吸急促,他们侧身相对,睡袋几乎碰到了一起。

布丽奇特这晚睡得极浅,梦都是支离破碎的。和埃里克靠得这么近,她哪里敢沉沉睡去?埃里克知道他们的身体挨得这么近连呼吸都彼此交

错吗？他真的能像婴儿一样熟睡吗？

她小心翼翼地、缓慢地移动着脚。她屏住呼吸，即使隔着睡袋，她的大脚趾也可以轻轻地感觉得到他的脚跟。她希望他不会知道。他不知道，他仍在呼呼大睡。

布丽奇特依依不舍地抽回脚。

如能得到他的爱，她情愿付出一切。可是，如能重新赢得他的信任，她情愿付出比一切还多的代价。

别问我任何问题,我很烦,小心我要你好看。

——艾菲·卡利加瑞

牛仔裤女孩

蒂比站在影院的售票窗里等一点钟的电影放完。她不想和观众一起看电影。这几天她宁可站在售票窗等人买票。一天下午,售票窗的一位女售票员生病了,蒂比就接替了她。售票窗逼仄狭窄,但蒂比喜欢这里——它安全、宁静、一成不变。

蒂比又一次怀疑自己选择电影专业是否明智。也许纽约大学有财会专业,也许那里还有培训影院售票员或收银员的课程。也许她将来可以在充斥着血腥和暴力的贫民区卖酒,你必须坐在厚厚的防弹玻璃后面,顾客买酒还得把钱塞到玻璃窗下面的凹槽里。这份职业听起来很有前途吧。

街对面有几个人走过来,蒂比一看就怔住了。人就是这样的,当你看到别人走过来,再定睛一看,才看清楚是熟人时,难免会愣几秒钟。那个身材高大的当然是布莱恩。现在蒂比总是得反复告诉自己,这就是布莱恩,这就是布莱恩。她记忆中的布莱恩是个又小又瘦的家伙,一头鸡窝般的头发——从来不梳、从来不剪——是他的标志。可现在他却出落得英俊不凡,虽然他还是疏于打理头发,但头发凌乱得恰到好处。蒂比每年都会去"老海军"专卖店给布莱恩买几次衣服,正所谓人靠衣装佛靠金装,布莱恩已经脱胎换骨了。而且他还学会了主动洗澡,这使得他的魅力值大增。

布莱恩身边还有一个小个子，她的脑袋上歪歪斜斜地罩着一只硕大的冰球头盔，那当然是凯瑟琳。蒂比每次看见这只冰球头盔心就会不由得抽搐起来，脸也会不自觉地扭曲变形，怎么也控制不住。一看到凯瑟琳这个样子，她总是自责得想哭。尼奇牵着凯瑟琳的另一只手，现在连他都学着保护凯瑟琳了。

他们三个人穿过马路来到了影院的门口。凯瑟琳透过厚厚的玻璃门一眼就看到了蒂比，她兴奋地挥动着小手，头盔随之晃到一边，头盔带勒住了她的半只耳朵。蒂比迎上前打开门。"我们要在你的电影院看电影！"凯瑟琳大呼小叫道。

蒂比把头盔扶正。她总是做这个动作。

"嘿，看！"凯瑟琳指着自己的脑袋。

"什么？"蒂比问道。

"贴纸！"凯瑟琳一脸得意，"尼奇帮我贴的。"

原来冰球头盔上贴满了贴纸，无聊动画片里的所有超级英雄和卡通人物齐聚一堂，一个也没落下。

"哇哦，酷毙了！"蒂比赞叹道。

"我以后也许再也舍不得摘下头盔了。"凯瑟琳得意洋洋。

蒂比倒吸了一口凉气。凯瑟琳的话让她痛苦，可她自己还没意识到。哦，凯瑟琳！她怎么能这么可爱呢？为什么蒂比就不能像她这样呢？为什么凯瑟琳康复了蒂比的心还是这么痛呢？她又没从窗口摔下过，她为什么会心痛呢？她白白替凯瑟琳心疼了一场，凯瑟琳根本不需要她心疼。那到底谁才需要心疼呢？

蒂比暂时将以前的种种抛到一边，出于本能，她看了布莱恩一眼。布莱恩轻轻地碰了一下她的手，用他那深情款款的眼神包裹着她——他的目光中有支持，有信任，唯独没有吻她的冲动。

牛仔裤女孩

卡门保存了温的电话留言,她在一个小时里重放了十四遍。看来以后还是要低调一点,温明明就在医院上班,下次去那里为什么不用帽子和墨镜把自己包裹得严严实实拿本书埋头坐在角落里呢?星期三的下午到了,这是瓦莉娅每个星期做理疗的日子。卡门知道温在哪里,温很可能会找她。

她找了一块人最少的地方,这里正好是妇产科的走廊,静悄悄的,一个人也没有。坐在这里很自在,可好景不长,突然间,一群大肚婆摇摇晃晃地向她走过来,远远看去,真像一群鹅。她低头强迫自己看书,但怎么也看不进去。她们打破了她的宁静。这里一块清静的地方都没有。

所有的孕妇和她们的爱人都鱼贯而入进了一间房。卡门觉得好笑,这像什么呢?——像不像疯狂的大肚婆锐舞派对?突然她想起了什么,她看了看表。

卡门讨厌听妈妈说"分娩""生孩子""怀孕"或"宝宝",只要听到这些字眼,她差不多都会小气地自动忽略。可此时此刻,她脑子里隐隐约约地记起妈妈和大卫似乎就在这家医院参加了产前辅导班。

真的吗?是吗?

哦,老天!

她决定继续埋头看书,可哪里看得进去?翻了几页,简·奥斯汀的俏皮玩笑尽管能跃入眼帘,可到了大脑就短路了。卡门是那种喜欢刨根问底不找到答案誓不罢休的人。她把书塞进手袋向大厅走去,最后走到孕妇们进的那间房门口便停住了。窗户上装的是磨砂玻璃窗,用来偷窥再适合不过了。她看见一对对夫妻坐在地板上。丈夫张开两腿,圆滚滚的妻子坐在丈夫的两腿之间。老实说,这姿势看起来相当变态。老师则站在教室前面的讲台后面。

卡门再往后看,她看到了一绺熟悉的黑发。卡门深感欣慰,幸好妈妈没有成为这间变态教室中的变态一员。在这间教室里找到克里丝蒂娜是相当不容易的,虽然她腹大如球,但她靠着墙似乎缩水了。

每位孕妇都有丈夫陪伴,唯独克里丝蒂娜没有。为什么会这样?在这堂课上,老师教的练习需要丈夫给妻子按摩肩膀,克里丝蒂娜只能坐在那里。

大卫在哪里?卡门疑惑不解地看着克里丝蒂娜抬起双手给自己按摩肩膀。卡门再也看不下去了,她的胸口突然痛得不能自已,她打开教室门就冲了进去。

"有什么事吗?"老师问她。

"打扰一会儿,"卡门说道,她走到妈妈跟前,"发生什么事了?大卫呢?"

克里斯蒂娜的眼圈一红。"他们公司有急事,把他派到圣路易斯出差了。"她小声说道,一说到此,克里斯蒂娜不禁黯然神伤,但她仍然毫无怨言,她真是太善良了,"你怎么也来这里了,宝贝?"

"陪瓦莉娅做理疗。"卡门解释道。

克里斯蒂娜点点头。

老师来到她们面前。"你报名参加了这个班吗?"她问卡门。她的语气没有任何厌恶之意,但显而易见,这就是逐客令。

卡门的目光从老师移到妈妈,又从妈妈移到老师。然后,她指了指妈妈:"我是她的配偶。"

老师顿时瞠目结舌。从理论上来说,她必须为所有的配偶授课,不管他们是同性恋配偶还是异性恋配偶。"好,没问题。我们开始学习一些分娩按摩技巧吧。你跟着班上的其他学员做就行了。"

卡门让妈妈坐在她的两膝之间,她开始把手放在妈妈紧绷绷的肩上按摩了。卡门的手劲很大,她觉得自己按摩的水平还不错。她听到妈妈的呼吸夹杂着抽抽搭搭的声音,她知道克里斯蒂娜哭了。

但她知道克里斯蒂娜哭是因为快乐,卡门的心底也不由得涌起了一丝丝快乐,她很久没有这么快乐了。

嘿，美女们！

我爸爸给我寄了一大堆布朗大学的资料。

我室友的名字叫艾伊莎·雷诺克斯,这个名字很酷吧。

我将和她共居一室。我们都将认识她。这种感觉太怪了,不是吗？

布布

莉娜觉得画艾菲应该很容易。画艾菲不用提心吊胆,所以根本不用如临大敌。她大摇大摆地走进房间。莉娜从来就不是个粗枝大叶的人,可这次面对的是艾菲嘛,所以她觉得没什么大不了的。莉娜总是到事后才后悔莫及。

"你准备待在哪里？"莉娜问道,"在房间里？床上？或其他的地方？"

"嗯,"艾菲正在涂脚指甲油,"能不能就在这里画？"她正坐在书房的地板上对着电视。电视里的真人秀节目"嗡嗡嗡"聒噪不休。艾菲的下巴顶在膝盖上,她全神贯注地盯着指甲油,几乎达到了忘我的状态。

"呃,"莉娜说,"我可以把电视关掉吗？"

"就让它开着吧,"艾菲说,"我不会看的。"

这没问题。莉娜本能地认为不应该对模特指手画脚,不然他们无法放松。她再傻也不会干这种蠢事。

莉娜开始素描了。艾菲屈膝,下巴顶在膝盖上,脚趾头伸得老长。莉娜一边看一边画。

艾菲可不是瓦莉娅,她不停地晃来晃去,她似乎并没意识到自己现在是莉娜的模特。

"嘿,艾菲。你能不能不动？"

艾菲白了她一眼,继续折腾她的脚指甲油。

莉娜很想忍气吞声,她真的忍了。画一只晃动的手虽然很难,但莉娜可以模糊处理。可艾菲一直低着头,这实在无法表现人物的性格,莉娜终于无计可施。于是她干脆在画中表现出艾菲的抵触情绪,她也只能这样了。

画了一会儿,莉娜忍不住问自己,为什么艾菲会这么不耐烦呢?是的,这个夏天她们生疏了许多。她们两人在初夏之际就找到了工作,她们一有机会就往外跑,尽量不在家里待着。难道她和艾菲的感情成了瓦莉娅性情大变的又一个牺牲品?

是不是事实比她想象的还要糟糕?

"艾菲?"

"什么?"艾菲不耐烦地吼道,仍然连头都懒得抬一下。

莉娜的嘴巴似乎比手里的炭笔更管用。她张嘴便道:"艾菲,我觉得你不想配合,你似乎在生我的气。"

艾菲翻了个白眼。她仍然自顾自地对着大脚趾上闪闪发光的粉色指甲油吹气,以便让它们早点干。"你为什么这么想?"

"因为你不看我,你还晃来晃去。"

如果艾菲变成了莉娜,莉娜变成了艾菲,她们一天都争不出个所以然来。不过幸运的是,艾菲毕竟是艾菲。她终于转过头来,脸上百感交集。

"也许是我不想要你上艺术学院。"

莉娜放下画板。"为什么?"她目瞪口呆。她一直以为只要她和父母产生任何冲突,艾菲肯定会坚定地站在她这一边。就像她对艾菲一样,就算艾菲错了,她也会毫不犹豫地支持艾菲。难道这次艾菲真的认同父母的看法吗?难道她也恨莉娜让本来已经鸡犬不宁的家更加鸡飞狗跳吗?

艾菲的眼里满是泪水,过了好半天,她才盖上指甲油的瓶子,把它扔到一边。"你以为呢?"她反问道。

莉娜瞪大了双眼:"艾菲,我不知道。告诉我,求你了。"

艾菲捂住了脸:"我不要你走。我不要你把我一个人扔在这里……孤军奋战。"

莉娜挪动膝盖来到妹妹面前。她紧紧地搂住艾菲。"对不起,"莉娜真

诚地说道，"我也不想离开你。"妹妹的眼泪滴在她的肩上，她把艾菲搂得更紧了，"甚至一想到要离开你我就会心痛。"

如果别人对你有意见，应该让他们说出来，不然你就没机会安抚他们了。莉娜暗暗提醒自己，以后一定要经常这样做。

上完课后，卡门在大厅里送妈妈离开医院，正当她和妈妈拥抱的时候，温出现了。温大喜过望，他迫不及待地迈开大步走过来，唯恐晚来一步卡门就会消失。

"卡门！"

"嘿，温。"她招呼道。她的脸上满是笑意。温如此可爱，她怎能不笑？温和克里斯蒂娜面面相觑。温很可能以为这次卡门又在陪哪个八竿子打不着的熟人来医院。

"这是我妈妈克里斯蒂娜，"卡门介绍道，"妈妈，这是温。"

"很高兴认识你，温。"克里斯蒂娜微微一笑。

卡门在妈妈的眼中看到了温，她再次被温难以抵挡的帅气深深折服。一般来说，男孩子帅成温这样难免会染上"恃帅行凶"的毛病，可温却不一样。他一点都不自负或傲慢。他真正地配得上"谦谦君子，温润如玉"这八个字，他可不是那种有一点姿色鼻孔就翘到天上的男人。

"我也很高兴认识你，"他诚恳地说，"我就猜你肯定是卡门的亲戚，你们长得一样漂亮。"

如果这话是别人说的，卡门肯定会吐出一个"呸"字给那个马屁精一个白眼，叫他马上滚蛋。但此时此刻，她不仅亲耳听到温这么说，而且还亲眼见到了温真诚的眼神，她觉得这是她听过的最单纯、最真诚的赞美。当然，妈妈也深有同感。

克里斯蒂娜双颊绯红："谢谢，你的嘴巴真甜。"

卡门在甜言蜜语的攻陷下抱头鼠窜，她一时不知道该说些什么。

"卡门今天可是我的大救星,"克里斯蒂娜主动找温搭话,她的声音充满感情,"我丈夫不能陪我上产前辅导班,幸好遇上了卡门。她做了我的配偶兼教练。你怎么也想不到吧?"克里斯蒂娜笑得眼里都是泪。卡门以前就听说孕妇的感情过于丰富,可老天啊,这也太丰富了吧。

温饶有兴趣地望着克里斯蒂娜,然后他又痴痴地看着卡门。一直以来,卡门都希望有一个像温这样的帅哥能这样深情地看着自己。可现在她的感觉全不对劲,妈妈刚才说的话让她有如芒刺在身。

她张嘴想说些什么。突然,她想起了什么。"哦,老天啊!我得去接瓦莉娅了!我已经晚了。"噢,老天啊,她几乎可以听到从八楼传来的足以把人震得粉身碎骨的狮子吼。

"我陪你去。"克里斯蒂娜一面说着,一面跟着卡门朝电梯冲去。

"再见,温。"卡门回头大声喊道。

卡门站在狭窄的电梯门之间挥手告别,温怅然若失。电梯门刚一关上,克里斯蒂娜就大呼小叫开了。"宝贝,他是谁?"她兴奋得几乎要跳起来,"他……他太帅了!还有啊,他看你的那个眼神,啧啧啧——"

卡门的脸发烧了。"他的确……很好。"她不想妈妈看到她一脸似笑非笑的样子,她的嘴已经僵掉了,怎么也恢复不了正常。

"很好!比'很好'还要好!你是怎么认识他的?"

卡门耸耸肩。"我和他不熟。也可以说,有那么一点点熟,"她缩着嘴唇,"但他一点都不了解我。"

如果一个人的工具箱里只有锤子,那么所有的问题看起来都像钉子。

——亚伯拉罕·马斯洛

蒂比花了四晚的时间才抢到垃圾袋,她得立刻把垃圾袋从影院拖到后院,不然又会被玛格丽特抢了。玛格丽特在这家"阁楼"影院工作了二十多年,她的经验太丰富了,而且她无比敬业,像倒垃圾这样的小活蒂比都很难插得上手。

"蒂比,谢谢了!"玛格丽特看到空荡荡的垃圾桶时感激地说,"你真好。"

"这本来就是我的分内之事。"蒂比说。

玛格丽特把毛衣放进员工更衣柜(蒂比发现她没有在更衣柜里贴任何海报),然后从柜里拿出手袋,这是她每晚雷打不动的例行动作。蒂比知道玛格丽特将从威斯康星大道坐巴士回家,她家住在北边。蒂比想不出玛格丽特下班后会做什么,但她差不多可以肯定玛格丽特是独自一人。

蒂比突然心念一动:"嘿,玛格丽特?"

玛格丽特转过身来,她的手袋优雅地挂在手腕上。

"你可以陪我吃晚饭吗?"

玛格丽特听傻了。

"如果你愿意的话,我们可以吃点简单的东西。从街角那边笔直走,不远处有一家意大利餐馆。"

为什么不花点时间陪陪这位寂寞的女子呢？蒂比一想到此，就几乎要为自己的义举拍手叫好。这不是一件很有意义的事吗？蒂比觉得任何一个心地善良的人都会这样做。

玛格丽特环顾四周，好像在看身边是不是有别的人，她不相信蒂比是在问自己。她的嘴角抽搐了一下，然后她清了清嗓子："什么？"

"你想吃晚饭吗？"

玛格丽特吓了一跳："你和我？"

"是啊。"蒂比开始怀疑自己是不是好心过头了。

"晚饭？呃，好的。我想没问题吧。"

"好极了。"

蒂比领着玛格丽特走过街角。她从未在电影院外面见过玛格丽特，这太不可思议了。她忍不住问自己，玛格丽特这辈子有多少次会在电影院外面闲逛呢？肯定很少，她是不折不扣的宅女。她身穿淡粉色开衫，手拿配有金色搭扣的白色PU包，一脸的无所适从，简直就像从另一个时空里穿越而来的无辜受害者。

"这里还行吧？"蒂比打开餐馆的门问道。

"不错。"玛格丽特点点头，她的声音微微颤抖。

蒂比以前来过这家餐馆，这是一家中规中矩的馆子，没有任何怪异之处。可现在和玛格丽特在一起，蒂比却觉得这里阴暗嘈杂，吵吵嚷嚷乱成了一锅粥，总之一切都不对劲。

领座员给她们找了一张桌子。玛格丽特如临大敌，她只坐在椅子前端的位置，背生硬地挺着，仿佛只要有一点风吹草动就准备溜之大吉。

"这里的比萨很好吃。"蒂比嗫嚅道。

玛格丽特吃比萨吗？她真的会吃东西吗？玛格丽特瘦得只剩一把骨头，而且差不多只有十岁小孩那般高。不过，她的颈纹、金色马尾辫中偶尔夹杂的白发还是出卖了她的年龄。蒂比知道她有四十来岁，但从其他方面来看,玛格丽特活像一个发育不全的孩子。

她怎么会这样呢?以前到底发生过什么事?蒂比实在想不明白。难道她遭受过沉重的打击?或者失去亲人?到底发生过什么可怕的惨剧才会让她在成长的道路上倒地不起一直停留在十四岁呢?

或者她只是一次又一次地小心谨慎习惯成自然呢?她是不是不敢在生活中冒任何风险所以现在只有裹足不前停止成长呢?

玛格丽特是不是害怕爱?难道不是吗?她总是正好在"人约黄昏后"的时分离开电影院。

蒂比无奈地望着玛格丽特,她想说点什么或做点什么让玛格丽特放松一些,但她搜肠刮肚也找不到一点话题,她对玛格丽特的生活一无所知。

"你喜欢吃意大利面吗?"蒂比问道,"我听说这里的意大利面很不错。"

玛格丽特惊慌失措地看着菜单,仿佛有人要害她似的。"不是很喜欢。"她无力地说。

"尝尝沙拉吧,"蒂比提议道,"如果不喜欢也没关系,我完全可以理解。"

玛格丽特点点头:"那就吃沙拉吧……"

蒂比的心隐隐作痛,因为她知道玛格丽特也想讨好她。玛格丽特在这里如坐针毡,但她还是不想让蒂比失望。

这样看来,到底是谁在陪谁?

蒂比胸中的一腔正气渐渐泄了下来,这时她才意识到自己是个白痴。玛格丽特太可怜了,蒂比不仅破坏了她"两点一线"的生活规律,而且还洋洋自得地以为这是施舍行善。可这位寂寞的女人一点也不觉得安慰,蒂比的自以为是给她带来了无尽的痛苦。蒂比啊蒂比,你脑子进水了吗?

"我也不大喜欢意大利菜,"蒂比轻快地说道,她只想拯救玛格丽特于水火,"我们还是回电影院那边买点冰激凌,然后我陪你走到车站吧。"

玛格丽特如释重负:"那太好了。"蒂比看在眼里,喜在心里。

走出餐馆的时候,蒂比想起了叔叔弗雷德经常说的一句话,差不多只

牛仔裤女孩

要家人过生日,他都会说这句话。爸爸妈妈抱怨孩子们长大了烦恼多了的时候,叔叔就会说,"长大虽然不好,但总比长不大好"。

就在这时,蒂比才第一次意识到长不大是什么样的。身边就有一个长不大的孩子,她天真无邪地舔着橘子冰激凌,蒂比看着她心如刀绞。

卡门和莉娜一起坐在康涅狄格大道上的星巴克里,这里的冷气效果很好,惬意之极。"他又逮到我了。"卡门吸了一口卡布奇诺冰咖啡后说道。

"什么?"莉娜问道。她点了曲奇却不想吃,卡门倒是在一旁虎视眈眈。

"温又一次在医院无意间看到我做好事了。"

莉娜大笑:"那可惨了。"

"我觉得自己活像个扒手或小偷什么的。我真不知道该怎么向他解释。"

"你没告诉他这纯属意外吗?你得告诉他你没这么好心,你这辈子都不会再做什么好事。老天啊,你怎么不说呢?"

卡门也大笑起来:"可'好卡门'又一次把我打败了。你说,我该怎么处置这个该死的家伙?"

"把她捆起来扔到浴室去。"

"好主意。"

莉娜眯着眼睛若有所思地望着卡门:"也许你真的就是'好卡门'。你有没有想过这一点?"

卡门想了一会儿,昨晚她还把妈妈最后的一品脱"本杰瑞"冰激凌偷吃得精光,"不可能。"

莉娜还是不准备吃曲奇,卡门拿了一块掰断塞进嘴里。"你猜明晚谁会睡我家的沙发?"卡门问道。

"谁?"

"保罗·罗德曼。他从南卡罗来纳州开车路过这里,他肯定会来我家的。我有好几个月没见过他了。"

莉娜坐在椅子上浑身不自在,她换了一个姿势。

"他还问起你呢。"

莉娜羞答答地点点头。

"他总是提起你。事实上,你是我们聊天的话题之一。"

莉娜低头盯着自己的大脚和硕大的软木底凉拖。"他爸爸好吗?"她问道。

卡门怔了一下。她一直和保罗通过电子邮件保持联系,因为保罗写电子邮件还没有染上惜字如金的臭毛病:"他很不好。保罗每星期都会开几个小时的车去看他。唉,想不到会这么惨。"

莉娜正在点头的时候,卡门的手机响了。卡门在手袋里摸索了一通后拿起手机。

"喂?"

"卡门,嗨,是我,大卫。"

"什么事?"卡门的声音里火药味十足。

"我只是想感谢你。你昨天帮我照顾了你妈妈,你真不知道她有多高兴。我也非常欣慰。其实我真的很想陪她去医院,可你不知道——"

"没事,"卡门打断他,"这不算什么。"

"真的,卡门,我真的很想感谢——"

"好啦,"她可不想听大卫继续说这些,"你还在圣路易斯吗?"

"不,我回家了。"他疲倦地说道。

为什么她这么讨厌他呢?虽然他每天累得像条狗,但这并不是他的错。他得养家,他是一个有担当的男人。是啊是啊,总之道理都站在他那一边。

"那我们回头见。"她说道。

"噢,卡门——我还有一件事?"

"什么?"

"我把手机充电器落在圣路易斯的酒店了。我能暂时借你的用用吗?"

牛仔裤女孩

谁都知道他们的手机一模一样,有时这似乎是他们唯一的共同语言。大卫的来电铃声听起来像波尔卡舞曲,他觉得这个铃声太有才了。

"当然可以,充电器就在床头柜旁边的插座上。"她说道。

"酒店那边说他们会把我的充电器寄过来。我跟他们说了我要用的。"

为什么他们的对白总是这么假模假式呢?"是啊,你是需要充电器,"卡门说道,"呃,再见。"

"再见。"

她挂上电话。当她把手机放回手袋时,她才突然发现充电器其实就在她的手袋里。噢,见鬼!

莉娜眯缝着眼猜测打电话的人是谁。"大卫?"她终于猜出来了。

"是的。"

"我就知道不可能是你喜欢的人。"

"小样,谁说我不喜欢他了?"卡门又在使小性子了。她叹了一口气,"我应该对他友好点,是不是?"

"别问我,问你自己。"

卡门的脸上浮现出一丝不怀好意的笑容。"我知道该怎么做了。我可以请温和妈妈,还有大卫一起吃饭,"她邪笑道,"到那时温就能看清我的真面目了。"

蒂比:

带海滩装备 + 音乐。

不许带垃圾电子音乐(参见讨论结果)。

布布和我:

食物。要带很多食物,高卡路里、高反式脂肪酸的食物带得越多越好(我就是喜欢这类食物。咦,有哪些零食属于这一类呢?)。

莉娜:

其他家庭用品。

(美女,就是草纸、卫生纸和面巾纸)。

附:别忘了给一年一度的"雷霍博斯海滩第一届学前梦幻周末基金"(别名,卡门的钱包)捐款,每人六十美元,我指的可是现金哦。

我指的是马上就得捐,该死。

自从莉娜得知保罗会来华盛顿小住之后,她满脑子里都是保罗的影子。最后,她好不容易鼓起勇气打电话到卡门家找他,她请保罗来她家。当然,保罗肯定不是她的家人,但她却像着了魔似的想给他画张画像。

在那个下午,莉娜手拿炭笔将保罗迎进家门。她生硬地拥抱了他一下。保罗的眼神变得更成熟了,一双深邃的眼眸盛满了忧伤,但却更添一份令人怦然心动的魅力。莉娜看得眼睛都直了。

他默默地跟着莉娜走进厨房。

你们两个太像了,卡门曾这样说莉娜和保罗,因为他们都不善言辞。卡门曾经对他们寄予了极高的期望。

"你要喝点什么吗?"莉娜问他。

保罗手足无措:"不用,谢谢。"

莉娜示意保罗坐在她对面的餐桌旁,她拨弄了一下长发,在保罗面前她很在意自己的外表。"我有个不情之请。"她说道。保罗顿时大惊失色,但他的眼神没有一丝不悦:"说吧。"

"我可以画一张你的画像吗?大约需要一个小时或一个半小时。只画这里以上的部位。"她在锁骨处比画了一下,不然他会吓得夺门而逃。"嗯,我想申请罗德岛设计学院的奖学金,我得准备申请作品,我想画一组人物画像。我真的很想上这所大学,可爸爸不付学费,所以一切只能靠自己了。我可以画你吗?"她从来没有一口气对他说过这么多话。

保罗点点头,"不胜荣幸。"他说道。

她心念一动:"也许我们可以去外面画。"

保罗跟着莉娜走到后院。在哪里画保罗比较好呢?让保罗躺在游泳池边的躺椅上?不好,她可不想画慵懒的保罗。莉娜四处打量。后院的角落里有一个树桩,就靠在篱笆旁边。它原本是一棵高大挺拔的老橡树,可后来长虫腐烂了,父母怕它倒下来砸坏了房子所以就找人把它砍了。树桩强壮结实,和保罗的气质正好相得益彰。她示意保罗站在那边,然后她一路小跑着回屋给自己拿了椅子和画板。

"准备好了吗?"莉娜问。

保罗端端正正坐在树桩上。树桩的高度对他来说正好,莉娜坐在那里脚会悬在半空中,可保罗就不同了——他的脚稳稳当当地踩在地上。保罗把手放在膝盖上,这种姿势换了别人会显得生硬拘谨,可保罗摆这个姿势却显得落落大方。莉娜发现他的左手小手指上戴着一枚鸽子蛋般大小的毕业纪念金戒,这是画像中唯一的一丝不和谐。

莉娜往后退了几步,她想画保罗的大半个身体:"我可以把你身体的四分之三都画下来吗?"

"可以。"他说。

莉娜将画纸别在画板上。保罗直勾勾地盯着莉娜,莉娜芳心大乱,一不小心把手指给夹得生疼,她把手放在嘴边吸了一下,接着把头发挽在脑后扎成一个马尾辫,拿着炭笔对准画纸。

"我可以看着你吗?"他问。

"呃,可以。"她答道。保罗的眼神总是这样直勾勾地,他都习以为常了。如果是别人这样长时间地盯着莉娜,莉娜会难堪得要命。但保罗就没问题了,莉娜反倒坦然得很。

保罗的脸部线条给人以方方正正的感觉。下巴是方的,额头是方的,连颧骨也是四方四正的。可如果花点时间仔细看看,你会意外地发现许多圆形元素。比如说,他的眼睛——又大又圆,像婴儿般天真无邪。可莉娜在他的眼角发现了些许徐徐展开的皱纹,类似于笑纹,淡得几乎觉察不到,莉娜觉得这些纹路不大像大笑产生的。在眼眶边上,莉娜发现眼睛和鼻梁之间那层薄薄的皮肤有些发青,看起来仿佛是擦伤。

他的嘴唇厚而性感,丰满得令人叹为观止。这样的嘴唇几乎会令女孩子们疯狂。莉娜盯着他嘴角两边的线条,不由得看痴了。你根本想不到这样一个高大强壮的男人会有两片如此性感的嘴唇。莉娜就这样厚颜无耻地盯着他的嘴唇,她几乎快变成花痴。良久之后,莉娜不免心生内疚,她觉得自己真不该打着画画的幌子花痴保罗。

画保罗的肩膀和手臂时,她把它们的姿势画得放松了一些。画手时,她又把手的姿势画得紧张了一点点。

画戒指的时候,莉娜迟迟无法下笔。迟疑了半响后,她终于鼓起勇气问道:"这枚戒指有什么特别的意义?"

保罗的另一只手立刻忙不迭地盖住戒指。虽然这个动作极小,但他摆了将近四十分钟的造型就在这一刻功亏一篑。"对不起。"保罗意识到了自己的错误。

"没关系,别担心。"莉娜连忙说道,她心底涌起了一股强烈的保护欲,"你可以休息一下,毕竟坐了这么久,你也该休息了。"

"不,我没事。"他现在耷拉着脑袋,颈部的曲线优雅修长,但遍布忧伤。脖子就这样弯着,似乎有千言万语,莉娜一时手指大动。这个姿势妙极,她又想重新画一幅画了。

如果观察得够仔细,如果真的在用心捕捉信息,你总可以有更多发现,即便一个细微的动作也胜过千言万语,这真是太不可思议了。看上一眼,便会有千头万绪一齐涌上心头,太多太多信息扑面而来,你不禁眼花缭乱。这种感觉只可意会,不可言传,至少莉娜的这张拙嘴是难以言述的。如果再凝视观察,你会发现成千上万幅画面,还有数不清的记忆和灵感。

牛仔裤女孩

每一点每一滴都蕴含着人类历史上的所有感受,正所谓一花一世界,一树一菩提,只要你能看得到。这就像一首诗。呃,不过老实说,莉娜从来就不懂得诗里的诗情画意。但她可以想象斯人斯景在懂诗爱诗之人的眼中会是如何的美好。

也许这真的像一首诗,也许这只是因为莉娜被电晕了。

保罗已把戒指摘下放在手中,他抬头望着莉娜:"这是我爸爸的,他以前也上宾夕法尼亚大学,所以他要我戴这枚戒指。"

莉娜望着保罗一脸凝重。保罗太可怜了,莉娜真怕自己的同情心会不断泛滥直至涌出眼眶:"他病得很重,我听卡门说过。"保罗点点头。

"我很难过。"

他缓缓地点了点头:"你理解这种痛苦吗?"

"我懂,"她动情地说道,"我的意思是,我不懂。懂也不懂。事实上,我不懂,但我觉得我懂。我爷爷去年夏天死了。"她突然被自己的话吓了一跳,她真不该提"死"这个字眼,"哦,我不是那个意思!"莉娜几乎吼了起来,"这种事不会发生的!"莉娜有时真是恨死了自己。

保罗的表情居然出奇的温和,他的眼中除了宽恕之外,甚至还有感激:"我知道你懂,莉娜。我看得出来。"

他们相对而视,莉娜第一次觉得不用急着找话说,沉默的感觉居然也会如此美妙。

"我们休息一下好吗?"她又问了这个问题。

"好的。"这次他同意了。

树桩足够两个人坐。她坐在他身边交叉着双腿。她小心翼翼地靠在他身上,他默许了。阳光温柔地洒下来。

画纸躺在草地上,风吹过来,纸角如蝴蝶的翅膀一般轻轻飞舞。

虽然她很想把画画完,但她觉得不必急于一时。她突然有了一个想法——在画里向保罗道歉。

轻轻晃动心房,它将随之开启。

——《两只老鼠打天下》主题曲

演唱者:罗杰·米勒

牛仔裤女孩

又是倒霉的一天。

瓦莉娅和希腊的老友网聊后差不多耗尽了全身大半的力气,一天中她也只有在这个时候看起来像个活人。现在,她们一起坐在昏暗的书房里。卡门准备发动另一场持久战,至于战利品嘛,那当然是电视喽。

这几天她一直没有见到她心爱的瑞恩·亨尼斯,她都快忘了这位帅哥长什么模样了。不知道为什么,卡门想了半天也想不起帅哥的音容笑貌。她站起身来:"瓦莉娅,我们在这里都快坐烂了。我们一起出去吧。"

"出去?"

"是的,今天天气不错,我们可以散散步。"

瓦莉娅一脸疲倦,她不耐烦地说:"我要看电视,我不想散什么步。"

"求你了?"卡门突然一门心思地就是想出去散步,她也懒得冷战了。就让瓦莉娅赢这一回合吧,"你只需要坐在轮椅里就行了,其他的事我来做。"

瓦莉娅想了一会儿。她喜欢别人求她,看到卡门这样卑躬屈膝,她满意极了。于是,她耸耸肩:"外面太热了。"

"今天不算热,求你了!"

瓦莉娅可不会这么容易说"好",她才不会便宜卡门,不过她最后还是望着轮椅顺从地点了点头。

卡门趁热打铁。她轻轻把骨瘦如柴的瓦莉娅抱上轮椅。"准备好了。"卡门摸了一下身上的钥匙和钱包，随即就把瓦莉娅推出了门。

天空湛蓝得让人想吻上去。尽管现在已是八月，但仲夏时节笼罩在天空中的一层湿雾却暂时消失了。这样的天气不出来散步简直就是犯罪。卡门漫无目的地走着，思绪也漫无边际地四处飘荡。她试着通过瓦莉娅的眼睛来看这个世界，此时此刻，她把自己当做是那个在爱琴海的小岛上度过了一生的老妇人，在这个老妇人的眼中，眼前的美国郊区应该是什么样的呢？肯定没什么好看的，这是显而易见的。但卡门抬头看了看天空，她知道这里的天空和希腊的别无二致。瓦莉娅看到了这片一碧如洗的蓝天吗？她知道这也是希腊的天空吗？

不知道为什么，卡门鬼使神差地想起了她和妈妈去过几次的一家餐厅。她记不得餐厅的名字，但她知道它在哪里。她推着轮椅朝餐厅走去，就在这一刹那，她的肚子也"咕咕"叫了起来。

到了餐厅后，卡门深感欣慰，餐厅外面还摆了许多桌子，每张桌子的上方都支起了一把硕大的白色遮阳伞。这是一片精致小巧的露台，红色天竺葵默默地在白石灰墙上的木箱中竞相开放，娇艳欲滴。卡门从未去过希腊，但她却固执地认为这一小片墙，还有蓝天下的白伞都颇具希腊风情。

她把瓦莉娅抱到桌旁。这里除了她们之外，没有其他的客人。

"为什么坐在这里？"瓦莉娅摆出一副兴师问罪的架势。

"我想休息一会儿，而且我饿了。你觉得这样可以吗？"

瓦莉娅怒气冲冲，但她还是隐忍着没有发作："我觉得不可以又能怎样？"

"我很快就回来。"卡门说道。

室外的餐桌旁没有服务生，所以她得去店里的柜台边点菜。此时是下午三四点，店里差不多没什么人，卡门研究菜单的时候都觉得自己像贼似的。准确地说，这里的菜不是希腊菜，但它至少是地中海菜。卡门发现很多菜的原料莉娜家都有，她知道自瓦莉娅来了之后，卡利加瑞家便不会再用那些调料了。莉娜说她爸爸不想让瓦莉娅睹菜思乡，他避免让瓦莉娅看到任何可能会引起她思乡情绪的东西。他甚至不让瓦莉娅做菜，虽然瓦莉娅做了一辈子的菜。

卡门点了葡萄叶包米卷和一道颇像希腊菠菜芝士派的辣菜。此外，她还点了茄子、希腊沙拉、几块蜜糖果仁千层酥和两大杯柠檬水。付完款后她端着所有的食物来到桌前，把食物放在她和瓦莉娅中间："我买了一些吃的，希望你会喜欢。"

瓦莉娅投以轻蔑的一瞥。

卡门把一根热气腾腾的菠菜卷放到一个小纸盘中，然后将它和叉子一起递给瓦莉娅："嘿，尝尝。"

瓦莉娅坐着不为所动，她闻了闻，还是纹丝不动。

卡门悔得肠子都青了，她真恨自己不该这么冲动，每次冲动的后果差不多总是后悔。

瓦莉娅不喜欢这里，她肯定会讨厌这种不地道的希腊菜。卡门已经听够了瓦莉娅的牢骚。

你把这叫菜？

那坨绿色的杂碎叫什么？这不是菠菜。

时间一点点过去，卡门越来越恨自己。她为什么会有这些愚不可及的念头呢？比这更恶心的是，她怎么能这么恬不知耻付诸实施呢？

瓦莉娅把纸盘端到面前。看样子她好像是要尝一口，然后她欲尝又止。当瓦莉娅把盘子放在桌子上低下头时，卡门看傻了。瓦莉娅就那样低头坐着，坐了很久很久。卡门看到她的眼中满是泪水，大滴大滴的眼泪如断了线的珍珠一般顺着瓦莉娅皱巴巴的脸缓缓滑落，卡门的喉间不由得一阵发酸。瓦莉娅一直端着的脸一下子垮了下来，旋即蒙上了一层刻骨的忧伤。

卡门站起身离开座位。她不假思索地走到瓦莉娅身边，用双臂拥住这位老妇人。

瓦莉娅的身体在卡门的怀抱中仍然直挺挺地僵着。卡门等着瓦莉娅甩开她的手或发出其他不需要拥抱——尤其是卡门的拥抱——的讯号。

可奇怪的是，瓦莉娅的脑袋越来越沉，最后居然倒在卡门的颈间。卡门的锁骨可以感觉得到瓦莉娅柔软而松弛的皮肤，她加大了手臂的力度。瓦莉娅的眼泪滴在卡门的脖子上，一片潮湿。卡门隐隐约约地意识到瓦莉娅的手抓住了她的手腕。

这真让人伤感，卡门想道，你脾气暴戾只是因为你悲痛欲绝，只是因为一颗心已千疮百孔，只是因为你需要人爱。可等你需要人爱时，所有的人却对你避之不及，他们在你面前小心翼翼，唯恐有一点闪失，真是悲剧啊！卡门对这种恶性循环再熟悉不过了。当你想伤害别人可最终伤害的是自己时，这种感觉是多么的痛苦！

卡门温柔地拍了拍瓦莉娅的头发，她惊讶于自己的善良，她这次居然没做坏事。事实上，卡门并不想这么做，她只是想让瓦莉娅好过点。

卡门想到了卡利加瑞先生，他太急于保护他的母亲了，他有一大套理论。是的，闻到希腊菜瓦莉娅会难过，他说得对。卡门这样拥抱她似乎也会让她难过。可有时候——卡门知道——你没法避免难过。

"我想回家。"瓦莉娅在卡门的耳边抽泣。

"我知道。"卡门低语道，她知道瓦莉娅说的家不是马里兰州贝塞斯达高地街 1303 号。

"希望你和迈克尔玩得开心，"布丽奇特俏皮地扬起眉毛，"但别玩得太开心了。"

她帮戴安娜把野营包放进车里，突然间，脑袋却莫名其妙地一阵眩晕。一时间头痛欲裂，她疲倦得像被抽去了筋骨一般。戴安娜这个周末可

以回费城和男友团聚,她为戴安娜感到高兴,可她又为自己得待在这里而暗自神伤。

她决定不去餐厅。星期五的晚餐总是很丰盛,一般会有冰激凌圣代,那可是布丽奇特的最爱,她总是要吃两三份才罢休,但今晚她一点也不饿。"我得上床休息。"她喃喃对自己说,接着跌跌撞撞地穿过停车场,走过装备屋。

今晚的营地出奇地空旷。星期五的晚上,绝大多数营员都回家了,只留下了几个员工照看营地。

脱衣钻进毯子时,布丽奇特暗自庆幸宿舍终于能清静一晚了。她抓紧毯子把自己裹得密不透风,外面至少有27度,可她为什么会这么冷?她裹得越紧反而越觉得冷。她冷得发抖,牙齿上下打战。她越想集中精力强迫自己不要打战,牙齿就越磕得厉害,"咔咔——咔咔",上下牙关不住作响。她的脸烫得发烧。

布丽奇特估计自己八成是发烧了。她得想想办法。也许她可以偷几片凯蒂的退烧药。可她只能想想而已,因为她动都动不了了。渐渐地,她陷入了半梦半醒的状态。恍惚中,她觉得自己好像拿了一条毯子,然后还喝了一杯水。她不知道自己到底这样做了没有。她怎么也想不明白,到底什么是真实,什么是虚幻,她想得脑袋生疼。她就那样想了很久很久,直到天色黯淡下来。突然,身边跳出一个人影来,布丽奇特吓了一跳。

"布布?"

她迷迷糊糊地看着。是埃里克的脸,越来越近。

"嗨!"她无力地应道。她不想把毯子移到下巴下面,她浑身滚烫,她不想有风灌进来。

"你没事吧?"

"我没事。"她说道,牙齿又开始"咔咔"作响。

埃里克着急了,他摸了摸她的额头:"老天,你好烫。"

她本想一笑置之,可没有一丝力气。她太疲倦了:"我想我是感冒了。"

"是的。"他温柔地——几乎是自然而然地——拂去她额头上的乱发。他的动作很轻柔。尽管布丽奇特快被烧糊涂了,但她的心中却莫名地荡漾着惬意和喜悦。

埃里克轻抚着她滚烫的脸,他的手冰冰凉的。"你想吃点药吗?要不要我帮你找护士?"他焦急地盯牢她的脸。

"别担心,没什么大不了的。"布丽奇特疲倦不堪,说话只能一字一顿,"我发高烧的时候还可以跑步。我妈妈以前说,"她不得不停下来攒点说话的力气,"她说我烧到41度才算是小感冒。"说到这里时她想故作轻松,可她的忧伤却欲盖弥彰,因为埃里克一脸的心疼。他知道她妈妈的事,他们差不多在第一次见面的时候布丽奇特就说过她妈妈去世了。

"我不知道营地里是不是还有护士,不过我得去试试。你要不要吃像泰诺或布洛芬这样的退烧药?"

"随便什么药都好。"她说道。

"我马上就回。哪里也不许去,好吗?你得答应我。"

她一边咳一边轻笑:"这个我可以答应你。"

"你得让瓦莉娅回家。"卡门跟着阿里进了厨房后说道。

卡门先得到了莉娜的支持,然后她盯了两天才找到单独和阿里在一起的机会,卡门真的是不达目的誓不罢休。

阿里把信放到厨房的餐台上,她望着卡门惊讶不已。"什么?"阿里有一双水汪汪的大眼睛,莉娜继承了这双眼睛,但莉娜的眼珠颜色淡得多,呈绿色,而且眼神充满脆弱。阿里的眼睛是深色的,让人说不出什么感觉。

"我知道这不关我的事,"卡门以退为进,"我知道你和卡利加瑞先生很可能懒得理会我的意见。"卡门总是称呼阿里为"阿里",卡利加瑞为"卡利加瑞先生"。在她看来,这是理所当然天经地义毋庸置疑的。

阿里微微点头,示意她将这些逆耳之言继续说下去。

"我真的认为你和卡利加瑞先生应该让瓦莉娅回希腊,"卡门的眼中溢满泪水,她讨厌自己的感情说来就来,真是太不争气了,"她在这里生不如死。"

阿里重重地叹了一口气,用手背擦了擦眼睛。至少这不是她第一次听到这话。"瓦莉娅怎么能照顾自己呢?特别是现在,她的腿又受伤了。除了我们之外,谁能照顾她?"她不像在说自己的话,反倒是像在转述别人的话。

"她的朋友可以吗?她有朋友,他们和她亲如家人。对这一点我再清楚不过了。在我看来,她只有在和瑞娜网聊时才会高兴一点。"卡门揉搓着双手,她太佩服自己了,她居然能像成年人一样和阿里对话,"瓦莉娅忧郁得给自己倒杯水的力气都没有,但我敢发誓,只要能和希腊的朋友聊上几句,她连电脑编程都搞得定。"

阿里望着她,眼神里有痛苦,有疲倦,也有柔情。

难道阿里不知道受尽折磨的不仅仅是瓦莉娅一个人吗?卡门从没见过阿里像这样整天绷着个脸,现在的卡利加瑞先生也脾气见长,越来越倔强,以前他不是这样的。难道阿里看不出来不仅她一个人要付出惨重代价,连女儿的幸福和快乐也要搭进去吗?

卡门知道,如果卡利加瑞先生在这里,她绝对不敢说这些话。不过她相信阿里爱她。更重要的是,她相信阿里能读懂她的善意,如果能让她看清事实就更好不过了。

"卡门,亲爱的,你说得很有道理。我很感谢你的良苦用心。但这事真的很复杂。瓦莉娅怎么能回去住她和爷爷住了 57 年的房子呢?爷爷不在了她一个人住在那里该有多痛苦?有时选择变通是不会错的。"

卡门满脸的不高兴,她可不喜欢变通:"我知道,我知道她回到那座小岛上的家会难过。她当然会难过,但那是她的家,那是她的生活。她可以忍受悲伤,这一点我可以肯定,她唯一不能忍受的是待在这里。"

有一条残酷而公正的生活法则——人必须长大,不然就得为拒绝成长而付出更大的代价。

——诺曼·梅勒

牛仔裤女孩

蒂比睡不着。她端坐在床上，怔怔地望着窗外那棵万恶的苹果树。现在，红彤彤的苹果挂在树上，饱满多汁。为什么她从来就没想过要尝一个呢？

她觉得这些苹果应该是自生自落的，这是一部分原因。一见到它们，她会本能地想起以往那些甜得发腻、腐烂变质的苹果，没有人愿意摘，它们自顾自地落在地上。贪婪的虫子和甲虫在苹果上蠕动翻滚，一想到那种味道和画面，蒂比的胃不禁开始翻江倒海。虽然她觉得苹果掉在地上很恶心，但她从来都没想过从树枝上摘一个尝尝。

她在打量着树的时候，树似乎也在打量着她。她可以感觉得到树在指责她。树倒不是指责她那天不该把窗户打开，她的罪不在此。她的罪比这更深重，难以胜数。她不够成熟，不能把凯瑟琳当小妹妹一样去宠爱；她不够勇敢，只会一味地逃避，迟迟不敢接受布莱恩的爱；她不够坚强，她不敢把那些曾经深爱过的朋友(贝莉、咪咪)永远地留在记忆里不时想起；她也不够聪明，她无法领会他们死亡的意义。

蒂比只会逃避。她只会做这一件事。她擅长把自己封在一个小盒子里，然后静静等待。但等待什么呢？她到底在等什么？

蒂比本以为凯瑟琳坠窗给了自己一个很好的教训,这个教训就是:不要开窗,不要爬树,不要摘苹果,不然你会摔下去的。但这个教训是错的!她把教训总结错了!

事实上,凯瑟琳用她那年仅三岁的血肉之躯教给蒂比的真正教训正好相反:你要试,你要去摘,你要去尝尝苹果的味道,也许你会摔下来,但就算如此,你还是会安然无恙。

蒂比弓起薄毯下的脚,她根据这个教训得出了一条结论:不尝试也不可能全身而退,因为人迟早都是要死的。

时间在布丽奇特的眼里变成了最奇怪的东西,她在过去和未来的时空中来回穿梭,疲于奔命,几乎意识不到凯蒂和艾丽森已经回宿舍了。她们很可能以为她睡着了,不过即便如此,她们仍然"啪"的一声打开灯,叽叽喳喳地聊个不停,甚至还把音乐声开得老大。布丽奇特估计她们可能和其他留在营地的员工一起开派对了,她闻得出来。

不知过了多久,埃里克来了,他对着凯蒂和艾丽森咆哮,声音如炸雷般响起:"你们看不出来布布生病了吗?你们为什么还这么吵?你们脑子进水了吗?"

布丽奇特昏昏沉沉,但她看得出来,眼前的这个埃里克和她以前熟识的那个埃里克截然不同。

"老兄,这里不欢迎你,"凯蒂也不是省油的灯,"你跑进来吼什么吼?少在我面前指手画脚!"她喝得醉醺醺的,一点也不知道理亏,尽管布丽奇特现在正发高烧。

埃里克趴在布丽奇特床边,他又摸了摸她的额头。然后,他俯在她耳边说道:"我实在不想把你扔在这里和这两个疯子待在一起。你想不想跟我走?我的宿舍这个周末没人,你可以安安静静地睡一觉。"

布丽奇特感激地点点头。但她有一个问题,她怎么能从这里走到埃里

克的宿舍？她怕自己在半路上会被冷死。而且她身上除了内衣裤和一床毯子之外，身无寸缕，这实在太难堪了。

　　埃里克也想到了这个问题。他用毯子把布丽奇特包好，然后将她拦腰抱起，径直走出宿舍大门步入黑夜，只剩下凯蒂和艾丽森既惊且怒地盯着他的背影。

　　埃里克横抱着布丽奇特，只觉得她的身体轻飘飘的。布丽奇特倚在他的肩头，脸烫得如一团火。她又开始发抖了。埃里克拉紧毯子，温柔地将下巴抵在她的秀发上。

　　布丽奇特拼命地想记住每一个细节，她要把这一切铭记于心，这种感觉太美好了，她宛如身在天堂。这也许是她一生中最甜蜜的一刻，之前她曾恍恍惚惚地想象自己拿了一条毯子，又给自己倒了一杯水。在这一刻，她只希望这一切不是虚无缥缈的想象。上帝啊，求求你，但愿这一切都是真的。布丽奇特虔诚地默默祈祷。如果不是真的，那就让我永远不要醒来。

　　埃里克用后背"砰"的一声撞开了宿舍的门，他把布丽奇特轻轻地放在床上——但愿是他的床，布丽奇特暗暗祈祷。她想呼吸着他的味道。埃里克细心地用毯子把布丽奇特裹得密不透风，布丽奇特强迫自己不要发抖。

　　"我可以给你再拿床毯子来，但我不想你热出一头的汗，你明白吗？"

　　她点点头。她发现埃里克的手腕上一直挂着一只小包。"看，"他从包里拿出一瓶退烧药、一瓶阿司匹林、一瓶水、一瓶橙汁、一支温度计还有一个纸杯，"护士星期天才能回来，不过我还是去了医务室，但没找到什么其他的药。"

　　布丽奇特艰难地睁开眼睛，好不容易才看清他一本正经的脸："医务室的门是开着的吗？"

　　他耸耸肩："现在是开着的。"

　　他倒了一杯水，然后往手掌心里倒了两片药。"准备好了吗？"他扶她坐起来。

布丽奇特不知道怎样才能把手从毯子中伸出来,她怕冷风灌进去了。她小心翼翼地从脖子那里伸出一只手,然后用另外一只手紧紧地抓住毯子。她死死地抓住纸杯迫不及待地喝了一杯水,接着"咕咚咕咚"又喝了一杯,然后还要喝。

"可怜的小东西,你快渴死了。"他说道。

她把药片塞入嘴中,下咽时忍不住皱了一下眉头,她的喉咙肿了。

"谢谢你。"她躺下后说道。埃里克的宠溺让她泪流满面。

他又用冰凉的手摸了摸她的脸。"我很担心你。"他轻声说道。他们真的只是朋友吗? 看看他的脸,布丽奇特便再也不会纠结这个问题了。

他拿出温度计:"张嘴。"

"你真的要量体温吗?"她不解地问道,她知道自己已经发烧了。

埃里克点点头,她张开嘴。他坐在一旁等水银柱稳定下来,这不需要等很久。片刻之后,他看到了温度计上的数字,眉头拧成了疙瘩:"老天,40度了。你不会有事吧?"

"我以前又不是没烧成过这样。"她无力地说道。为什么这一切发生得这么让人猝不及防呢?

"我应该打电话找医生吗?"他问。

"我没事,"她诚恳地说,"我一点都不着急,这没什么可怕的。"

他一屁股躺在布丽奇特对面的床上,侧着身子小心翼翼地望着她。

"我得给你爸爸打电话。"他坐起来说道。然后,他从书桌最上面的抽屉中拿出手机。

"别找我爸爸,"布丽奇特轻声说,"他……不在。"

"现在是半夜,他能去哪里?"

"不,我的意思是,"她顿了顿,"打了也没用,他的心不在那里。"她浑身无力,她不知道怎么才能解释清楚。

他怔怔地望着她,嘴角一下子垮了下来,他似乎困惑不已。

牛仔裤女孩

于是,他又躺了下来。

布丽奇特越是不想发抖,身体就越是抖得厉害。她不想让埃里克担心她。

看到布丽奇特抖成这样,埃里克坐卧不安。他腾地一下子站起来走到布丽奇特的床边,干脆利落地把她连毯子抱起挪到床里边。让布丽奇特又惊又喜的是,他居然就靠在她身边躺下了。他紧紧地搂着她,用下巴抵着她的脑袋。刹那间,布丽奇特觉得胸中那颗烧得滚烫的心几乎要幸福得爆裂开来。

埃里克心疼地搂着她的身体,他似乎以为这样可以安抚她发烧感冒的痛苦以及没有母亲疼爱、没有父亲依靠的悲伤。他轻抚着她的秀发,就这样和她在一起睡了几个小时。

也许他真的安抚了她的痛苦,因为布丽奇特最后躺在埃里克的怀中香甜入睡。

凌晨四点,第一缕晨光穿透薄雾,天空抹上了一层蓝幽幽的神秘光泽。不,不,她还没有真正苏醒,太阳怎么能这样升起呢?蒂比暗暗叫道。

蒂比在黑暗中和苹果树对峙了几个小时,之后,她觉得眼前的这棵树仿佛脱胎换骨了。也许,这棵树也会觉得蒂比化茧成蝶了。苹果树不再可怕,但它却似乎在向蒂比叫阵:"你敢来吗?"

两点多钟的时候,蒂比突然想起了魔法牛仔裤。她把裤子塞在床底一扔就是好几天。她一直在躲着这条裤子。三点多钟的时候,她穿上了魔法牛仔裤。

她抬起窗框坐在窗前,手肘支在窗台上,双手托腮。树在向她招手。凯瑟琳以为她站在窗台上就可以够得着苹果树,可她不能。蒂比明明够得着,可她却以为自己不能。她们怎么会是一母所生的呢?也许爱丽丝非要等到卵巢老化时才能分泌出活泼勇敢的卵子。

蒂比把一只脚伸出窗外,然后又伸出了另外一只。她就这样坐在窗台上,她向下看了一眼,脚下似乎深不见底。如果她也摔下去,那可真是蠢得无可救药了。也许到那时她可以和凯瑟琳戴一模一样的冰球头盔,凯瑟琳可能还会把肠子都笑断了。一想到此,蒂比的脸上就浮现出了一丝笑容,只是到那时不知道尼奇会不会也愿意帮她在头盔上贴卡通纸。

蒂比用双手紧紧地抓住了一根粗壮的树枝,她知道该把脚放在哪里。她盘算着怎样才能安全地跳到树上而不把树枝压断,这是最关键的一点。

是的,她得放下窗框,把全身的重量转移到双手,等一两秒钟后再把脚放在树上。除此之外,别无选择。

好吧,就这样。

一、二、三,开始。

蒂比看了看地面。她看到黑黝黝的草地上已经有一两个长了虫的苹果,皱巴巴的,像极了老太婆的脸。地面让她胆战心惊,所以她只好抬头看天空。

她一跃而起,向苹果树跳去。事实上,她在那一刻尖叫了。但在喉间发出尖叫之前,她的脚已经落在了树枝上。她稳稳当当地踩在树上,安然无恙。

蒂比顺着树枝小心翼翼地往下爬,她的身体像猿猴一样灵活。终于,脚离地面只差一点点了,蒂比双手吊在树枝上。然后,她松开双手。

下坠有惊无险,但这种感觉美妙之极。蒂比的手疼得钻心,身体因紧张和兴奋而不住地颤抖,胸口剧烈地上下起伏,她几乎无法呼吸。她觉得自己似乎脱胎换骨了。

她绕着房子蹑手蹑脚地走,准备从前门进去。她刚刚把手放到门把手上,这时才想起前门已经锁了,后门也锁了,侧门也是。她把自己锁在屋外了。

蒂比突然觉得这一切太好笑了,她倒在草地上滚来滚去笑得肚子疼,直到最后笑出了一脸的泪。

清晨的某个时刻,布丽奇特的烧退了。这场病来如闪电去如疾风,刺

骨的寒冷过去之后,随之而来的是蒸笼般的燥热,布丽奇特迷迷糊糊,几乎想不明白为什么会如此诡异,她全身大汗淋漓。突然惊醒后,她才意识到自己已在梦中将毯子踢掉了。更可怕的是,她全身只穿着贴身内衣——而且,她还躺在埃里克的怀中!布丽奇特看了看身边熟睡的埃里克,吓得一动也不敢动。不管她有病没病,这个样子让卡娅看了终归不好。她不想让埃里克醒来尴尬。

她打算小心翼翼地捡起床尾的毯子盖上身体,也许这样不会惊醒埃里克。此时她头脑异常清醒,她用左脚的第一个脚趾头和第二个脚趾头夹住毯子,缓缓地、神不知鬼不觉地把脚抬上来。

才不到两个星期的工夫,她和埃里克就在一起睡了两次,这是多么的可笑又是多么的诡异!这还是他们万般无奈不得已而为之(呃,也许布丽奇特还是很高兴的吧……但她不想埃里克难堪)。

从某种意义上来说,这太浪费了,简直是悲剧啊!但从更深层的意义上来说,这却是布丽奇特这辈子经历过的最浪漫的事。两年以前,布丽奇特就曾幻想过和埃里克睡在一起;这个夏天,她的幻想变成了现实。前者是地狱,后者是天堂。第一个夏天她得到的是千疮百孔的心,这一个夏天她得到了许多许多的爱。

性可以是一种快乐的交流,也可以是一种武器,但有时为了获得心灵的平静,就一定不能有性。

埃里克动了一下,布丽奇特猛地收住脚。他仍在熟睡,还把她搂得更紧了。布丽奇特的整个身体都挤在他身上,他的手和胸贴着她赤裸的肌肤。埃里克叹息了一声,他很可能把布丽奇特当成卡娅了。布丽奇特真希望自己就是卡娅——埃里克的真爱。

布丽奇特固然想享受这一刻,但她却无福消受。埃里克对她这么好,现在他睡着了一无所知,可等他醒来该会多尴尬!布丽奇特可不想乘人之危。她要保护他的名声。

等耳边再次传来平稳有节奏的呼吸声后,布丽奇特又开始夹毯子。天快完全亮了,阳光透过窗户,照在他们两个人的身体上。千别不要醒,布丽奇特暗暗祈祷。

等她快把毯子夹到大腿处时,埃里克醒了。噢!

半梦半醒之际,埃里克还紧紧地搂着她。然后,他缓缓醒转过来,这时,他似乎才看到手臂上如扇子一般铺开的金发,怀中的女孩是谁?他瞪大双眼不知所措地看了看她,又看了看自己,然后他将脑袋偏到一边。

"对不起。"他忙不迭地抽回手,声音小得像蚊子哼。

布丽奇特真舍不得那双手,她立刻用毯子盖住身体,身下的床单已经被汗浸湿。"别这样说。"她说道。

布丽奇特以前一直以为夜晚比白天更可怕,可过去的这12个小时却让她明白了——真正可怕的是白天。黑夜可以保护她,而白天却让她赤裸的身体无处遁形。

"我其实并不想……"他惭愧得无地自容。

"我知道。"她抢过他的话头。

他不敢再看她了:"你感觉……"

"感觉好多了。"她知道他要问什么。

他下床背对着她。"我……呃,你穿衣服吧,我的衣服你都可以穿,T恤或随便其他的什么,你将就着穿穿好了。"他匆匆忙忙地在内裤外套了一条短裤。

千言万语,一时涌上她的心头。"谢谢"这两个字蕴含的含义太多太多。爱,太容易让人心生恐惧。她不要那种爱,她要的是这种爱。好吧,任何类型的爱都好,她无所谓。

她想对他说这些,以便让他明白她的感受,她还想让他知道——尽管他们之间发生了这种说不清道不明的暧昧,但她不会为此纠结。

但已经太晚了,他走了。

> 电话这种东西有太多缺点,我们没法把它做正儿八经的交流工具。从本质上来说,这种设备对我们毫无价值。
>
> ——西联公司内部备忘录,1876年

"**妈**妈？"卡门在妈妈的房间里找不到妈妈,她走到浴室门口,门是关的,妈妈肯定在里面,"嘿,你还好吗？"

卡门不由得紧张起来,妈妈今天没有上班,她说今天不舒服请了病假。早餐的时候卡门给妈妈炒了鸡蛋,可妈妈只吃了一点点。

克里斯蒂娜在浴室里待了很久。卡门听到了一声呻吟,然后便是一片死寂。

"妈妈？"她敲了敲浴室的门,"你没事吧？"她的心怦怦直跳。过了一会儿,妈妈打开了门,脸苍白得像一张纸。

"妈妈！你怎么了？"

克里斯蒂娜连嘴唇都是苍白的。"我想……我也不清楚,"她浑身无力,只能把手放在门框上撑住身体,"我想可能是羊水破了。"

"你……你……哦,是真的吗？"卡门觉得这简直像老电影里的情节,老婆要生孩子了,丈夫手足无措。只是在这个版本里,扮演丈夫的却是卡门。

"我想是的吧。"

"那意味着……"

克里斯蒂娜把两只手放在圆滚滚的肚皮上:"我不知道,我觉得像要生了。"

"怎么会这么早?"卡门对着妈妈的肚子吼了起来,好像胎儿应该更明白这一点似的,"宝宝应该一个多月后才出生啊!"

"亲爱的,我知道。"

"我应该打电话给医院吗?"

"我去找我的助产士。"克里斯蒂娜说道,然后便有气无力地走到电话旁。

"你感觉……怎么样?"卡门一边看着妈妈去打电话,一边问道。

"我觉得……像漏水了似的。"克里斯蒂娜按了一个电话号码后在一旁等着,医院的接待员正在传呼她的助产士。

克里斯蒂娜忙着讲电话,卡门则焦急地踱来踱去。克里斯蒂娜挂上电话后一脸的忧心忡忡,卡门心跳的速度随即从小跑升级为冲刺:"什么?"

克里斯蒂娜眼泪汪汪:"我得去医院检查了。如果真的是羊水破了,在自然情况下或者在催产的情况下,我十二个小时内就得进入产程。宝宝得马上生,不然我会感染,否则问题会更严重。"

"这么说,宝宝是要生了……"

"是的,很快。"克里斯蒂娜无力地说。

"大卫在哪里?"卡门问道。很显然,克里斯蒂娜也在想这个问题。

"他,呃……他,"克里斯蒂娜掩住了脸。她竭力地想忍住眼泪,卡门的心仿佛一下被揪紧了,"我想想……他最近一直出差。我想他是去了新泽西州的特伦顿,也许现在他在费城。我也不清楚。"

"我们要找到他!"卡门尖叫道,她尖厉的声音把她们两人都吓了一跳,"我们给他打电话!"

"我们得先去医院,助产士说马上就得去。"

卡门的手又湿又冷,她像没头的苍蝇一样到处乱窜:"你拿好手袋了吗？我开车。"

刚一上车，卡门就紧张兮兮地望着妈妈。

"亲爱的，看着路。我没事。"

"你不会已经进入……"卡门不知道正确的术语是什么，她这个夏天大部分的时间都在坚持不懈地忘记这个词，"产程了吧。"

克里斯蒂娜捧着肚子，眼神迷离，仿佛正在感受肚子里传来的莫尔斯电报："不，我想不会。"

"你疼不疼？"卡门紧张地问道。

"还好，我的背抽筋了，但这只是不舒服而已，没怎么疼。"

她们进了医院的产科楼层，卡门把妈妈交给了住院部医生。医生刚刚把妈妈带到检查室，卡门便迫不及待地拨了大卫的电话。电话响都没响就直接转到了他的语音信箱，这不是个好兆头，她只好给大卫留言。她在电话里尽量装出成熟淡定、无所不知、胸有成竹的模样，可一挂上电话，她才意识到她刚才的声音几乎濒于疯狂。

卡门在候诊室门口一看到妈妈就猛扑过去。

"怎么样？"她故作镇定地问道，其实心底早已翻江倒海尖叫不止了。

"我的羊水真的破了。"克里斯蒂娜一脸绝望地说道。她的声音虽然很平静，可从表情来看，很明显她被吓傻了。

"哦。"

"可我还没有进入产程。"

"这还不错，是吧？"

"是的。"

"那现在怎么办？我们回家吗？"

"我得住院，"克里斯蒂娜说道，"医生说我得留院观察，一直观察到今晚八点，然后他们会催产。"

"催产是什么意思？"

牛仔裤女孩

"就是打催产针进入产程。"

卡门凝重地点了点头。

"但我跟他们说我不能……我不能生孩子……"说着说着,克里斯蒂娜的眼圈就红了,卡门在一旁看得揪心,"我现在不能生,大卫还没来呢。"泪水簌簌直下,卡门把妈妈搂入怀中。一时间,克里斯蒂娜泪如泉涌,卡门怀疑妈妈这辈子也没这么伤心过。

克里斯蒂娜一直都很注意自己的母亲形象,她几乎没在卡门的面前哭过,甚至连一丝恐惧也没有流露过。卡门也被吓得六神无主,但与此同时,她觉得自己已经是大人了,看到妈妈这次这样依赖她,一股自豪感油然而生。

卡门紧紧地搂着妈妈,她暗暗告诉自己,这一次我一定要——必须要——勇敢起来。

"我去找大卫,"她的声音掷地有声,"我去把他带回来,让他陪你一起生孩子,好吗?"

卡门坐在医院的大厅里盘算着。不管从哪一个方面来看,这都不是一个好时机。克里斯蒂娜的妈妈老卡门现在仍在波多黎各和姨妈住在一起,其他人——包括大卫——此时也都在外地,宝宝为什么偏偏要挑这个时候出生呢?很显然,宝宝根本就懒得考虑别人的计划。卡门开始怀疑这个宝宝是不是和他(或她)那个自私的姐姐是一个模子里刻出来的。

卡门要去找大卫了,但她不能把妈妈一个人扔在这里。找大卫还得花点时间。虽然妈妈还没有进入产程,但谁喜欢在没有亲人朋友的情况下一个人待在医院呢?

如今当务之急就是找一个最信任的人来陪克里斯蒂娜。在这世上,她最信任的人有三个——布布在外地,蒂比在经历了贝莉和凯瑟琳的事情之后,卡门不大敢叫她来医院。所以她打了莉娜的电话。可不管是打她家里的电话还是手机,都找不到莉娜的人。这一点都不奇怪,因为莉娜经常不带手机。卡门没心情再留什么语无伦次的言。她拨通了蒂比的电话。也许是命运的安排,电话刚响了一声蒂比就接起了电话。

"你可以来医院吗?"卡门乞求道,她几乎泣不成声,"我妈妈的羊水破了,大卫现在在外地。我得把他找回来,不然晚上医生会给妈妈打催产针,到那时,宝宝就要出世了。你可以陪我妈妈等我回来吗?"

"没问题,"蒂比不假思索地说道,"我马上就来。"

"把手机带着,好吗?我会随时打电话。"

"好的。"

她们都挂上了电话。

接到卡门的电话时,蒂比才刚刚醒来。昨夜是一个漫长的夜晚,蒂比筋疲力尽,那是当然,她到了黎明时分还没睡,一直盯着窗外的树发呆,然后又从树上爬下去,最后在屋外被锁了几个钟头。等到早上七点的时候,她才有机会回房睡觉。她当然会累,这种事换了谁都会累得够呛。

卡门的妈妈躺在医院产房的病床上,蒂比坐在床边的椅子上,胎心监护仪在一旁"哔哔"响着,这一切都像是一个梦——尤其是在只睡了三个半小时的情况下。

蒂比望着克里斯蒂娜高得像一座小山似的肚皮,她不禁想起了妈妈怀尼奇和凯瑟琳时的样子,她记得很清楚。妈妈怀尼奇的时候她十三岁,怀凯瑟琳的时候她差不多十五岁。那时她一点都不觉得怀孕是多么的神圣伟大。

她默默地提醒自己,同时也在心底暗暗对克里斯蒂娜说道:"别害怕,蒂比现在已经改过自新了,她不再讨厌弟弟妹妹甚至是小宝宝。她喜欢小孩,她希望这些天使们一切平安。她甚至愿意承认她对这些天使们的爱,尽管他们不一定需要她的爱。"

"你感觉怎么样？"蒂比问。她虽然关心克里斯蒂娜，但还是觉得自己不太适合陪在克里斯蒂娜身边。

"还好。"克里斯蒂娜从紧闭的双唇里吐出两个字，眼神充满恐惧。"你确定？"突然克里斯蒂娜痛苦得弯下腰来。

"我真的没事。"克里斯蒂娜咬紧牙关硬撑着。

蒂比站起身来，全身紧张得发抖："我应该去……找助产士吗？"

"不……"

克里斯蒂娜快说不出话来了，这意味着蒂比应该去找助产士。

助产士萝伦正在护士站填表格："呃，萝伦？克里斯蒂娜好像很疼。"

萝伦抬起眼睛："怎么个疼法？"

蒂比无奈地摊手。她不是医生，她不是护士，她甚至连孩子也没生过，她更不是克里斯蒂娜的丈夫。她有什么说话的资格？"我不知道。"她说道。

萝伦和她一起来到克里斯蒂娜的病房。"你是在宫缩吗？"她问克里斯蒂娜。

克里斯蒂娜捂着肚子："我不知道。"

萝伦翻看了一下监护仪上的数据："亲爱的，你正在宫缩。"

"可我还没进入产程呢。"克里斯蒂娜的话半是陈述半是疑问。

"你已经进入产程了。"

"但这太早了，"克里斯蒂娜辩解道，她的眼神开始迷离起来，"我还以为是今天晚上——"

"如果你不能自然而然地进入产程，我们今晚会催产。可从现在看来，你已经进入产程了。"

"可是大卫和……"克里斯蒂娜闭上双眼，下巴抵在胸口。

"你女儿，是吗？"萝伦说道，"你已经开始宫缩了——可能是每七分钟左右就宫缩一次。我检查一下你的宫颈好吗？躺下把腿张开。"

蒂比皱了皱眉头，她悄悄向门外走去。

萝伦是个心直口快的人,她说话做事只图一己之好,从来都懒得理会别人的感受,她不怕别人尴尬。她这人就和蒂比八年级时的生理卫生老师一模一样,他们可以把"乳房"和"肛门"这种字眼挂在嘴边,从不屑于用委婉一点的说法。

蒂比在走道里四处晃荡,不一会儿,萝伦出现在病房门口。"她有三厘米了。"萝伦大声宣布道。

"我不明白什么意思。"蒂比说。

"这就是说她的宫颈打开了。生孩子时就是这样喽。宫颈全开时是十厘米,到那时就可以用力把孩子生出来。"

蒂比还有一个问题,但她知道萝伦无法给她一个满意的答案。她的问题是——我怎么会来这里呢?

"要等多久?"蒂比问道。

"这很难说,现在产程刚刚开始。很可能还要等几个小时,这是最保守的估计。"

蒂比希望——无比虔诚地希望——卡门和大卫能在这之前赶到。

萝伦一本正经地望着蒂比。她有一双勾魂夺魄的褐色眼睛,她虽然相貌平平,但眼睫毛下一抹深紫色的眼线却令她艳光四射。

"蒂比,你得进去陪她。她现在有点害怕,她需要支持。"萝伦说完便准备转身离开。

"呃,不好意思,"蒂比客客气气地说道,"但我,呃,只是克里斯蒂娜的女儿的朋友,你明白我的意思吗?"

萝伦耸耸肩:"明白,但在这个时候,你是她身边的唯一。"

万般无奈之下,卡门再次拨打了大卫的手机号码,这一次,又被转入了语音信箱。她在医院门前的人行道上踱来踱去,踱来踱去。她给大卫的秘书艾琳打了电话,可听到的仍然是语音信箱。为什么午餐时会发生这种

牛仔裤女孩

十万火急的事呢？她又给莉娜的家里打了电话，没有人接，她只得如连珠炮似的留言说她今天不能来照顾瓦莉娅了。卡门抱着最后一丝希望又一次拨了大卫的手机号，这次还是被转入语音信箱。她愤怒地抓起手袋往人行道上一扔。

"卡门？"

卡门转过身看见了温。当然，眼前的这个人就是他。温看到卡门泪眼婆娑，头发乱蓬蓬的，不禁吓了一跳："你没事吧？"

"我妈妈要生孩子了，可我找不到她的丈夫，"卡门一下子爆发了，"宝宝的预产期本来还有一个月，可她的羊水现在就破了。医生说她今晚就得生孩子，不然会感染。"

卡门真不敢相信她居然对着自己暗恋着的男孩子大谈妈妈的羊水。但现在她已经被吓傻了，虽然她很想在温的面前维持"好卡门"的形象，可她不知道该怎么维持。温一下子紧张起来，看到卡门这样，他的心都要碎了。"我跟妈妈发誓说一定会找到大卫。"

"她的丈夫？"

"是的。"

"你知道他现在在哪里吗？"温问道。

"他老是出差。"卡门恨恨地说道。她在人行道上踱来踱去绕着圆圈打转，圆圈越来越小，越来越小，她的头都快转晕了。"因为宝宝的预产期还没到，我们之前根本就没进入高度警戒状态。我现在就得去找他！"她的声音越说越高，到最后已经歇斯底里了。

"好的，好的。他有手机吗？"

"他的手机根本不通！他可能正在飞机上或是在忙什么。"或者是他的手机电池没电了，有人说把充电器借给他可又没借，卡门恨透了自己。

"你打过他们办公室的电话吗？"温是个好人，他是真心想帮助卡门。卡门的心底升起了一股暖意。

"他的秘书正在吃午饭。我马上开车去那里。"卡门喃喃自语,"除此之外,我还能做什么呢?"

"我可以陪你一起去吗?"温一脸真诚。

"你真想去?"

"是。"

卡门开始朝车飞奔过去,温紧跟在她身后:"你现在在上班呢,你走得开吗?"

"现在是午餐时间。我今天在儿科的工作已经结束了,下午本来应该照顾老人,但他们没有我的笑话和零花钱也无所谓。"

"你确定?"

他一本正经地看着她,好像卡门要他陪自己投海自尽似的。"我确定,我百分之一百的确定。"

卡门发动引擎。当车停在路边他们从车里飞也似的跳出时,卡门觉得像足了电影《极速双雄》里的画面。温跟着卡门进了电梯,旋即冲到前台。

巴里夫人热情地迎过来,卡门上前说明来意,脚步没有一丝的停留。自卡门一岁左右开始,克里斯蒂娜就开始在这家律师事务所工作了。卡门对这里熟得很。

卡门和温守在艾琳的办公桌旁,谢天谢地,十分钟后,她吃完午饭回来了。"我能帮你做什么吗,卡门?"艾琳疑惑地问她。卡门的头上系了一面花手帕,脚上趿着一双人字拖鞋。

"我们必须得找到大卫。"卡门十万火急地吼道,艾琳吓了一大跳,不由得在格子间里缩成一团。"我妈妈可能马上就要生孩子了,"卡门解释道,"不过千万不要把这事跟别人说。"

好心的艾琳一下子就明白了,"噢,我的老天。"她连忙在电脑里找出日历,长长的指甲在键盘上迅速敲击着,不一会儿就找到了这一天的日程安排,"你妈妈真可怜,我们会找到他的。"

卡门有时觉得妈妈太讨人喜欢了,简直是人见人爱,花见花开。妈妈差不多就像是集万千宠爱于一身的律师事务所秘书,像大卫这样年轻英俊的律师对她一见倾心穷追不舍那是再自然不过的事。

"他今天下午在特伦顿开会。他在那边租了一辆车,可能开完会后就会开车去费城。他今天晚上会在费城住,因为明天上午还要参加费城的一场会议,开完会后他就准备回来。哦,等等。"艾琳似乎发现了什么,"他跟我说他去费城时会顺便在唐宁敦停一会儿,他妈妈在那边。"

卡门沉思了半响:"他在特伦顿的什么地方开会?你知道那里的电话号码吗?"

"我知道号码,"艾琳查了一下,然后拨通了那个号码,她找了几个人,没说几句话便挂断了电话,"他已经走了。"

"噢,"卡门狠狠地咬着自己的指甲:"那有租车公司的号码吗?"

"有。"艾琳也拨通了那边的电话,她听了一会儿,然后用手捂住听筒,"他25分钟之前已经租车离开了。"

"该死。"卡门气得直跳脚。她又开始绕着圈子踱来踱去。突然之间,卡门发现温正在小心翼翼地看着她。但她现在心烦意乱,什么也顾不上了,她甚至都没意识到自己已在无意中脱下了"好卡门"的马甲。

"你有大卫母亲家的电话吗?"

艾琳皱眉。"好像没有。"她在名片夹和电脑中飞快地搜了一遍,"对不起,我没有。"

"有地址吗?"卡门随口问道,她已经不抱什么希望了。

艾琳摇头:"我连大卫他继父的名字都不知道,你知道吗?"

卡门应该知道,她以前肯定听说过大卫的继父的名字。但她不喜欢大卫,无论大卫说什么,她都一律过滤掉。现在她绞尽脑汁也想不起这个名字,没有名字就查不出地址。

"那我们给费城的酒店留言吧,也许会有点用。"温提议道。

艾琳点点头,马上拿起电话留言。"他现在还没入住,但等他一到酒店,工作人员就会告诉他。"

卡门的大脑高速运转着。"你可以再帮我们打电话给租车公司吗?"她问道。

艾琳爽快照办,连问都没问一下。卡门伸手要拿电话:"我可以和他们说说吗?"

"当然。"艾琳递过话筒。

卡门和对方讲了几分钟。她挂上电话后一脸喜色地冲着温和艾琳嚷道:"我有办法了。虽然大卫现在走了,他们联系不上,但他们知道车在什么地方。"

"真的?"温吃了一惊。

"是的,正如我一向所说的,感谢上苍赐予我们卫星定位系统,"她自顾自地笑起来,"事实上,我也没说过这种话。"

温望着她微微一笑,很明显他也松了一口气,事情总算有了一点头绪。"从这里到唐宁敦有多远?"他问道。

艾琳耸耸肩:"大概一个半小时的车程。"

温和卡门相对而视。"那我们马上走。"温说道。

"你真这么想?"卡门问道,她突然间内疚起来,也许自己真不该把这个无辜的人拖入这趟浑水:"你真的要和我一起走吗?你确定?"

温眨了眨眼,似乎在说那是当然:"我确定,这又不是什么艰难的决定。"

她最后当然找到了。如果没找到，那现在肯定还在找呢。

——苏珊娜·布朗

莉娜进爸爸的书房时本不抱什么指望。此时此刻,即使爸爸抓起书桌上的镇纸朝她扔过来,她也会毫不吃惊。

　　爸爸正坐在书桌旁翻看报纸。CD机里播放着保罗·西蒙的歌，这张CD是他的最爱,百听不厌。在莉娜看来,爸爸毕竟是第一代移民,所以他的品位难免会有些单调。这种歌矫揉造作,虚伪得让人恶心,简直就像可以增加照片亮度的照相机。莉娜觉得保罗·西蒙的音乐就像得了"A+"的论文、处处闪耀着解题人智慧的数字题、填得满满当当的表格,但它不是音乐——莉娜喜欢的是阴影,而非简单的原色。

　　爸爸从眼镜上方瞥了莉娜一眼,随即关掉了音乐。

　　"我可以给你画张画像吗？"莉娜在头脑中已经将这句话演习了千百遍,所以在脱口而出之前,它早已失去了自己的本身意义。现在莉娜倒觉得这句话挺可笑的。

　　爸爸指了指书桌对面的椅子。他已有心理准备,莉娜的妈妈肯定跟他说过,而且还好言劝说过了。

　　莉娜早就在画板上夹好了画纸,她死死地捏住炭笔,手心里紧张得全是汗。很明显,这次她有备而来,爸爸可不能说一个"不"字。莉娜坐下后

说,"你不用摆什么特别的造型。"这句话她也练了很久。

爸爸心不在焉地点点头。其实莉娜用不着说第二句话,因为爸爸已经配合地继续看报了。虽然他低着头,但莉娜却发现他脸部的线条刻意地绷得直直的。镜片闪闪发光,不过从莉娜所坐的角度来看,爸爸的双眼仿佛是紧闭的。

她仔细观察了许久才开始动笔。她必须动笔,不能再拖下去了。爸爸面对着画板会不自在吗?莉娜可管不了这么多。

莉娜看到了爸爸愤怒的脸,这正如她所愿。她本可以画爸爸愤怒的脸,不仅画里的爸爸可以闭上双眼,而且画外的莉娜也可以闭上双眼。她大可以随心去描绘爸爸的模样。所见即所感,莉娜感受到的就是爸爸的愤怒。爸爸的愤怒让她吃尽了苦头,不然她现在怎么会站在这里?

莉娜知道她的感受。可真实的爸爸到底是什么样的?

她开始陷入了沉思。画画的时候,人的主观感受和期望总是会和视网膜上的画面成为死对头。比如说,第一次画水的时候,你准备调色了,你觉得应该用很多蓝色,也许还可以用一点绿色。但如果再仔细观察,你可能会用一些灰色、褐色和白色,甚至还有可能会用一些莫名其妙让人意想不到的颜色,比如黄色和红色。而且,再次画水调色又会不同。因为,人不可能两次画同样的水。

莉娜记得有一次她和妈妈站在乔治敦的街角看一位街头画家画画,妈妈让她看了很长时间。等到离开的时候,莉娜还念念不忘地问了一句:"为什么要用这么多褐色?"

人从小就学会了用几何图案和原色来看这个世界。大人喜欢像填鸭似的教孩子们这些那些,等孩子们学会了,他们不知道有多骄傲,也许他们会兴奋地大叫:"莉娜会认颜色了!"可等你长大了,你却得用一辈子的时间来忘掉这些知识。莉娜觉得这就是生活。前十年的世界简单至极,非黑即白,可后七十年呢?生活越来越复杂,你会发现这世界居然有这么多的灰色。

莉娜的感受在无形中掩盖住了爸爸真实的面容。她本以为她所面临的挑战就是画爸爸的愤怒,和爸爸正面交锋。但此时此刻,莉娜明白了她的挑战并不在此——她的挑战是揭开主观感受的面具直面真实。

她直勾勾地盯着爸爸,眼睛眨都不敢眨一下,直盯得眼球发干视线一片模糊。她真恨不得能把爸爸翻转过来看个一清二楚。有时你需要闭上眼睛用心去感受才能看清事实;有时固有成见的力量太过强大,它会不由分说地一棍子把事实打死,根本不给你一丝认清真相的机会。有时你只能静静等待事实出其不意地降临。

莉娜低头闭上眼睛,然后睁开眼又看着爸爸的脸,但只看了一秒钟。虽然事实可能会出其不意地降临,但还有另一种情况——鼓起勇气,也许你还可以出其不意捕捉到事实。

她把脸别到一边,然后又回头看了几秒钟。这一次她看到了更多。莉娜直勾勾地看着,她深吸了一口气,现在她看到的画面是四维甚至是五维。这是一个不带任何成见和偏见的维度,所见即事实。

莉娜手上的炭笔终于在画纸上飞舞起来。就让它飞吧,让它不受任何思维干扰,痛痛快快地飞吧。

对莉娜来说,爸爸的脸和一张地图没有什么分别。嘴巴只是一系列的形状,除此之外,什么也不是。低垂的眼睛也不过只是光影而已。莉娜小心翼翼地保持现有状态,眼睛连眨都不敢眨一下,她害怕好不容易捕捉到的事实会弃她而去。

她不再害怕爸爸了。莉娜仿佛在幽深的洞穴外徘徊了许久,终于不再害怕,鼓起勇气走了进去。

她看到爸爸的嘴巴动了一下。动作极轻,然后又动了一下,然后嘴角就耷拉了下来。

现在的莉娜不再害怕爸爸了,可爸爸是不是怕她呢?

牛仔裤女孩

　　画画的秘诀在于将眼和心分开,眼动心不动,而更高一级的秘诀则在于动眼之后再找准时机使心眼合一。这就叫做画头打架画尾合。

　　现在,莉娜的心又回来了,但这次的感觉和以往不同。这次是心随眼动,而不是眼随心动。莉娜的感情暂时回归了。一幅画要想到达栩栩如生的境界,就必须忠实于视觉体验;但如果要达到美轮美奂、生动感人的境界,那画者就必须在视觉体验中融入个人的感情。你得让心回来。

　　莉娜看到了爸爸的恐惧,这让她大吃一惊。她实在想不到爸爸居然也会害怕,他到底怕什么呢?

　　莉娜陷入了沉思。他怕莉娜不听话;他怕莉娜独立了;他怕莉娜长大不再是他曾经引以为豪的那个女孩——或者不再是爷爷曾经引以为豪的那个女孩;他怕老,怕失去权威,怕莉娜看出自己的脆弱。但他真的不想莉娜看出自己的脆弱吗?果真如此吗?莉娜深表怀疑,也许他还是想的吧。

　　莉娜紧握炭笔的手仿佛变得柔软起来。画中的线条也随之松弛了许多。爸爸的脸让她难过,她的心不由地为之一震。她很想对爸爸好一点,但性格所致,她不知道怎样才能对爸爸好一点。

　　她的手指上下飞舞。爸爸脖子上的肌肉微微地颤抖了一下,莉娜看得出来,他这是在竭力忍着不动好让自己画画。他在努力,是的,他真的在努力。

　　这个小小的动作又让莉娜的心为之一震。

　　差不多两个小时后,莉娜终于画完了,"谢谢。"她真诚地说。

　　爸爸故作漠然。

　　她拿着画板离开书房时,故意正面朝外。如果爸爸想看画像,他此时可以瞥一眼,可他连眼皮都不抬一下。不过在夜里,莉娜故意把画像靠在了厨房的椅背上。

　　晚上睡觉前,莉娜蹑手蹑脚地走过厨房门口,爸爸独自站在静悄悄的厨房里。虽然她只能看见爸爸的背影,但她知道爸爸正在偷看画像。

温主动开车好让卡门打电话,可才开了半个小时就得停车加油,温在加油站顺便买了两瓶可乐和一袋玉米豆。卡门以前从没吃过玉米豆,现在一吃就停不了口。他们两人"咯嘣咯嘣"地吃着,声音太响,以至于无法听清对方说话,所以他们说话基本靠吼。等他们意识到这一点之后,两人都异口同声地爆发出一阵大笑。卡门笑得眼泪都流出来了,眼泪中的盐分流在唇上,一阵发烧。

卡门疲惫不堪,头晕晕乎乎的,心如猫抓似的挠着。不过,她的心情却很好,他们离大卫越来越近,而且她现在可以随心所欲不必再假扮"好卡门"了。

根据卡门的估计,他们找到大卫把他带到医院一共需要四个小时,现在大卫离他们只有一个小时的车程了。这办法肯定管用,不管用也得管用,因为已别无他法。蒂比现在在医院里陪着妈妈等他们回来,他们肯定会带着大卫准时回来催产的,一切都会没事。

温开车的技术超一流。他自信,反应极快,开起车来简直不费吹灰之力。不知道为什么,卡门觉得他手握方向盘(放在十点和两点的位置——瓦莉娅肯定挑不出毛病)的姿势很阳刚很男人,甚至还颇有几分性感的味道。

而且,他侧面的轮廓清秀俊朗。事实上,不是瑞恩·亨尼斯的那种帅——温的鼻梁带一点鹰钩,上唇比下唇突出一丁点,不过和他的气质倒是绝配。看来趁帅哥开车的时候色迷迷地盯着他们看是非常上算的,这样既可大饱眼福,又不会落得花痴之名。温全神贯注地开车,卡门的目光则肆无忌惮地在他脸上扫来扫去。

他们差不多对对方一无所知,可却总是不期而遇。以前她总是空有形式毫无内容,这次却正好相反。以前她总怕没话可说所以事先会准备好话题列表,这早已成为了朋友们取笑她的笑柄。可和温在一起,她从来都不

用搜肠刮肚地找话题。

"你和你妈妈很亲密,是吗?"他若有所思地问她。

"是的,"这是"好卡门"的答案而不是"真卡门"的答案,"你呢?"

"我和我的父母都很亲密,"他说道,"我是独生子,所以他们非常宠我。"

"我是独生女,"卡门脱口而出,突然她想起了什么,"不过估计从今天开始就不再是了。"

"很奇怪,不是吗?十多岁的时候才做姐姐……呃,你多大了?"

"十七。"卡门答道。

"十七。"他重复了一遍。

"快十八了。你呢?"她问道。两个月以前第一次见面时他们就该问这些问题,可奇怪的是,他们却从没问过。

"十九。"

"是啊,你说的对,这的确挺奇怪的,我都形容不出来了。"

"我以前有个弟弟。"他本想装出轻描淡写的样子假装只是随口说说而已,可话一说出口就全变味了。

"什么意思?"卡门很想知道,但她不想强迫他,"我的意思是,如果你想告诉我就说吧。"

"我有一个弟弟。我五岁那年他出世,可还没有等到我满六岁,他就夭折了。"

"噢。"卡门最近眼皮子浅,眼泪动不动就会夺眶而出,甚至十四年以前发生在一个陌生人身上的悲剧也会让她红了眼眶,"我很难过。"

"这是很久以前的事了,但他毕竟是我的亲弟弟,你明白吗?"

卡门不明白,但她可以试着去体会,所以她点了点头。

"我有时还会想他,做梦也会梦到他。我已记不清他的模样,你知道,很难记起,毕竟过了这么久,而且我对他的感情太深了。我有时觉得你对一个人的感情越深,一旦这个人离开,你就越难记得他的样子。"

此刻,卡门的泪水一滴一滴地滚落下来,她不想让温看见。温会以为她的眼泪属于"好卡门"。他会以为这些都是无私的眼泪——为他而流,为他们家的悲剧而流。温不知道,这些眼泪其实属于"坏卡门",因为他用了一辈子去想念一个刚出世不久便惨遭夭折的宝宝,而"坏卡门"呢?宝宝还没出世她就恨上了,而且一恨就是一个夏天!

蒂比坐在病房里学习了一堂生动的课程。这堂课教给她的知识就是以后绝不生孩子,如果非要的话可以领养。

克里斯蒂娜正在地狱里苦苦挣扎,蒂比吓得看都不敢看。每宫缩一次,克里斯蒂娜就像掉了一块肉似的,而且现在宫缩越来越频繁了,几乎就没消停过。每次宫缩来袭时,她便眼神涣散,五官扭曲,仿佛转眼间变成了另一个人。蒂比瞥了一眼监护仪里吐出的数据条,纸上有两条线,一条表示胎儿的心跳,另一条表示克里斯蒂娜的子宫收缩情况。蒂比觉得这和震波图有异曲同工之妙。克里斯蒂娜的肚皮震级已从里氏5级暴涨到里氏20级左右。如果她的肚皮是加州①,那现在加州就该被震到海底了。

蒂比又打电话给妈妈,可还是没人接。爱丽丝对这种事应该很有经验,她知道该怎么处理。万般无奈之下,蒂比只好给卡门打电话,可是,她还没把号码按完一位护士就闯了进来。

"把那玩意拿开,"她指着蒂比的手机凶巴巴地教训道,"你知不知道它会干扰仪器?你要再敢打电话我就把你轰出去!"

蒂比倒很想以身试法。

"你能给她吃点药或打一针吗?"萝伦路过巡视时蒂比问她。蒂比怕克里斯蒂娜疼得难受,但又不知道该如何是好。

萝伦走到床边把手放在克里斯蒂娜的肩上:"你还好吧,亲爱的?"

克里斯蒂娜几乎疼得睁不开眼睛,她似乎已经听不懂这个问题了。还

---

①译者注:加州为美国地震频发地带。

用多问吗？答案肯定是"不"。

"她在分娩计划单上选的是自然分娩,这就是说,基本上不用药。"萝伦对蒂比解释道,"所以她选择了我而不是 OB①。助产士是不能开麻醉药的。"

萝伦对着蒂比谈克里斯蒂娜的事,但她却不亲口和克里斯蒂娜说,这似乎不是一个好兆头。"OB……是医生吗？"蒂比迟疑道,她觉得现在也许应该找医生。如果她是克里斯蒂娜,她肯定要麻醉药。她会要药效最猛的麻醉药,只要有麻醉的作用,她通通都要,最好能让她完全昏迷足足睡上一个星期。

"等你哪天真正生孩子了我真希望你也会选自然分娩,到那时你就知道是什么滋味了。"蒂比刻薄地说,但萝伦一个字也没听进去。

萝伦正饶有兴趣地研究数据条:"克里斯蒂娜,我得检查一下你的身体,亲爱的。你的宫缩越来越快,越来越强烈了。"

克里斯蒂娜摇了摇头。"不,我不要检查。"她的双腿并得紧紧的。

"那等宫缩结束了再检查好吗？"萝伦亲热地拍了拍克里斯蒂娜的肩膀,她本来是想安抚一下克里斯蒂娜的情绪,可偏偏事与愿违。克里斯蒂娜拼命挣扎,一把推开萝伦。"别检查,我没准备好。"克里斯蒂娜泣不成声。

萝伦瞪了蒂比一眼,好像是在埋怨蒂比,也许她觉得蒂比是世上最没用的生产陪护,只有倒了八辈子霉的孕妇才会摊上她。蒂比感觉糟透了,这倒不是因为萝伦的白眼(她才不在乎萝伦怎么想),她只是心疼克里斯蒂娜。克里斯蒂娜无依无靠。丈夫、姐妹、母亲都不在身边,连女儿也不在。她有的只是蒂比。

蒂比本能地想爬到床上陪着克里斯蒂娜,但她浑身的肌肉却不听使唤。经历过贝莉的死还有凯瑟琳的重伤,蒂比对医院的病床可没什么好印象。也难怪她这样,没人会喜欢病床。

---

①译者注：Obstetrician,产科医生,简称 OB。

克里斯蒂娜的身体蜷成一团,泪水无声地从脸上滑落。蒂比的心被猛地揪紧,痛得她不能自已。

"我必须得检查你的宫颈,克里斯蒂娜。我得看宫颈张开得多大了。"萝伦说道。

她不想检查!蒂比几乎要大吼出来。别烦她!

"我没准备好。"克里斯蒂娜不住地抽泣。

萝伦上前硬要检查克里斯蒂娜的身体,克里斯蒂娜拼命挣扎。

蒂比再也看不下去了。她跳上克里斯蒂娜的床。克里斯蒂娜紧紧抓住她的手拼命地揉捏着,这似乎是求助的信号。

萝伦还在不由分说地掰克里斯蒂娜的腿。

"她说了她没准备好!"蒂比终于咆哮起来。

萝伦顿时目瞪口呆,好像刚刚被蒂比甩了一耳光似的。让蒂比吃惊的是,萝伦居然走过来在她的太阳穴上深情地吻了下去。

"好姑娘,"萝伦低语道,"你学会维护她了,她需要你。"

蒂比抓起克里斯蒂娜的手,定定地望着她的眼睛。"克里斯蒂娜,我就在这里。看着我,好吗?握住我的手,你要疼就掐我吧。"蒂比小时候打针,爱丽丝就总是这样对她说。

又一阵宫缩袭来,克里斯蒂娜疼得死去活来,但渐渐地,她学会了将注意力转移到蒂比身上。

蒂比跪在她身边:"我在这里,你会没事的,疼就掐我吧。"

克里斯蒂娜的脸又一次痛苦得扭曲变形。她狠狠地掐蒂比的手,蒂比看到自己的手都发白了。她拼命地忍着不躲闪不放弃,可克里斯蒂娜的力气越来越大,蒂比觉得自己的十只手指都要被掐断了,血溅当场是迟早的事。

"很好!"蒂比大声鼓励她,"继续掐!你做得很好!"

此时此刻,克里斯蒂娜的目光一直追随着蒂比,蒂比隐隐觉得这是个

好现象。

"我得检查她的宫颈。我看肯定有事,"萝伦对蒂比耳语道,"你帮帮我,好吗?"

蒂比不明白什么叫"有事",她也不想知道什么叫"有事"。她顺从地骑在克里斯蒂娜的腿上,不过她用手支撑住了自己的重量,并没有真正地坐在克里斯蒂娜身上:"克里斯蒂娜,萝伦得例行检查了。你望着我,好吗?望着我的眼睛,你在看吗?"

克里斯蒂娜点点头。

"如果疼就掐我,好吗?"

克里斯蒂娜虽然疼得厉害,但她还是打开了双腿,萝伦终于可以检查她的宫颈了。蒂比的手被掐得青一块紫一块。

"我的老天!"萝伦惊呼,"这太快了,克里斯蒂娜。你的宫颈已经扩张到了十厘米,孩子要出生了!"

萝伦的话如五雷轰顶一般劈在蒂比心头,她傻呆呆地望着萝伦。萝伦不是每天都干接生这种活吗?她怎么也会吃惊呢?她说分娩要几个小时。是几个小时,不是一个小时。萝伦怎么能说话不算话呢?

蒂比甚至还没来得及给卡门打电话。她怕吓到卡门,她以为还有几个小时。她以为卡门还有一大把的时间带大卫回来。可现在怎么办?她们该怎么办?

克里斯蒂娜的泪水又一次如泄闸的洪水般奔腾而下。床上到处都是血,从克里斯蒂娜的两腿间不断涌出。

蒂比不想让克里斯蒂娜看到自己魂飞魄散的样子。如果她都吓成这样了,那克里斯蒂娜怎么办?她必须得勇敢起来。

克里斯蒂娜的阵痛加剧,她忍不住大声惨叫。蒂比不断地给自己鼓劲,不要害怕,不要害怕,可还是快被吓破胆了。

"你必须用力推,亲爱的,"萝伦说道,"你觉得胀就说明应该用力推。

孩子马上就要出生了！"

"不！"克里斯蒂娜的脸突然间涨得青紫，"我没准备好！我不能生！大卫还没有来！他在哪里？卡门在哪里？我们上过课的！宝宝应该下个月出生！"克里斯蒂娜怒气冲冲地拒绝合作。她一把甩开蒂比的手，翻过身背对着蒂比，身体又蜷成一团。

蒂比从克里斯蒂娜的姿势可以看得出来，她现在已经痛苦到了极点，但她还是忍着不生。

"她必须用力推，我看得出来，"萝伦着急了，"不要憋着，克里斯蒂娜。孩子马上就要出来了，你必须用力！"可无论她怎么说也无济于事。

蒂比很想把克里斯蒂娜的身体扳过来，可克里斯蒂娜纹丝不动："克里斯蒂娜，看着我好吗？你快看看我呀！你可以用力的！我知道你能行！"

克里斯蒂娜连眼睛皮都没有抬一下："我不行。"

人生而信之，如同树承载着果实，人承载着信仰。

——拉尔夫·沃尔多·爱默生

向南朝唐宁敦的方向行驶了大约二十分钟后,卡门才意识到还有一个相当重要的话题她和温从没谈过。

"你秋天准备上大学吗?"温直视前方,漫不经心地问她。一辆尼桑车在前方的快车道里慢悠悠地开着,温飞快地把它甩在后面。

"呃,"卡门舔着嘴唇,"是的。"

显然,此时她应该说她准备上哪所大学。可突然间,卡门发现自己很想说她准备上威廉姆斯大学。她想让温知道她是个优等生。

卡门的脚趾头轻轻敲打着仪表板。但她不准备上威廉姆斯大学,她要上的是马里兰大学。所以,她不能对温撒谎。她太喜欢温了,她怎么能骗自己喜欢的人呢?

"我准备上马里兰大学。"她说道。她本想滔滔不绝地说自己的成绩有多优秀曾获得过多少奖项云云,但最后还是忍住没说。还是让温自己去发现吧。他这人不大喜欢真相,呃……不过等他发现这一点应该会有惊喜的。

"哦。"

他觉得失望吗?

"那你上哪所大学?"她反问道。真是奇怪,卡门居然连这都一无所知。

卡门一向都是优等生,她很在乎自己上的学校。卡门发现大多数男孩几乎都有名校情结,在他们看来,能上名校就不可一世,上不了名校就自卑自轻。温和他们完全不同,卡门对此似乎很有把握。

"我上的是塔夫斯大学,就在波士顿。"他望着卡门微微一笑,"说实话,其实我以前还希望你正好也在那一带上大学。"

我本来就是的呀!卡门恨不得喊出来。我本来去的学校就在你旁边!我差点就去了!

但她一言不发,从某种程度上来说,沉默反倒更好,因为此时她的手机一响她就听见了,她马上按下了"接听"键。

是故作镇定的蒂比。

"噢!我的天!噢,不!你在开玩笑。"卡门对着电话大吼。

蒂比没有开玩笑。

"我们马上就来。"卡门无助地说。

"怎么了?"温问她。

"妈妈宫缩加剧,"卡门抽泣道,"可能马上就要生了。妈妈要大卫和我马上到。"

"老天!"温长叹一声。他把脚从油门踏板上移下来,"我现在该怎么做?继续往前开还是回医院?"

"回去吧。"卡门答道。可一等到温打开转向指示灯她就反悔了,"不,还是笔直往前走。大卫是宝宝的爸爸,我们必须找到他。看不到宝宝出世他会伤心死的。"

温似乎觉得很有道理。他又回到高速公路的左道,踩下油门。现在的车速高达每小时137千米,卡门没有一丝埋怨。

接到蒂比的电话后,她整个人都傻了,她的一颗心飞到了贝塞斯达的妈妈身边。卡门知道克里斯蒂娜现在肯定被吓傻了,她很可能正痛得死去活来。"我本应是她的生产陪护。"卡门喃喃道。

她离妈妈很近很近。无论现状如何,她就是离妈妈很近。这不是泛泛的说辞,这是真的。卡门能强烈地感觉得到妈妈的痛苦,这还不足以证明吗?

妈妈曾经和她说过,如果你体会某个人的痛苦和快乐到了感同身受的地步,那就说明你真的爱他(或她)。此时此刻,卡门知道她感受到了妈妈的痛苦,至于快乐嘛……呃,她还没感觉。

温熟练地驶下高速公路进入了唐宁敦,卡门聚精会神地研究地图,她最会看地图了。他们不仅知道车在哪里,而且还知道车的牌子以及车牌号。但愿这些信息够用。上帝啊,求求你不要让大卫把车停在地下停车场或其他看不见的地方。

坐标指引着他们驶入一个住宅区。当卡门看到一辆绿色的福特水星车时,她兴奋地尖叫起来。她大声地念出车牌上的字母和数字。温也忍不住大笑欢呼。眼前是一座新建的板材房,卡门和温如风一般冲到房门口。卡门心急如焚,一个劲地狂按门铃,怎么也控制不住。

一个女人打开了门。卡门看见大卫就在那个女人身后,她迫不及待地招手尖叫。后面的场景太混乱了,卡门都记不清谁说了什么,她只记得五分钟后,她、温还有大卫以风驰电掣的速度直接杀向马里兰州贝塞斯达。

"我把租来的车落在我母亲家的门口了。"大卫坐在后座嘀咕着,他仍然惊魂未定。

"没事,租车公司的人会帮你开回去的。"卡门打消了他的顾虑,她看了看驾驶座上的温,又看了看大卫,"哦,我忘介绍了,大卫·布瑞克曼,这是温——"

她真的不知道他的姓吗?他俩现在都这么熟了,无论是瓦莉娅韧带撕裂,还是凯瑟琳戴冰球头盔去医院检查,温都一直在场,甚至连妈妈早产温都一直陪在她身边。可是,她居然还不知道他姓什么?

"呃,你姓什么?"

"索耶。"

"温·索耶。"卡门小声介绍。

"谢谢你帮忙,温。"大卫机械地说道。他正在用卡门的手机给医院打电话,卡门的手机也快没电了。

"你姓什么?"温问卡门。这真是太巧了,他居然也不知道她的姓。

"洛威尔。"

"你好吗,卡门·洛威尔?"

卡门报以感激的一笑:"等会再问。"

到了巴尔的摩,车全速飞上95号公路。这时,车后响起了"呜啦呜啦"的警笛声,卡门顿时暴跳如雷。温愤恨地长叹一声。

"噢,这是开玩笑吧。"卡门说道。

温把车停在路边,卡门打开车门。

"卡门,不!"温和大卫一同喊了起来,"别下车!"

偏偏在这个时候警察拿着扩音喇叭对着卡门大吼。卡门的火气更大了,她甩上车门不耐烦地把双手抱在胸口。

"我妈妈正在医院里生孩子,可她的丈夫不在身边。想不到到了这个时候你们还拦着我们!"她的肺快要气炸了。

和警察激烈地理论完一番后,卡门大摇大摆地回到了车中。

温大惊失色,他和大卫都耷拉着脑袋,看来罚款单和几百美元的罚金在所难免,搞不好还会蹲监狱。

"他说对不起,"卡门说道,"继续开。"

"什么?"温和大卫一起冲她嚷了起来。

"温,走!"她吐出两个字,温立即发动引擎,"警察说他可以开警车送我们,但我说'不',"车加速后卡门继续说道,"我跟他说不用,不过我让他用对讲机通知前面的警察放我们走。"

温尽量克制住自己爆笑的冲动。卡门不知道她现在是"好卡门"还是

"坏卡门",她已经失去了方向。

大卫摇头笑道:"温,这个女孩的魅力无人能挡。"

温斜着眼望了卡门一眼:"我深有体会。"

"我们需要你帮忙。"助产士萝伦和蜜纳娃把蒂比拉到一边,"我们搞不定她。"萝伦末了加上一句,好像蒂比不知道似的。你们不是专家吗?蒂比恨不得对她们大吼一通。你们不是对生孩子最在行吗?我才十七岁啊!我根本不适合待在这里!

蜜纳娃清了清嗓子。她是个健壮的菲律宾女人:"这不是个医学问题。这是个情绪问题。你明白我的意思吗?"

"你的意思是,克里斯蒂娜因为丈夫不在身边快发疯了吗?"蒂比不耐烦地问道。她疲惫不堪。她早就被吓坏了。

"是啊,"萝伦说,"她就是不生宝宝。她现在得用力,她必须把宝宝推出来。我们得让她有安全感。"

蒂比只好硬着头皮转身走到克里斯蒂娜跟前,她感觉自己好像重回战场的战士一般。她已经做了一件理智的事——在魔法牛仔裤外罩上一条消毒裤。昨晚她就穿着这条裤子一直没时间换。蒂比暗暗祈祷,希望这条裤子能间接地给克里斯蒂娜带来魔力,但这条裤子是不能洗的,她可不想弄脏裤子,她没那么疯狂。

克里斯蒂娜正在战斗。突然间,蒂比觉得克里斯蒂娜和卡门太像了。克里斯蒂娜和卡门一样,都是斗士。是的,她和她的女儿一模一样,都会誓死战斗到最后一刻。

蒂比爬上病床。她搂着克里斯蒂娜的肩。蒂比在心底暗暗对克里斯蒂娜许下诺言——你战斗,我也陪你战斗。我们一起并肩作战。

蒂比也可以做一名斗士。至少她可以尝试。她拿枕头把克里斯蒂娜的头垫高,然后用双手捧住克里斯蒂娜的脸。

"亲爱的,我知道很难,你现在不想生。我了解你的感受。我指的当然不是生孩子的感受。你也知道,我从来没生过孩子,不过——"蒂比已经语无伦次了。

让她惊喜的是,她居然看到克里斯蒂娜的眼中闪过一丝笑意,转瞬即逝。如果克里斯蒂娜觉得蒂比的话很好笑,那说明她很可能在听。

"大卫和卡门马上就来了。他们很想看到宝宝,而且宝宝也很想来到人世,所以你得努力。"蒂比觉得为今之计只有说话,说话,说话。克里斯蒂娜在听。虽然她全身从头到脚都在颤抖,但她真的在听。

萝伦和蜜纳娃戴上了橡胶手套,她俩站在床尾正对着克里斯蒂娜的两腿之间。克里斯蒂娜不再抗拒,萝伦和蜜纳娃扶她躺好。她的腿弓了起来,一切都已就绪。

克里斯蒂娜大声呻吟,她使尽了浑身的力气,五官扭曲到了极致。

"用力!你可以的!我知道你能行。你是卡门的母亲,不是吗?你无所不能!不是吗?"

"叫她用力往外推,"萝伦小声说,"她必须用力,不然会很危险。"

"克里斯蒂娜,用力!"蒂比喊的声音太大,以至于她觉得眼珠子都快被震出来了,"你能行!把宝宝挤出来,快!"蒂比甚至管不了自己在说什么,她只用知道克里斯蒂娜在听就行了。

克里斯蒂娜紧紧地搂着蒂比的脖子,整个人都挂在她身上——她需要力量。蒂比热血沸腾,她现在浑身是劲:"你知道我们都好爱你!你知道大卫看到宝宝时会有多高兴!还有卡门,她该有多兴奋!"

蒂比不停地喊着,她和克里斯蒂娜一样歇斯底里。克里斯蒂娜终于肯用力了,萝伦和蜜纳娃欣喜若狂,如释重负。

"蒂比,我在用力!"克里斯蒂娜抽泣道。

"是的!你真不可思议!你是明星!你是英雄!你是光,你是电!"蒂比发了疯一般大喊,她已经失控了。在心底的某处她仍然还有自我意识,就是在那里,她仍然还是蒂比。

"蒂比!"克里斯蒂娜尖叫道。她现在找到了一点力量。

蒂比不停地吼着一些最无聊最傻气的话。她甚至都懒得理会了,一心一意只顾着吼。

宫缩如剑雨一般袭来,每来一次,克里斯蒂娜就用力一次。蜜纳娃和萝伦也吼了一些鼓励的话,但这个世界小得只容得下两个人——蒂比和克里斯蒂娜,这样的极品搭配一年都难得一见。

克里斯蒂娜的目光一直追随着蒂比,她的目光仿佛粘在蒂比的瞳孔上,一刻也舍不得离开。蒂比的眼睛眨都没有眨一下。只要能吸引克里斯蒂娜的注意力,她就可以创造奇迹。

"我看到宝宝的头了!我可以摸得到!"萝伦喊道。

"噢,我的天,你听到了吗?"蒂比扯着嗓子叫了起来,"她可以摸到宝宝的头!"

克里斯蒂娜真真切切地笑了。

"宝宝就在这里,就在这里!"蒂比快发疯了,她搂着克里斯蒂娜的肩,然后又捧着她的脸,"你看,你能行!你知道吗?"

"我能行!"克里斯蒂娜也喊了起来。她又恢复了生机。

"我摸得到,"萝伦说,"我摸得到头发。"

"克里斯蒂娜,你的宝宝有头发!"蒂比大呼小叫,"你知道吗?"

克里斯蒂娜一脸狂喜,她喜欢有头发的宝宝。"卡门刚出生时——"她虚弱地说,"也有头发。"

"天,幸运的小家伙,我喜欢头发。有头发的宝宝最漂亮!"蒂比语无伦次,她把克里斯蒂娜脖子上湿漉漉的长发拨到一边。

"再用力一下头就出来了。"萝伦对蒂比说,她知道蒂比会疯狂地为克里斯蒂娜加油。

"克里斯蒂娜,再用力一下!用力,用力,用——力!你难道不想马上看

到宝宝吗?"

克里斯蒂娜使尽全身力气吼了一声,脸涨成了青紫色。

"看啊……宝宝的头……出来了!"萝伦兴奋地大叫。

克里斯蒂娜又使出吃奶的劲猛挤了一下,宝宝的身体完全出来了。蒂比不敢低头看,因为下面的场景太血腥了。但萝伦毫不在乎,她把黏糊糊的紫色身体高高举过头顶,婴儿的小小身体在空中不停扭动着。

蒂比几乎无法呼吸。宝宝挥舞着小手,发出一声嘹亮的哭声。这是一个小小的人儿,活生生的,他会挥手会哭。

萝伦把小小的紫色身体放在克里斯蒂娜的胸口,克里斯蒂娜喜极而泣。她看着宝宝泣不成声。蒂比在一边看得痴了,不知不觉间流了一脸的泪。

助产士蹲在克里斯蒂娜两腿间处理伤口。然后她们剪脐带,给宝宝称体重,还做了一些其他的护理工作。现在宝宝褪去紫色,身体变得粉扑扑的,他又回到了克里斯蒂娜的怀中。

克里斯蒂娜把宝宝按在乳房上,蒂比知道她的任务完成了。现在克里斯蒂娜的小小世界里只有宝宝,再容不下其他人,就算是蒂比也不能例外。生活便是如此,忧伤和快乐有时会一同涌来。

蒂比缓缓地伸直身子爬下床。她准备安安静静地离开,让克里斯蒂娜独占纯粹的快乐。

但在离开之前,她在克里斯蒂娜的头上轻啄了一下。"你真牛。"她小声说道。这固然不是贺卡上的祝福语,但此时此刻,蒂比觉得也只有这三个字才能表达她的心境。

在门口她撞到了忙得不可开交的萝伦,萝伦放下手中的活。"蒂比,你为产妇鼓励的方式真是别出心裁,可想不到效果这么神奇。你以后还能不能来我们这里做生产陪护?"萝伦似笑非笑,但蒂比看得出来她也哭过。她疲惫不堪,仿佛被抽去了筋骨一般。

"你想得美。"蒂比打断她。她突然想起了一个问题,这个问题非常重要,她的未来突然之间就靠这个答案了,"嘿,萝伦?"

"嗯?"

"你不是习惯接生了吗?我的意思是,你应该接生过几百个孩子吧,怎么还会这么激动呢?"

萝伦把头发拨到耳后。她的紫色眼线都汗花了,脸上汗涔涔的,闪着晶莹的光。"是,我是每天都接生,"她望着自己的手,"不过我没习惯,这是个奇迹,每次的感受都不可能一样。"

爱一个人的感觉犹如身在天堂亲睹上帝的容颜。

——维克多·雨果

门、大卫和温三个人风风火火地冲进产房,他们太着急了,要让外人看见还以为他们每个人都有一个宝宝呢。

蒂比是他们见到的第一张熟悉的脸。蒂比穿着医院的消毒服,上面沾满了令人触目惊心的血迹。蒂比挂着梦游一般的表情站在大厅里,她一看到卡门,泪水就如井喷一般奔腾而下。"你妈妈生了!"她大叫道。

"真的?"

"哦,我的天啊。"

大卫顿时慌了神,像发了疯一般四处找克里斯蒂娜。

"跟我来!"蒂比一把抓住他的衬衣,把他拉进一间病房。

这是一间病房,当然,这里有病床。床上有一个穿淡粉色病号服的女人,她的脸上红扑扑的,手上抱着一个小小的棉毯包,包里是一个小小的婴儿,头戴一顶和网球袜一般大小的毛线帽。

各种尖叫声、惊叹声和欢呼声此起彼伏,不绝于耳,卡门都听不出是谁发出的声音了——甚至连她自己的尖叫声她也听不出来。她让大卫先冲到床边,她跟在大卫身后。她张开双臂,紧紧地搂住妈妈和宝宝,她甚至还搂住了大卫。克里斯蒂娜一会儿哭,一会儿笑,卡门被妈妈感染了,她也和妈妈一样变得神经兮兮。

"我们有孩子了!"大卫退后几步,他似乎不敢相信眼前的一切,"是吗?"

此时,克里斯蒂娜仿佛被圣母附体,她一下子就变得镇定理智起来,她甚至还望着魂不附体的大卫哈哈大笑:"是的,这个孩子是我们的。"

大卫的脸上缓缓滑下两行热泪。他必须得向克里斯蒂娜求证,不然他实在没法相信他有孩子了:"克里斯蒂娜,我对不起你——我不知道——"

克里斯蒂娜用手掩住他的嘴。"什么都别说,有蒂比帮我呢。我们有了一个漂亮健康的宝宝。"她望着卡门,"他也属于你,亲爱的。现在我拥有了这世间的一切。"

卡门和大卫两个人都抖抖索索地望着那个小家伙。

"你们知道宝宝的性别吗?"克里斯蒂娜问道。

卡门兴奋到了极点,一时间忘了问这个问题。呢,她曾经还猜过宝宝的性别。

"是个男孩!"克里斯蒂娜兴高采烈地说。

"噢!"卡门又尖叫一声,但她这次变得体贴多了,她没在妈妈耳边狂吼,"我们有一个男孩!"

卡门回头看了看门口。她想和蒂比还有温一起分享这种极致的喜悦,但他们都不见了。

卡门必须得找到他们。不仅如此,她还必须离开一会儿,好让妈妈、大卫还有宝宝享受幸福的三人世界。

她后退几步,眼前的三个人形成了一个三角形。妈妈的脸上溢满了欣慰和快乐,多得无法承载,以至于会神不知鬼不觉地流泻到卡门的脸上。卡门的心和妈妈的心紧紧地连在一起,她们的脸上有着一模一样的喜悦,胸中跳跃着一模一样的感动,感受着一模一样的快乐。

爱一个人的感觉是如此美妙,你可以和她感同身受。

好卡门、伟大的卡门、我最最最亲爱的卡门:

  这是一个充满奇迹的日子。穿上牛仔裤吧,你也应该给自己找一个奇迹。

爱你的蒂比

  卡门在妈妈的病房门口看到了这条魔法牛仔裤,它叠得整整齐齐地躺在那里,上面还有这张纸条。卡门冲进洗手间穿上了这条裤子。

  她坐电梯上了老年科的楼层。温站在自动售货机旁,正在口袋里找零钱。他们忙了一整天,除了玉米豆差不多没吃过其他东西。

  卡门突然产生了一股冲上去拥抱他的冲动,这一次她绝不退缩。她大大咧咧地扑上去拥住他。"今天实在是太感谢你了,温!"刚说完她又哽咽了,"谢谢你帮我这么多。"

  "我很抱歉,我们没能及时赶到医院。"温把脑袋埋在她的秀发中,他的手也搂上了她的腰。

  "这没什么,现在一切都完美之极。"

  "嘿,我刚才不是故意消失的。我只是不想打扰你们一家人。"他解释道。

  "我知道,但我现在必须见你。"她意识到自己把温搂得太紧,所以准备退后一点点。

  可温似乎并没有松手的意思。他的整张脸都埋在她的秀发里,脸颊紧紧地贴着她的耳朵。"我也必须见你。"他温柔地说。

  他把她搂得更紧了。卡门放松身体,温的呼吸重重地喷在她的耳际,她的手可以感觉到他的脊骨,她的心甚至可以感觉得到他的心跳。

  "有件事我必须告诉你。"她伏在他的肩头说。

  温抬起头,他的脸上写满了恐惧,似乎在迎接失望的来临。

  "这件事已经困扰我很久了,我想我还是向你坦白算了。"

  他脸上的恐惧愈发深重。

卡门低声说道："我觉得你可能误以为我是个好人，我想对你说的是，我不是好人。在大多数情况下，我都是个冷酷自私的坏人。"

温歪着脑袋听糊涂了。

"我配不上你。"她解释道。

"这不可能。"

"真的，我真的配不上你，温。你真诚善良，是个真正的好人，而我的好都是装出来的。不要以为我无私善良，其实这都是假象。我真的不是好人。"

温扬起眉毛："老天，我终于舒了一口气！你别以为我有多好，其实一开始的时候我还自卑得不敢和你搭话呢。"

"真的？"

"千真万确。"

"我陪瓦莉娅是因为她付我一小时八美元五十美分。"卡门觉得自己还是应该把真相和盘托出。

"老天，这么低！你知道吗？你值一小时一百美元。"

卡门破涕为笑。"好笑的是，我后来倒真的喜欢上了她。她可没付钱让我喜欢她。"卡门继续说道。

温盯着她研究了好一会儿，眼神里满是揶揄。然后他开口了："我以前是个肥猪。"

卡门的眉毛高高上扬："什么？"

"我以前是个肥猪，"温耸耸肩，"我从小就肥得像猪。既然你对我这么坦诚，我想我也不能对你有所隐瞒。"

卡门好奇地盯着他的身体，难道他真的有一百多斤的赘肉她一直没发现吗？不，他没有。

"在我十三岁那年的夏天，我父母送我去了减肥营。到第二年夏天的时候，我长了十五厘米，而且爱上了游泳，身材变得正常多了。但从心底来讲，我仍然是个自卑的肥猪。"

温清了清嗓子："嗯，可以这么说，我比你虚伪多了，我肯定配不上你。"

"胡说。"卡门说道。

温又走到卡门身边凝视着卡门的眼睛。然后他亲热地扯了一下魔法牛仔裤的裤耳："如果你配不上我，我也配不上你，这意味着什么？"

"我们其实很配？"

他咧嘴一笑。"我可以抱你吗？"他又想搂着她的腰。

就在糖果售卖机前，在走道荧光灯的照射下，在老年科病房特有的陈腐气息的夹击下，他的唇吻上了她的。先是深情款款的和风细雨，然后便是热情猛烈的狂风暴雨。

他的头埋在她的颈间。他拨开她的发丝，吻上了她的脖子。她的喉间发出一丝温柔的叹息。

"我早就想这样了。"他在她耳边低语。

"唔。"她应道。温的唇又印上了她的。她回吻他，肆无忌惮。也许这是她第一次如此投入地吻，以至于没有心思去想这个吻的感觉如何或这个吻意味着什么。这个吻不受大脑控制。

一位老妇人推着轮椅从病房里出来，温和卡门被抓了个现行。"你们这两个小情人能到别的地方亲热吗？"她不耐烦地吼道。

卡门和温一边大笑一边跑到电梯旁。他们在电梯里十指相扣，从电梯里出来走进大厅时还是难舍难分。

卡门走路的时候还不忘用力地捏着温的手，突然间，她有一种非常奇怪的感觉。好卡门就走在她的前面，离她不到一米，好卡门犹如鬼魅，犹如闪闪发光的灵魂。

这是一个充满了奇迹的日子。卡门追上了那个闪闪发光的灵魂。她的身体走入了好卡门的灵魂，灵与肉终于合二为一。如果坏卡门胆敢再次出来作恶，就让好卡门来修理她吧。

医院的门开了，这个新生的卡门走了出来融入全新的世界。

鞋子掉了,

脚冰凉如铁。

我有一只鸟,

我喜欢抓着它。

——苏斯博士

蒂比的心情久久未能平复。

她头昏眼花,在暮色中跌跌撞撞地走在康涅狄格大道上。大街上车水马龙。蒂比觉得自己仿佛通过宇宙黑洞穿越到了另一个世界,那个世界五彩缤纷,充满了温情。可突然间,她又跌入黑洞,回到了现在的这个世界。这个世界仍一如从前,但她已不再是从前的蒂比。

黑洞中的那个世界污秽不堪。她在医院里把手和脸洗了,把身上血淋淋的消毒衣也脱了。然后她脱下魔法牛仔裤,偷偷穿着医院的消毒裤默默离开了。幸好医院的人没有把她逮住。尽管如此,她还是觉得身上黏糊糊的,那就这样吧,她懒得再多想。

她必须找到布莱恩。她一点也不喜欢眼前的这个世界。

她知道他肯定在家——在她家。她朝家的方向走去。

在离家还差一个街区的街道上,她看见布莱恩向自己走来。她什么也没有问,她一向不多问一句,今天也是一样。

他们连碰都没有碰对方一下。他向她走来,等他走到身边时,蒂比转身180度,两人就这样一起并排走着,走了一会儿,蒂比伸出手,布莱恩紧紧握住。

牛仔裤女孩

"我有一个主意。"她说道。

"好的。"他应着。他没有问到底是什么主意,他只是这样顺从地走着。

他们走过一个街区又一个街区,最后来到通往洛克伍德游泳池的小山坡下。他们跳过水沟,走上了一道冗长的楼梯。等看到铁丝网的时候,天已经黑了。铁丝网高不可及,要想翻越过去可不是一件容易的事。

"我们得从这里翻过去。"蒂比指着一处没有倒刺的铁丝网说。

布莱恩似乎觉得这个建议不错。蒂比带路,他顺从地跟着。蒂比虽然胆小,但她爬铁丝网的功夫却让人叹为观止。在离地面还有大约一米时,她居然就松手跳了下去,而且还稳稳当当地站在地上。布莱恩也身手利落地跳了下来。

"准备好了吗?"她问。

"我想是的吧。"虽然布莱恩还不知道蒂比葫芦里卖的是什么药,但他还是忠心耿耿地依从蒂比。

她开始解开衬衫的扣子,布莱恩慢慢地瞪大了双眼。她脱下衣服随手一甩,露出里面性感的文胸。蒂比美好的身段尽显无遗,她的肌肤在温热的夜风中白得发光。蒂比脱下水绿色的消毒裤,这是一条新裤子,她认真地把裤子叠好。蒂比的内裤是粉红色的,所以露出来并不难堪。

布莱恩的目光躲躲闪闪,眼前的蒂比让他惊艳不已,他既怕看,又想看,小心翼翼,眼神中充满了渴望。是的,他的眼神中充满了渴望。他希望蒂比允许他看。蒂比使了个眼色表示默许。"现在轮到你了。"她说道。

布莱恩麻利地脱下衬衣和牛仔裤,他把衣服堆在一起。布莱恩的肌肤也白得发光,他身上只穿着一条短裤,短裤是蒂比帮他在"老海军"买的,3条九美元。蒂比从没想到居然会在这种情况下和这条短裤重逢,她不禁倒吸了一口凉气。她曾在脑海中无数次勾勒过他的身体,不过眼前的身体比想象中的更美好。

她重新握住了他的手。他们无所顾忌地盯着对方的身体。还有什么需要隐藏的呢?她什么也不想再隐藏了。

她牵着他来到游泳池边。她故意选择了深水区。

他们并排站着,脚趾头紧紧钩着游泳池边。她深深地凝望着他的眼睛,他亦投来深情的一瞥,激动人心的时刻即将到来。

一、二、三。

两人一起飞身跃下。

布丽奇特的身体好多了。这场病来得快去得也快,转眼之间她就痊愈了。

听到卡门刚刚添了一个弟弟的消息后,她的心情大好,犹如在大热天吃了冰西瓜一般畅快。她一高兴就买了一大堆的花和气球送给克里斯蒂娜,一个星期的工资转眼间蒸发了。

可是,她的心还是渴望得生疼。她想见埃里克。她迫不及待地要见到他,几乎想得快发疯。但埃里克踪影全无,星期六那天他莫名其妙地消失了。

他不在宿舍,他一天三餐都不在餐厅。布丽奇特好不容易鼓起勇气去问乔。"我的搭档似乎不见了。"她假装不经意地说道。

"你现在喜欢上他了吧,不是吗?"乔洋洋得意地说。

布丽奇特恨不得一巴掌拍死他。"你知道他去哪里了吗?"她不想说出埃里克的名字。

"不知道。"乔答道。

布丽奇特的赤脚不自觉地敲打着办公室的木地板:"你知道他什么时候回来吗?"

"他星期一肯定会回来,"他说道,"星期一可是联赛的日子。"在这一刻,布丽奇特恨死了乔,在圣荷西地震队打过球又如何?他还是个自私的家伙,一心只顾自己的工作计划,从来不管别人的死活。"他走之前和你说

了什么吗？"

"他说他必须请几天假，就这样。"

布丽奇特怒气冲冲地扭头就走，可脚趾头不小心被一块松木地板给割得鲜血直流，她疼得差点叫出来。她为什么就不穿该死的鞋呢？她脑子进水了吗？

埃里克到哪里去了？他为什么要走？难道他非要躲着她吗？他们之间又有什么问题了？

这个晚上她本来打算跑步，可身体还是很虚弱。她连饭也吃不下去。她用员工休息室的公用电话给莉娜、卡门和蒂比打了电话，但没人接，她只好给她们一一留言。她们都到哪里去了？布丽奇特突然恐慌起来。在这一刻，她怅然若失，寂寞到了极点。

她想打电话给格蕾塔，但她不知道该如何通过一条细细的电话线传达她的感受。她该怎么说呢？埃里克不是她的男朋友。他什么也不是。可她为什么就这样一门心思地想见到他呢？她坐在湖边的码头上，百无聊赖地望着天空发呆。云层越积越厚，如果能下一场暴雨就好了，就让暴雨冲刷走一切。可雨这种东西最可恶，你需要它的时候它总是不来。

她坐不住了，于是踱来踱去。她在无人的球场上踢足球。远处有闪电，但只是光闪电不下雨，纯属浪费。只是热闪电而已，产生不了一滴雨。

她本来自信满满，还以为这个夏天会和前年夏天有所不同，可现在看来，这两个夏天的结局似乎都一样惨。

和前年一样，她因为一丝亲昵而满以为曙光降临了，可临到再次回头时，却发现四下无人，空无一物。埃里克给了她许多许多的爱（且不管这是否出于他的本意），她刚刚陶醉在幸福之中时，却发现一觉醒来，自己其实一无所有——埃里克就这样将她推向悬崖边缘。他给了她希望，可临到最终，她得到的却总是绝望。

他为什么要这样？她为什么要一而再、再而三地上当？明明已经有了前车之鉴,她为什么还是毫无防备?

她真希望上次发烧最脆弱的时候没有碰到埃里克,她真希望埃里克没有为她担心着急,没有照顾她,更没有整晚搂着她。这固然给她带来了快乐,但突然之间,一切莫名其妙地消失了,只剩下一颗碎了一地的心。她情愿相信埃里克不爱她,也不愿意知道埃里克爱她但她却不能拥有这份爱。

她是个悲哀的可怜虫。她愿意放手舍弃最珍贵的东西。可这又是为了什么呢?人有时会为了一个伟大的理想而牺牲自己,而此时的布丽奇特却是为了一个并不爱她的人毁灭自己。这有点像壮士断腕,这样的牺牲谁也不需要,这样的牺牲对谁都没好处。还有比这更悲剧的吗?

她本以为自己独立强大,可刚尝到一点点爱情的甜头,她就饥渴得不能自已,她比任何人都更渴望爱情。

好不容易画完了爸爸、妈妈、奶奶、艾菲还有保罗的画像,莉娜把最难的留在了最后。

她一直迟迟不肯动笔。她和艾菲一起去美甲。她每天上午帮卡门购物做饭,帮她照顾弟弟。她每天晚上和卡门坐在地上神聊,谈画画,谈温,谈夏末的海滩聚会,没话可聊就去看婴儿睡觉。

但现在她不能再拖了。她的申请作品必须在明天寄出,今天就必须画画。当家里安静下来,光线正合适画画时,她穿上了魔法牛仔裤,端坐在卧室的镜子前。好了,现在该动笔了。

研究别人的表情是一回事,研究自己的表情又是另外一回事。如果画所爱的人时,主观感觉和期望会让你无法看清他们的内心,那画你自己时,你又该如何看清自己?

可是令人奇怪的是,莉娜看着镜中自己的脸,她突然感觉陌生起来。是的,多少年来,她每天都会照镜子。但她的脑海中,并没有留下根深蒂固的印象。相比之下,她觉得爸爸或妈妈的脸熟悉多了。

莉娜对自己的脸非常矛盾。她既希望自己漂亮,又希望自己不漂亮。每每揽镜自照,她都希望能在自己的脸上找出重大缺陷,从而把自己从"美女"级别降为"路人"级别。可每次找缺陷时,她又怕自己会找到。不过不管是想找还是怕找,她一般都找不到任何缺陷。

这有点像托尔斯泰在《安娜·卡列尼娜》里说过的话——幸福的家庭都是相似的。莉娜觉得漂亮的脸蛋也都是相似的——五官端正,线条匀称,符合三庭五眼的标准。不漂亮的脸蛋各有各的缺陷,有的纯粹是丑陋,有的则是脸上的忧伤太多。莉娜在自己的脸上找不到丑陋的痕迹,但忧伤却是显而易见的。

开始画脸的外部轮廓时,她突然意识到自己的脸上充满了期盼。没有不耐烦,没有痛苦,没有沮丧,只有期望。她到底在期盼什么?

屋子里有一头八吨重的大象①怒吼着——卡斯托斯,当然是卡斯托斯。不管她怎么逃避,这个人始终在她心中。

她仍在等卡斯托斯回到她身边,即使没有一点希望她还是愿意这样无望地等。她可以耐心地等待,这是她的一大优点。但这似乎是一个很可悲的优点。

放了我吧,她默默地对大象乞求道。

她必须摆脱卡斯托斯,她必须过自己的生活。也许她还应该再爱,而且她心中已有了候选人。

摆脱痛苦、心碎还有另投别抱的卡斯托斯,这样希望当然很容易。至少似乎是很容易的。但这里面却有一个难题。要摆脱痛苦,也必须得放弃另一样东西:那就是被爱的感觉,被需要、被渴望的感觉,卡斯托斯深情凝视她、爱抚她的感觉,卡斯托斯喊她时温情脉脉的感觉,卡斯托斯在写给

---

①译者注:"屋子里的大象"是西方谚语,它和"皇帝的新装"有异曲同工之妙。意思是房间里明明有一只大象,但是房间里的人假装看不见有这个大家伙的存在,不去靠近它,谈论它,走路也绕着走。引申意为比如一件事比较敏感,大家都不愿不敢不想去讨论。在本书中,莉娜明明对卡斯托斯无法忘怀,但她故意要逃避这个问题。

她的倒数第三封信结尾中写"我爱你"一遍又一遍的感觉(十七遍,那一年她十七岁)。是的,迄今为止,她还在看那些信。现在该招供了,她已经对自己招供了。

她并不想自讨苦吃,她只是舍不得这些珍贵的回忆。但回忆有多珍贵,痛苦就会有多深重。

她仍在等卡斯托斯回到她身边。她等他放了她。她一直与世无争、安安静静地生活着。别人——父亲、卡斯托斯等——的生活很大很大,她的生活很小很小。但她无所谓,他们只要能给她一点点空间,她就心满意足了。

她无法再等卡斯托斯了。看着镜中的脸,还有纸上的脸,她终于明白了这一点。有一个人可以释放莉娜,这个人就是莉娜自己。

布布:

给我打电话好吗?牛仔裤给你,现在它充满了力量,所以你一定要穿(务必要穿!我非得强迫你穿不可,布布。你知道我很担心你)。我就在这里。打电话给我吧。

爱你的莉娜

我只要你的真心，一天就行。

——尼克·德雷克

布丽奇特到了星期一上午才见到埃里克。仿佛已过了几千万年，宇宙爆炸了，冷却了，之后又产生了几个星系，最后她终于见到了他。

他没有看她，她亦没有看他。不过也有可能是她没有让他发现——她在看他。他擅长逃避，不是吗？布丽奇特不仅讨厌一味逃避的男人，而且还讨厌逃避这种行径。才不过一个周末的工夫，她心中的英雄怎么一下子就变成狗熊了呢？

足球训练营联赛星期一开赛。这个星期是联赛周，所以她和埃里克不用去湖边指导营员划艇了。在这段时间里，每个人的眼中就只有足球，足球，足球。埃里克和布丽奇特失去了见面的机会。

到周二下午，布丽奇特的球队已经赢了前两场。布丽奇特总喜欢在球场上指挥球员奋力拼杀，虽然她凶了点，但仍不失可爱。现在她对球员更凶了，而且一点也不可爱。现在的她冷酷无情。

埃里克的球队两战两胜。布丽奇特怒不可遏，她得承认埃里克很可能是最优秀的教练。他极富耐心，具有敏锐的洞察能力，而且他已经打了三年的美国大学足球甲组联赛。其他的员工认为布丽奇特很有天分，但发挥

不稳定,而且经验不足。不过布丽奇特手上有好几个王牌球员。虽然所有人都以为埃里克的球队会横扫绿茵场所向披靡,但布丽奇特决定一定要打得他们满地找牙。

也许这样处理愤怒是最不成熟的,但布丽奇特有数不尽的危险能量,发泄在足球场上总比发泄在其他地方好。

她的球队和埃里克的球队将在周五的决赛上一决雌雄。在决赛之前,她每天都在争分夺秒地制订阵容和战术。她有几个球艺精湛的球员:卡尔·伦德格恩、艾登·克罗斯、罗塞尔·陈。她知道该把他们放在哪里,可是像诺顿这样的球员她就没辙了,不管放在哪里似乎都不合适。她还侦察过埃里克的球队阵容。即使在晚餐后,她还召集队员在黑漆漆的树林中召开秘密会议,当时还需要用手电筒照明。她每天天不亮就带着队员跑步。她必须赢,没有退路。

在那段日子里,埃里克有三四次抬头看她,有时是挥手致意,有时则是试图吸引她的注意力。但她老是作低头入定状。她不再有任何期盼。

周四的晚上,她在邮箱里发现了魔法牛仔裤,它装在牛皮纸袋中,里面还有莉娜写的信。布丽奇特很忙,她无心理会。

周五的早上,她五点钟就起来了。大赛前夕,她哪里睡得着?她穿上球队的蓝色球衣,把头发梳得一丝不苟,今天她不打算扎头发。考虑了一会儿之后,布丽奇特决定涂睫毛膏和淡蓝色的眼影。淡蓝色不仅和她的眼睛很配,而且和她的牛仔裤、心情以及球衣都可以搭配得天衣无缝,连和今天的球队士气都很配,总之没有不配的。

她走出宿舍,借着清晨的第一缕微光翻看笔记本。她还是不知道该如何安排诺顿。每个人都应该有机会上场,每个人都有自己的特长。

突然间,布丽奇特灵光一闪,她激动地跑到诺顿的宿舍喊他起来。"穿好衣服,到南边的球场见我。"她说道。诺顿的脸上充满期盼,布丽奇特怀疑这种期盼和足球无关。"诺顿,你别想歪了。我找你是为了安排你的位置。"诺顿应该知道自己是个有重大缺陷的球员。就算他不知道,他也应该有所感觉。

他来到球场后,布丽奇特命令他站在球门里。从某种程度上来说,埃里克是对的。笨手笨脚的诺顿的确不适合做守门员。但从另一方面来说,他却有某种不同寻常的魔力……

"准备好了吗?"她喊道,脚下的球离球门有十多米远。她重重地飞起一脚,但力道不是很大,球向诺顿飞去。诺顿闪到一边,笨拙地抓住了球。他的一双大脚似乎站立不稳,手还抖抖索索的。布丽奇特真想不通这孩子为什么从一年级开始就一直坚持踢足球,虽然他曾经自豪地这么说,但他的表现实在让人无法信服。

"再来一次。"诺顿把球扔给她,布丽奇特干净利落地踩住了球。她又对准球门抽射了几次。诺顿站立不稳,但每次只要球向他飞来,他都能扑到。他有一种扑球的欲望,几乎能百扑百中。

布丽奇特决定验证一下她的理论。她后退几步,给自己留了一点冲刺射门的空间。她大力射门,球飞向球门的左上角。这时,神奇的一幕发生了,诺顿的身体居然能直朝足球的方向飞去,布丽奇特满意极了。诺顿张开双臂,一跃而起,轻轻松松就接到了球。"哇,干得好!"布丽奇特赞叹不已。

她在心底激动得大喊大叫,但脸上却不露声色。

她又射了几次门,力道不仅大,而且射门的角度极刁,但诺顿每个球都扑到了。这样刁钻的球,他如果只傻呆呆地站在球门里是没法扑到的。布丽奇特射门的速度极快,诺顿根本没时间思考。在这种情况下,扑球只能靠直觉。但他可以神秘地感觉得到球飞过来的角度,这真是太不可思议了。射门的速度越快,射门的位置越远,他反而越神勇。

布丽奇特射出了最后一球,说实话,要想成功射门还真不是一件容易的事。这最后一球,她使出了生平绝学,球终于飞入球门。

牛仔裤女孩

布丽奇特走到诺顿身边,激动地握住了他的手。她重重地拍着他的背:"诺顿,你有某种不可思议的超能力,虽然我说不上来,但真的很神奇。"

"你真美。"蒂比坐在厨房的小餐桌旁,对着对面的克里斯蒂娜说道。克里斯蒂娜羞怯地低下了头。她无比自豪地看了看宝宝,她似乎也觉得自己很美。

"我不美,我只是幸运罢了。"克里斯蒂娜把怀中的婴儿抱高了一些。"可是蒂比,你听我说,"克里斯蒂娜看了看紧闭的门,"趁现在就我们两个人在——"她望着怀中的婴儿顿了顿——"嗯,我们三个人在,我想求你一件事。这事可能比较麻烦,所以你不一定非得答应我不可,甚至也不一定非要现在答复我。"

"好的,"蒂比一下子忐忑不安起来,"你不会还要我做你的生产陪护吧?"

克里斯蒂娜顿时爆笑不止,怀中的婴儿都被她吓了一大跳:"那当然不是,我可以对天发誓。"

蒂比也笑得前仰后合。

"我的意思并不是说你对我不重要,"克里斯蒂娜正色道,"事实上,那天要不是你,我真不知道该怎么办才好。"她的眼睛闪着神秘的光,蒂比也不由得被感染了。

"我想求你做宝宝的教母。"

蒂比瞪大了双眼。

"我知道你会吓一跳,所以你不一定非要答应。你已经在他的生命里扮演了重要的角色。我不得不承认这一点。我真希望你能继续参与他的生活。"

蒂比想都没有想:"我答应你。"

"真的?"

"当然。"她说道。

"太好了。"

"我必须给他讲教吗?"蒂比战战兢兢地问。

克里斯蒂娜摇了摇头:"不,不,你可以教他拍电影,或者教他开车,甚至还可以带他看我不让他看的电影。"

蒂比点点头,她觉得这个主意不错。"老天,我得先和我父母商量商量,"她咯咯笑起来,"我现在可是个未婚的少女妈妈了。"克里斯蒂娜又爆笑起来,但这次宝宝似乎毫不在意。

卡门出现在门口。她身穿一件橘色太阳裙,蜜色的肌肤闪耀着诱人的光泽。

"她答应了没有?"卡门问话了。

克里斯蒂娜微微一笑:"当然答应了。"

"那我就祝贺你们三人了。"卡门说道。

"谢了。嘿,大美人,你准备去哪里?"蒂比问。

"她准备和温约会。"克里斯蒂娜一脸得意,好像赴约的人是她似的,"你还没见过温吧?"

蒂比摇了摇头:"我倒是很想见。他长什么样?"

卡门指着小脸皱巴巴、皮肤呈粉红色的弟弟:"嗯,他不是瑞恩·布瑞克曼……"

决赛异常激烈,双方斗得你死我活,不分胜负。打到下半场时,两队人马都筋疲力尽。这是足球赛场上的疲劳战术。布丽奇特在防守线上部署了最精良的人马,个个都是顶尖高手。她差不多只守不攻。就连诺顿也有了上场打中锋的机会。她让米奇·罗森做守门员,这个孩子身手敏捷,反应迅速,接一般的球没问题,甚至有一点点刁钻的球他也应付得来。再说了,布丽奇特的防守阵密不透风,水泼不进,守门员其实是可有可无的。

牛仔裤女孩

值得强调的是,她并没有要求球员此仗非胜不可,起码不是现在。她的战术简单之极。她只命令球员打成平局0比0即可。队员们虽然不明白为什么,但他们相信她。

"防守!"她对副教练说道,"防守!"她对每个球员都这样说,每次一开口就是这两个字。"防守!"只要球飞到球场中间,她便会扯着喉咙这样喊。她是个一根筋的人。"不许进攻。"她对每个人都这样说。有时集中精力只做一件事,全神贯注地只朝着一个目标努力会更容易。

她在场外踱来踱去,埃里克也是如此。布丽奇特的战术让他百思不得其解。她喜欢看他一头雾水的样子。埃里克迫于无奈不得不改变战术,可他的球员一时无法适应新战术,士气顿时一落千丈。这一切正中布丽奇特下怀。

比赛结束的哨声响起,裁判宣布最终比分——0比0。现在双方得打加时赛,比赛采取"金球制",先进球的一方将获得比赛的胜利。

到了这个时候,场外围满了人,几乎全营出动。他们如狼一般嚎叫。冗长的比赛一球未进,甚至波澜不惊连差点进球的机会也没有,也难怪观众们会不爽。

布丽奇特把队员们召集到身旁。所有的队员都齐刷刷地望着她。这正是一名教练所要的:队员们毫无保留的信任和上下一心。队员们早已被她的强大气场震慑住,她不需要发表长篇大论的讲话。她只需环视四周,压低声音说道:"将比分锁定为0比0,你们做得到吗?"

队员们斗志昂扬,如野兽一般嘶吼着杀回足球场。

加时赛开始了,观众席上吼声震天,但布丽奇特的球队始终都很冷静。没有一个人逞强。他们凭着一股顽强不屈、坚韧不拔的劲头防守得滴水不漏,这样的表现足以让他们的教练自豪。

又一声哨声响起,比赛结束,接下来便是决定生死的点球大战。

裁判掷硬币决定哪一队先罚点球,布丽奇特的球队赢得了先罚点球的机会。这正如她所愿。她对罗塞尔·陈点了点头,这孩子虽然不是像卡尔·伦德格恩那样的全能型球员,但他却是个神射手,而且之前布丽奇特一直将他雪藏,现在他一展身手的机会终于到了。

当埃里克的守门员就位,其他的球员聚在中圈内时,布丽奇特的心怦怦直跳。裁判准备就绪,罗塞尔·陈将球放在罚球点上。此时此刻,射手和守门员之间相互玩起了猜心游戏。陈飞起一脚。布丽奇特的心跳到了嗓子眼,球如出膛的炮弹一般直冲球门上方。埃里克的守门员猜错了位置,球进了,他连球的边都没摸到。

布丽奇特的所有队员以及差不多一半的观众都爆发出欢呼声。布丽奇特使了一个眼色,示意他们戒骄戒躁,静观其变。他们似乎懂得了布丽奇特的意思。

现在轮到埃里克的球队罚点球了。

他会选谁罚点球呢?这还用问吗?谁都知道,他肯定会选杰罗姆·刘易斯,因为他差不多是整个足球训练营里最出色的球员。杰罗姆·刘易斯走向罚球点。

布丽奇特的队员紧张地望着布丽奇特,大气也不敢出。他们知道布丽奇特肯定还留了一手。她捅了捅诺顿的肩膀。"给他们点颜色瞧瞧。"她说。

诺顿受宠若惊,他简直不敢相信自己的耳朵。

"上!"布丽奇特大吼一声。

他走上球场,一步三回头。大家看着他慢吞吞地走向球门时,都忍不住窃窃私语议论开了。甚至裁判也瞪着布丽奇特,似乎在责问她,"你知道你在干什么吗?"她等诺顿走进球门后,对教练点了点头。

这一次埃里克没有直勾勾地盯着她了。他当然想获胜,但现在他似乎有点担心布丽奇特,也许他觉得布丽奇特神志不清。他的队员站在中圈内相视而笑,个个都得意非常,仿佛胜券在握。

布丽奇特的目光停留在诺顿身上,眼神中充满了信任。

牛仔裤女孩

足球训练营采取的是"突然死亡"法①。如果杰罗姆·刘易斯进了这一球,则继续进行下一轮点球大战。如果他没进,则比赛结束,获胜方为布丽奇特的球队。

裁判吹响了哨声。在这种情况下,被罚点球方的教练一般都会希望射手踢臭球。可今天轮到诺顿当守门员时,情况却正好相反。老天啊,求求你让这个家伙进球吧。布丽奇特暗暗祈祷。

杰罗姆·刘易斯踢出了一个漂亮的球。球在空中划出一道优美的弧线向球门飞去,所有的人都屏住了呼吸。球刚一离开杰罗姆·刘易斯的脚,诺顿似乎就跳了起来。真是太神奇了,布丽奇特不得不暗暗赞叹。诺顿的眼光敏锐之极。

球飞了过来,诺顿纵身一跃,球和守门员在球门的上门框相遇。诺顿在空中扑到了球,双手稳稳地把它接住。他简直不敢相信自己居然接到了,他跟跟跄跄地走了几步,球从他手中滑落。所幸它滑到了球门外,而不是球门内。

全场人鸦雀无声,所有人都看呆了,几秒钟后,欢呼声如潮水一般涌来。布丽奇特的队员冲进球门把诺顿高高举了起来,布丽奇特自豪地看着她的球队,心中充满了无限的喜悦。他们把诺顿带到布丽奇特身边,把他放在布丽奇特的脚下。在震耳欲聋的欢呼声中,布丽奇特拥抱诺顿,在他的脸上狠狠地亲了一下。诺顿咧开嘴笑了。

布丽奇特还非常大方地让球员把冰水倒在她头上。接下来,就该和对方握手了。双方站成一排,布丽奇特站在球队后面,先是球员面对面握手,最后是教练面对面握手。

"你赢了,祝贺你。"埃里克殷勤地说道,他对布丽奇特深深鞠了一躬,

---

① 译者注:"突然死亡法"又称"金球法"。它是由日本人发明的一种比赛规则,用以决定足球比赛的胜负。具体方法是:当竞赛规程规定不允许平局时,如两队在90分钟打平,则进行30分钟加时赛;在加时赛中,当一方进球时,比赛立即宣布结束,进球一方即为胜者。如果在加时赛中仍未有进球,再进行互罚点球决定胜负。

颇有日本的风格,好像把她当成了日本商人似的。难道他不知道布丽奇特一直痴痴地暗恋他吗?

布丽奇特禁不住盯着他看了好一会儿。我还是没赢,不是吗?

"莉娜,嘿,是我,布布。我很好,真的。不要担心我了!不过我倒很想和你说说话。我准备回家了。说真的,我想你想疯了。嘿!我知道卡门的弟弟叫什么。那个名字太有创意了!是不是卡门的主意?她肯定足足笑了一个小时吧。给我打电话……算了,还是不用打了。反正在这里是很难找到我的,还是等我打给你吧。还有啊,别再瞎操心了!好不好?我又想你了。哗——哗。"

我心中怀着永生的渴望。

——威廉·莎士比亚

莉娜一把把申请作品塞给安妮可。她本来打算等一会儿，可突然间就莫名其妙地不耐烦了。其实也不能说是不耐烦，她只是迫不及待。安妮可立即放下手中的铅笔，戴上眼镜，饶有兴趣地一张张翻看。

　　还不到三分钟，她就放下申请作品抬起头来。

　　"你能否得到奖学金已经不重要了。"她说道。

　　莉娜听糊涂了，她扬起头："可对我很重要。"

　　"你会得到的，"安妮可说道，眼神中几乎闪过一丝不屑，"除非那些评委眼睛瞎了，或者是脑子进水了。"她对着莉娜狡黠地笑了笑，"我之所以说不重要，是因为你已经达到了拿奖学金的水平。不管他们给不给你都无关紧要。不管是发生车祸，还是得了致命的病，或者是失恋心碎，通通都无关紧要。因为你现在已经是一名不折不扣的艺术家了。"

　　安妮可重重地吐出"艺术家"这三个字，也许她觉得这是最高的赞美。对她来说，"艺术家"比"超级英雄"或"流芳百世的伟人"更值得敬仰。

　　"谢谢你。我也是这样想的。"

　　"你有天赋，这可不是我给你的。"

"可是你帮了我。"

"哪里哪里,你的画真是惟妙惟肖,入木三分,我没想到你会画得这么好。"

"你太抬举我了,我没你说的那么好。"

"是真的,我看得出来,我感觉得出来。"

莉娜嫣然一笑,她喜欢安妮可这样说。

"嘿,我可以问你一个问题吗?"

"当然可以。"安妮可答道。

"这个问题我想了很久,一直都不敢问。我觉得我还是有问题就问比较好。"

安妮可点了点头,示意她继续问下去,她好像知道莉娜会问什么。

"你为什么会坐轮椅呢?"

安妮可亲热地拍了拍莉娜的背,颇得电影《绿巨人》中那个绿巨人拍背的真传。"老天,我以为你永远都不敢问这个。"

温开着引擎,在公寓楼外等卡门。卡门以前从未想过自己居然会和一个男孩一起去塔吉特百货买开学用品。不过,采购开学用品总比找大卫要轻松得多。

卡门冲进家门拿购物清单和借记卡。几个小时前,她急着去塔斯提餐厅和一群朋友——蒂比、布莱恩、莉娜、艾菲和温——吃早餐忘了带。

卡门走到客厅时放慢脚步停了下来。自从认识了温,自从弟弟出生后,卡门觉得家已经焕然一新,现在她盯着房子不禁看得痴了。墙似乎离自己更近了,而地面又似乎离自己更远了,她已经长大,不再是以前那个蹒跚学步的小女孩。屋子里很安静。这一天,空调的嗡嗡声终于消失。窗户开着,初秋的微风徐徐吹来。也许正是这阵秋风让她感觉耳目一新吧。

她马上就要走了,她有很多事要做。但不管怎样,这间公寓总会等她回来。家总是在这里。

走道拐角的地方是妈妈的房间,她知道妈妈就在那里,还有弟弟。接着她走了过去,是的,她看见了妈妈和弟弟。妈妈正搂着弟弟瑞恩躺在床上。

早上是妈妈的喂奶时间兼睡觉时间。卡门有时没事就会进来看看,她喜欢亲吻弟弟的小拳头,喜欢把弟弟包得像墨西哥鸡肉卷,免得他又踢毯子。此时此刻,克里斯蒂娜正在熟睡,瑞恩在床上舞动着小手小脚。卡门抚摸着弟弟小小的背,嘿,小家伙,你真能干。卡门暗暗赞叹道。

她本以为自己会讨厌弟弟,可现在她的感情正好相反。瑞恩是她的,她爱死了这个娇嫩脆弱的弟弟,爱他的小脾气,爱他的小耳朵,这个弟弟像足了自己。但她也知道弟弟属于克里斯蒂娜和大卫,她尊重这一事实。

在弟弟未出生前,她以为弟弟属于她的旧世界,他会争夺她的空间,夺走属于她的一切。她多虑了。事实上,弟弟属于新世界。卡门和弟弟,都属于新世界。

布丽奇特的胜利果实并不甜蜜。嗯,不过对队员来说,胜利还是甜如蜜桃的。在这个星期剩下的日子里,他们在营地走起路来都无比的铿锵有力,活像超级英雄。他们对比赛中种种动人心魄的场景(其实这种场景并不多)津津乐道。布丽奇特为队员们感到高兴,她爱他们每一个人。

营地给布丽奇特放了一天假,她回到了贝塞斯达的家。和朋友们待了一天后,布丽奇特又找回了生活的意义。回到营地后,她整天和戴安娜混在一起,她们一起吃饭,一起睡觉,她的力量渐渐恢复。她知道她可以忍受心碎之痛,但这需要时间,有时还需要许多信心。

她隐约觉得她和埃里克之间还没有完全结束。她大可以把悲伤深埋于心底,把疑问烂在肚子里。两年前的夏天,她就是这样无声无息对付过去的。所有的痛苦她一个人承担,一个人默默咀嚼忍受。但这一次,她再也

不想这样。

夜深人静,她等四下无人后,悄悄潜入埃里克的宿舍找到了他,正如两年前的那个夏夜将他从床上叫醒一样,那次她默默跟在他身后。这次她如朝圣者一般虔诚,她彬彬有礼地敲门静静地等待。

他打开门,眼神中掠过一丝惶恐,或者这只是她的幻觉?

"你可以陪我散一会儿步吗?"她问道。布丽奇特本来打算说些客套话以打消他的疑虑,免得他以为自己存心不良,可真的有必要吗?她难道以前没有表明过自己的善意?难道到了这个时候,埃里克还会以为她放荡轻浮?难道一个人犯了错就会被打入十八层地狱永世不得超生吗?她就不能弥补以前的错误吗?

他点点头。他消失了片刻,再折回时,身上已穿上了一件T恤,一条短裤,脚上也穿好了鞋。

他们默默地走了一会儿。布丽奇特今晚没有把头发披散下来,她规规矩矩地用橡皮筋把头发扎好。她穿着魔法牛仔裤和一件破破烂烂的球衣。她已经正儿八经地穿了一个星期的鞋,最后还是被打回原形,重新沦为整天光着脚丫子的野丫头。虽然脚有时会受伤,但她可以接受,这就是自由的代价。

不知不觉间,他们向湖边走去,回到了以前的老地方——码头。布丽奇特一屁股坐下,埃里克在她身边坐下。这个地方只属于她和他。

今晚的月亮很圆,皎洁的月光将两人的影子投射在平静的湖面上。她喜欢水中的自己和埃里克。

"我想说几句话,你只用听就行了,好吗?"她为什么要多问一句"好吗"?她不需要他批准。

他点点头。

"我说的话你可能不爱听。"她警告道。

他又点点头。这时她才发现他仍然睡眼蒙眬。在昏暗的月光下,她看见了他的黑眼圈,而且他似乎很久都没刮胡子。

"今年夏天我打算只和你做普通朋友,"她缓缓说道,"虽然以前发生了那么多事——你也知道,两年前的那些事,我不知道是否还有这种可能,可后来我们居然成了朋友。我真的很开心。我喜欢做你的朋友。我得承认我可能还有一些痴心妄想,但只要能和你做朋友,这些念头就不会影响到我。我可以不惜一切代价约束自己,我只想每天能看上你一眼,除此之外,别无他求。"今晚布丽奇特必须坦诚,不然她也不会大半夜的来到这里。

埃里克低头把玩手腕上的旧表带。

"我并不想做你的女朋友。我知道你已经有了卡娅。我可以接受这个事实。我无意影响你们的感情。如果你和她在一起很开心,我也会为你开心。我并不是说我没心没肺,毫无痛苦,但我的意思是……我的意思是……我真这么想。我只是要你相信我。"

他仍然低头,但似乎在点头。

"我们差不多每天都在一起,我们组织队员划艇,我们在一起很开心。至少我很开心,所以我觉得你也应该很开心。"她的声音开始颤抖起来,但她定了定神,继续说下去,"后来我发烧你照顾我,你像亲人一样无微不至地照顾我。就算我们以后分离永不再见永不联系,我也永远不会忘记你对我的好。"说到这里,她猛地刹住了,再说下去眼泪就会汹涌而下。她必须尽力忍住不让眼泪流下来。

"我信任你。我以为你在乎我,不是对女朋友的那种在乎,我不是那个意思。我信任你,是对朋友的那种信任。可后来你消失了,我不知道是为什么。正当我觉得我们的感情进了一步时,你却消失了。你给了我希望,然后又让我失望。这就是你的行事风格吗?欲擒故纵,猫抓老鼠的游戏?"她偷偷抹去眼角的泪水,不让它们掉下来。

现在埃里克抬起了头,一本正经地看着她,眼神里也如她一样有泪光

闪动:"布布,不是这样。我不是那种人。"

她的下巴颤抖起来,怎么也控制不住:"那你是哪种人?"

他坐直身体,手指死死地摁着指关节。良久之后,他才放开手又开始说话了:"现在轮到我说话了,你只用听就行了,好吗?"

"好。"

"我之所以不愿谈论两年前的夏天,是因为我恨自己。我并不是说你没错,你是有错。但我本应抵抗住你的诱惑,可我却未能作出正确的选择。我之所以犯下这个错误,是因为我也喜欢你。你不要以为只是你喜欢我,其实我也一样喜欢你。你应该知道这一点。"

埃里克的一席话把她震得无法动弹。她傻呆呆地盯着他的脸,继续听下去。

"你生病后我之所以消失了,是因为我必须去纽约一趟,这事不能再拖下去了。我开车去纽约找到了卡娅。我得告诉她,我不能再和她一起了。"

布丽奇特倒吸了一口凉气。

埃里克一脸的悲伤:"我以为我爱她,两个月以前,我对她说了我爱她。可我现在却无法爱下去了,这段感情似乎是个错误。"

布丽奇特很想问一些问题,但她忍住了,毕竟现在轮到她只听不说。她闭嘴保持沉默。

他放开手,然后又双手交叉仿佛准备祈祷一般:"这段感情是个错误,是因为我知道我不能再爱她了,我心里有了另外一个人。"

布丽奇特目瞪口呆,她不敢猜测他心里爱上的人是谁,唯恐猜错又会换来一阵心痛。

"我之所以尽量躲着你,是因为一靠近你,我就会满脑糨糊。我得先把头绪理清楚,不然很可能会干傻事。"

布丽奇特偷偷看了他一眼。此时,她的心中满是期盼,虽然她正在努力地把这些痴心妄想往外赶。

"那时我身在纽约,却一心想飞回你身边。你知道这意味着什么吗?我怎么能刚甩了卡娅就迫不及待奔向你?我怎么会是那种刚刚对一个女孩吐出'我爱你'三个字,四五个小时后扭头就忘的无情男人?"他摇头叹息了一阵子,"不管怎么说,我不想让你觉得内疚,我和卡娅分手与你无关。我知道你是个好女孩。这一整个夏天你都是这么的无私,你完全尊重我有了卡娅这一事实,可我却没有。我真不是个东西,我配不上你,我没脸奔向你的怀抱。我为我自己感到羞耻。"

布丽奇特一下子接受不了这么多信息,她心里乱糟糟的,怎么也理不出一个头绪来。

"不过有一件事我非常肯定,我知道它肯定是对的。我之所以要赶回来,就是因为这件事。那天晚上我们在一起,我搂着你,那种美好的感觉太强烈了,我以前从未对任何人有过这种强烈的感觉,强烈地让我简直不敢相信这世上居然有这样美好的感觉,足以让我魂飞天外。仅从理论上来看,我就足以相信我不能再爱卡娅了。"

他又摇了摇头。他固然痛恨自己,但还是忍不住笑了:"我一直都想理性一点,我希望自己和卡娅分手是因为理性使然,而不仅仅是因为被你迷昏了头。"

"那你和她分手真的是因为……"布丽奇特紧张地问道,"……理性吗?"

他深情地凝望着她的脸:"不完全是。"

姑娘们!

还剩六天半了!啊——!呀——!哇——!

卡门

莉娜终于收到了来自罗德岛州普罗维登斯的信,正当她准备踏上夏末海滩游的旅程时,这封信就到了。莉娜战战兢兢地打开信,不过她知道这封信不能决定她的命运，即使没有奖学金她的命运也不会有丝毫影响。

因为安妮可是对的。莉娜现在已经是一名艺术家了。就算没有奖金学，她也总有路可走。现在谁也无法左右她的命运。

这封信并没有说 No，它说的是 Yes。莉娜闭上双眼，心中充满了无限的喜悦。她很少会让自己喜形于色，得意忘形，但在这一刻，她可以恣意欢呼。

莉娜走进厨房一屁股坐在信上，她坐在那里想了很久很久。她可以走了，她可以去上学了！她不需要父母的钱，她甚至不需要他们批准。莉娜也想到了这个问题。她不需要，但她想得到他们的批准，这就是莉娜的想法。她穿上一条优雅的藏蓝色半身裙和一件风情万种的亚麻衬衫。她把头发梳得油光水滑，还戴了珍珠耳环。她找妈妈借了车，一个人开车来到了爸爸的公司。

爸爸的秘书杰弗兹夫人一看是莉娜，便省去了通报的程序直接把莉娜带到了爸爸的办公室。

爸爸看见莉娜站在门口不禁怔住了。事实上，他太过惊讶，反而在这一时间忘记了自己在过去的两个月里对莉娜所做的一切。此时此刻，他一看到女儿，脸上本能地流露出真诚的喜悦，慈父的本色尽显无遗。

"快进来。"他站起身来忙不迭地招呼。

莉娜坐在爸爸对面时还捏着那封信，"艺术学院给我回信了。"她说。

"你得到奖学金了。"爸爸平静地说。

"你怎么知道？"莉娜大惑不解。

爸爸一脸的满足，甚至还有几分哲学家的神情："因为我看了你的画，当时我就知道你肯定会得到奖学金。"

如果这算赞美的话，那这就是她这辈子听过的最露骨的赞美之一。

"爸爸，我不想和你作对，更不想让你失望。但我真的很想上艺术学院。我希望你和妈妈能同意我去。"

爸爸叹了一口气。他把手肘支在办公桌上,双手托着腮,颇有些孩子气:"莉娜,恐怕和你作对、让你失望的人是我。"

她并没有迫不及待地点头,但她也没急于分辩。

"你应该上艺术学院。你已经用你的画向我证明了这一点,正如你用它们打动了奖学金评委一样。"

莉娜仍然不动声色,她不敢相信爸爸:"你真的同意?"

爸爸想了一会儿:"你赢得了奖学金,本来就不需要经过我的同意,但你还是来问我,我真的很感动。"

莉娜的胸口一阵灼痛。"我还是想征求你的意见,"她说道,"这对我非常重要。"

"我的回答是'同意'。"

"谢谢。"

她起身准备离开。

"莉娜?"

"什么?"

"在你妈妈的劝解下,我已经明白我以前有多糊涂,"——他清了清嗓子——"你是我的自豪,宝贝,你没有屈服。"

"是啊,可是你让我很难做。"莉娜老实说道。

Valia123:老天终于肯眷顾我,亲爱的瑞娜,我马上可以回家了。乔治最后终于想通了。艾菲一个星期后会陪我坐飞机回希腊。你能不能和皮娜商量一下,看能不能抽个时间帮我把屋子的窗户打开通通风?

RenaDounas:亲爱的瓦莉娅,你害得我边看边哭。你终于可以重回故土了,我们这帮老朋友又可以重新聚在一起,真不知道会有多高兴!

我以自己的

方式寻找自由。

——莱昂纳德·科恩

"嗨,爸爸。"

"卡门？嗨,亲爱的！你好吗？"

卡门畏畏缩缩地不好意思回答,但她不能再迟疑下去了:"我很好。"

"小宝宝好吗？"

"他好得很,他现在踢被子像柔道黑带①。"

阿尔伯特哈哈大笑,虽然他们谈的"小宝宝"正是他的前妻和另外一个男人生的孩子,但他并不介怀。

"你妈妈好吗？"他真诚地问道。

"她也很好。她说终于又有一个孩子了,虽然这个孩子让她等了十八年。"

"她肯定很开心。"爸爸的言语间有些伤感。

"呃,爸爸？"

"什么？"

"我一直在想。"

---

①译者注:柔道选手通常以腰带的颜色来分辨水平的高低。新手为白带,一至五段为黑带,六到八段为红白间隔带,九到十段为红带。

爸爸耐心地等卡门说完，其实卡门挺想爸爸打断她的。

"你觉得……呃……"浓密的秀发沾在脖子上汗涔涔的，卡门把头发拂开，"你觉得威廉姆斯大学可能还会考虑重新录取我吗？"

"你想上威廉姆斯大学了吗？"

卡门不想让爸爸觉得自己是个反复无常的人，所以她并不急于表态，不过她也只是顿了顿，然后便忙不迭地说了声"是"。

"那你还上不上马里兰大学呢？"

卡门咬着嘴唇："我以前以为我可以在马里兰大学念走读，你知道的，那里离家近，而且也一样可以学习知识。可后来我发现我真的真的真的很喜欢威廉姆斯大学。你觉得我现在还可以回去吗？老天啊，我的意思是，他们还为我保留学籍的机会有多大？"卡门的声音颤抖起来，她紧张得不能自已。

"我等会告诉你，"爸爸说道，"我得先打个电话。"

卡门一边等爸爸的电话，一边整理房间。事实上，她做的只是神经质的表面工作，比如说把随便乱放的 AA 电池放到袜子抽屉里，看起来貌似是整理了，其实纯粹是添乱。

还没等到十分钟，电话就响了。电话一响卡门便火急火燎地扑过去，她哪里镇定得起来？

"嗨？"

"嗨。"还是爸爸。

"你和他们说了吗？"卡门冲口而出。

"我打了。威廉姆斯大学的人说你可以回去上学。"

"他们真的接收我？"

"是。"

"就这么简单？"

"是。"

"你在开玩笑?"

"不是。"

"真的?"卡门简直不敢相信这一切居然来得这么容易。

"我为你感到高兴,宝贝,"爸爸说道,"我从你的声音里听得出来,你是真的喜欢威廉姆斯大学。"

"那是当然,我真的喜欢那里。"卡门忙不迭地应着。

她摇摇头,绷紧的神经终于"咝咝"地放松了,她全身松懈下来:"我真没想到会这么容易。"

爸爸并没有正面回应,他只说:"周末你和朋友们一起去海滩玩,现在该准备行李了。祝你们玩得开心。"

"我会的,谢谢爸爸。"

卡门说了一些"我爱你,爸爸"之类的话然后挂上电话。她不免产生了一个卑鄙的念头。这是不是又是爸爸和妈妈勾结起来对付她的一个把戏?甚至还有可能就是一个骗局?

爸爸真的打过电话给威廉姆斯大学跟他们说她不去了吗? 他真的把押金要回来了吗? 这一次是不是再次证明了父母比她自己还了解她?

从某种程度上来说,想这些问题真的很烦。但卡门知道,父母毕竟是爱自己的。

Carmabelle:你能不能带那件绿色的抹胸?不过我可没存什么好心,我要你带是因为我想偷,你一转身我就会据为己有。

Tibberon:没问题。可到时我怎么知道是谁偷的?要知道,惦记它的可不止你一个。

Carmabelle:我好兴奋。

Tibberon:我也等不及了。

漫长的三天过去了,布丽奇特让埃里克一个人静静地待了三天,他需要时间整理思绪。到了第三天的深夜，正当布丽奇特觉得忍无可忍的时候，埃里克的脑袋、思绪还有整个人出现在了布丽奇特的床边。

"陪我出去走走好吗？"他轻声问道。

布丽奇特跳下床。她穿着T恤和短裤跟着他走出宿舍。突然间，她想起了卡门在夏初时说过的一句话，于是扭头对埃里克说道："你可以等我一会儿吗？"

她冲进宿舍把埃里克扔在外边，她在野营包的最下面找到了她在毕业生晚会上穿的那条白色挂脖裙。她本没打算穿这条裙子，布丽奇特把身上的衣服脱下来，穿上这条裙子。还好，这条真丝裙并没有打皱。

在这种情况下，魔法牛仔裤本应是第一选择，可她已把牛仔裤寄给莉娜了。而且，她也不能这么贪心。她的球队已经夺冠，她不能再贪得无厌。

"我们走吧。"她步入黑夜，走到他身边。这晚她仍然光着脚，但没有扎头发，一头秀发如瀑布一般散落在肩头。

埃里克的眼睛一亮，他被震得向后退了一步。"我的天，布布。"他仔仔细细地端详着布丽奇特喃喃道。她不知道他这样感叹是什么意思，但她并不急于问。

他们并肩走到湖边。布丽奇特一路上蹦蹦跳跳地走着，她太兴奋了，怎么也矜持不下来。她的手有时会碰到他的，每每无意中碰在一起时，布丽奇特便会心花怒放。经过了这一切之后，他们心中五味俱陈，再加上上一次吐露心声谈到大半夜，他们现在一碰到对方甚至都会觉得不自然。

他们还是坐在码头边的老地方。饱经风霜的木板上似乎还残留着他们上次坐在这里的余温。布丽奇特的双腿吊在湖面上，脚底有微风拂过，惬意之极。今晚，他俩倒映在湖面上的影子成了一个整体。

埃里克凑得更近了，满眼都是渴望："你知道吗？"

"知道什么？"

"五月份当我看到你的名字出现在教练名单中时，我有一种预感。我知道你会再次颠覆我的生活。"他的语气没有一丝不快。

"如果那时看到那份名单,我很可能不会来这里。"布丽奇特沉吟道。

他倒抽了一口凉气:"你就那么讨厌我吗?"

"噢,讨厌?"她莞尔一笑,"不,我怎么会讨厌你呢?我只是害怕见你。我再也承受不起伤害了。"

"是不是很痛苦?"他似乎很内疚,布丽奇特听得出来。

"是啊,我都快疯了。"

"自那以后你变成熟了。"

"差不多是吧,这也算是痛苦的一个好处。"

"你真的变成熟了。现在和以前大不一样,不过有些地方还是没变。"

她耸耸肩。这话听起来挺顺耳。

"我很抱歉上次突然离开,"他愧疚地说,"我无意伤害你。我不知道你是否能够明白我的感受。也许你不懂。"

"不,我懂。"

"好了,我知道了。"

他们沉思了半晌。

"幸好我没有看到那份教练名单,幸好我来了。"过了一会儿之后布丽奇特说。

"是啊,我也觉得很开心,我们终于再次相遇。"

"你真的开心?"

"当然。我们注定会相遇,这是缘分。"

她喜欢"缘分"这个词:"你真这么想?"

"是的。"

"真是发自内心这样想吗?你什么时候变得这么直接了?"布丽奇特问道,她的心狂跳不止,几乎要从肋骨中飞出来。

埃里克哑然失笑,但脸上的神情却十分认真:"是的,都是真心话。也

许这些话还不够直接。也许这些话我本不想说出来,但却脱口而出了,所以你都听到了。"

"你是什么时候开始喜欢我的呢?"

"那天晚上我抱着你睡在我床上,我突然明白了你以前经历的一切痛苦。那时我就想,如果我能让你快乐,我自己也会快乐。"

布丽奇特泣不成声,她靠在埃里克的肩头。埃里克伸手拥住她,她也紧紧地搂住埃里克。他说的话虽然简单,但足以让布丽奇特铭记一生。他可以让她快乐。是的,他已经做到了。

两年前的夏天,她和他尚未开始就已结束。这一年的夏天,他们有了一个新的开始。过去无法一笔抹掉,甚至也无法改变,但有时生活却能给你一个弥补的机会。

也许明天他们会亲吻。也许到了下个星期或者下个月他们才知道该如何抚摸对方,该如何将感觉转化为身体语言。布丽奇特希望也许有一天,他们能够融入彼此的身体合二为一。

但在此时此刻,她要的只是拥抱,别无他求。

阳光指引我们

离开旧世界。

——克里斯托弗·哥伦布

牛仔裤女孩

  莫根家的海滩小屋里地毯上全是沙,冰箱里除了半条发霉的面包之外,别无他物。锅碗瓢盆上满是油污,简直就像被不到两岁的乔洗过似的。

  但小屋外的景致却美得让人无法呼吸。小屋坐落在海边的一块绿地上,前方是一片低矮的沙丘,这里离大西洋只有七十米左右。

  姑娘们到了海边的第一件事就是剥下身上的衣服(大家事先说好了要在里面穿游泳衣的)尖叫着冲向大海。

  海浪劈头盖脸地汹涌而来,不停地冲刷、撞击、敲打着她们。蒂比不免心生恐惧,但她们一起手拉着手,所以浪花无法把她们冲回沙滩。而且正所谓越危险越刺激,四个姑娘嗷嗷大叫着,就差喊救命了。与天斗,与海斗,其乐无穷。

  要做的第二件事就是倒在温热的沙滩上。四个姑娘肩并肩躺着,午后的阳光晒干了她们背上的海水。蒂比仍然惊魂未定,她的游泳衣里满是细沙。她喜欢把脸贴在沙滩上,一颗心仿佛飞上了云端。

  就让快乐指引一切吧。她不再战战兢兢,不再恐惧。

  天下无不散的筵席,大家迟早会各奔东西。下个星期四,蒂比将眼睁睁地看着莉娜和布布坐搬家卡车去普罗维登斯。她可以想象布布才刚刚离家几千米就开始狂按喇叭一脸兴奋的样子。接下来就到了星期五,她将和卡门吻别,目送着她爸爸带着她还有一大堆箱子远赴马萨诸塞州。星期天的早上又是一个分别的日子,妈妈将陪她踏上前往纽约的城际高速列车。在火车站,爸爸也许会拍拍她的肩,凯瑟琳可能会哭得小下巴一抖一抖的,尼奇大概会不情不愿地拖着步子,甚至都懒得给自己一个回吻。蒂比的脑海里活灵活现地浮现出这些画面。最后是和布莱恩告别,但他们不会分别太久。布莱恩上的是马里兰大学,因为那里差不多学费全免。布莱恩的数学考了八百分,他上马里兰大学实在是太屈才了。布莱恩会去纽约看她的,她知道他会。她在学校里弄到了一间单人宿舍,这真值得庆幸。

不过,此时此刻只属于九月姐妹。这个周末只属于她们。无论重聚的时光有多短暂,她都会好好珍惜每一分每一秒。这个周末,是九月姐妹在一起的日子。

她们淋完浴(卡门刚刚洗完就没热水了,所以莉娜只能洗冷水)后已经很晚了,所以到两三点的时候才吃上午饭。午饭很简单,只有烤乳酪三明治和布朗尼。经过海浪的一番肆虐后,大家早已饥肠辘辘,疲惫不堪。

吃完午饭后,第一声手机铃声响了。

"真的!那真是太好了!"卡门对着手机咯咯笑起来。她扭头对蒂比说,"今天温在医院的儿童游乐区看见凯瑟琳了,她的冰球头盔终于摘下来了!"

"我知道,凯瑟琳其实挺舍不得的。"蒂比感激地笑了。她喜欢温,她觉得卡门真是有眼光。但此时此刻,她还是希望温不要介入她们四人中间,这个周末只属于九月姐妹。

第二个电话来自于瓦莉娅。莉娜以前给她画过画像,后来把画像的复印件送给了她一份,可她现在找不到了,她急着要拿到复印件带回希腊。瓦莉娅也要开始新生活了——她正在收拾行装准备回家乡。瓦莉娅硬要卡门接电话,她在电话里唠唠叨叨地和卡门讲她刚刚看过的肥皂剧。卡门

以前和她在一起时就经常看这部肥皂剧,其实剧情超烂,难看死了。

第三个电话是布布的。蒂比看到布布情话绵绵,手机都几乎融掉。蒂比知道肯定是埃里克打来的。看到布丽奇特心花怒放的样子,蒂比真为她感到高兴。在这方面,她永远也不会嫉妒布布,任何一个心爱的人能这样甜蜜幸福,她都不会嫉妒。

蒂比坐在厨房的餐台上陷入了沉思,到底有多少人介入了九月姐妹的周末?

然后,蒂比的电话也响了,是布莱恩打来的。他想和她说说话,她也想听他的声音——只聊几分钟就行了,至少是这样。

蒂比刚挂上电话,另外两部手机也同时响了。莉娜发现蒂比正在瞪着她。"这是怎么了?"她说道,"今天电话怎么这么多?真的是很好笑。"

蒂比点点头:"只有我不觉得好笑。"

晚餐是一场混乱无序的灾难,电话响个不停,卡门煮饭忘了关火,差点把房子都给烧了。屋子里乱哄哄的。这幅场景很美妙,因为蒂比知道她的世界是多么的丰富多彩,大家亲密无间,还有这么多人关心她们。这幅场景也很伤感,因为她觉得这个美好的世界将在这个周末终结,所以这个周末是她们四人独处的最后一次机会。可事实上,她们的世界远没有结束,相反,它还加快了脚步飞速前进。

几个小时后便是午夜,蒂比辗转反侧无法入眠。卧室很小,地面上遍布沙砾。蒂比一屁股坐在地上,又情不自禁地伤感起来。她今晚并不是不开心,其实她很开心。做饭时厨房着火了,她们把火扑灭后便决定不用炉子。晚餐她们只吃花生软糖、喝冰沙。她们吃得肚子都要撑破了,一个个躺在客厅的地板上捧着肚子呻吟不止。

有太多太多的话要讲,九月之后要遇到太多太多的人,未来如一辆精彩纷呈、五光十色的列车,正轰隆隆地驶过来,而她们差不多还没有上车。

她们一起听音乐，甜蜜地微微睡去，直到快睁不开眼睛时才挣扎着回到各自的房间。

今晚，蒂比第一次觉得世界是如此的大，她们的友谊之圈又是如此的小，小得无法再容纳这个世界。难道未来就是这样可怕吗？

她们都长大了，这是无法避免的。在这个夏天，蒂比深刻体会到了人最好不要拒绝成长的道理。在未来的世界里，她们可以恋爱，可以结婚，可以有自己的事业。

可是上帝啊，但这一切不应以牺牲友谊为代价。蒂比视友谊为生命，正是友谊给了她力量和支持，如果成长意味着抛弃友谊，那她情愿一辈子也不要长大。

四周一片黑暗，海面上的浪花也被夜染成了黑色，一声声拍打着海岸，敲打着每个人的心。突然之间，蒂比感觉天仿佛要塌下来似的。她平生第一次对狭小逼仄的房间感到害怕，相比之下，广阔无垠的大地更让她觉得安全。她飞也似的逃出房间向楼下冲去，清新的海风扑面而来。

蒂比觉得这一切都像一个梦，一个甜美的梦。远处的沙滩上坐着三个身影，她们的发型熟悉之极，蒂比情不自禁地大笑起来。这一切依然像一个梦。在这一刻，她终于恍然大悟。她明白了朋友们的心情，她们也无心睡眠，她们也一样害怕未来，她们彼此心意相通。

她们似乎在等蒂比，虽然她们不敢肯定蒂比也会来。蒂比刚一走过去，布丽奇特便迎上来，把她拉进了她们的小圈子。

"嗨。"蒂比的声音貌似平静，其实已经在颤抖了。

"这里够酷吧。"布丽奇特笑着说。

莉娜耸耸肩："我早就知道今晚没人睡得着。"

"我们有太多的话要聊。"卡门沉吟着。

一道浪花卷上来，淹没了她们的脚。这一次她们都没有闪躲。

她们四人围成一个小小的圈子，卡门把魔法牛仔裤放在中间，形成了

夏日之圆的圆心。

　　蒂比长舒了一口气,看到朋友们的脸,她心里有一种说不出的安慰。在她的眼前,黑森森的夜渐渐转化为一种安全感。在不远的未来,生活的节奏会越来越快,各种喜怒哀乐会纷至沓来,将她们的生活填得满满的。未来,五光十色,令人神往。友谊将不再是她们生活中的一切,如果友谊真的具有排他性和自私性,那这样的友谊迟早会越来越脆弱,最终只能分崩离析。从另一方面来看,如果她们学会变通和宽容,学会适应变化,那友谊之树依旧能永葆常青。

　　蒂比记起了曾经做过的一个梦,在梦里,曾祖母费利西娅把魔法牛仔裤填塞起来送给她作毕业礼物。在这一刻,她懂得了魔法牛仔裤的另一种别样的美。在不远的未来,这条牛仔裤仍然可以追随着她们。

　　"无论以后会发生什么,"布丽奇特说道,"我们的心仍然在一起,永不分离。"

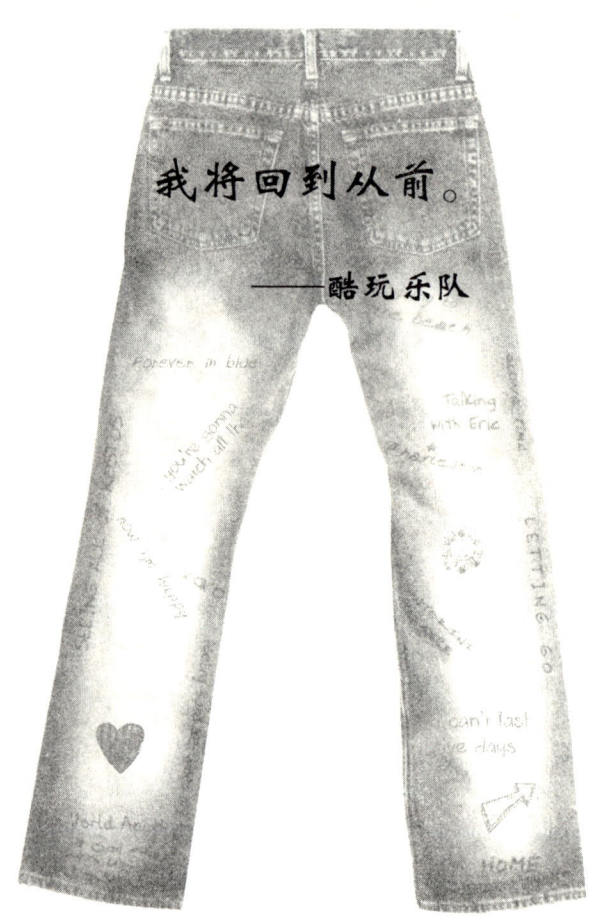

我将回到从前。

——酷玩乐队

后　记

在海滩边的最后四个小时里，我们不说再见，我们只是互换礼物。其实这并不是我们的计划，正如我们四个人夜半在海滩上偶遇也并非计划，所有的这一切，都只是巧合而已。我们每个人都想给彼此留下一丝念想。

粉红、橘黄色的晨曦在我们的脑后倾泻而下，海浪在将亮未亮的天空下翻滚奔腾。沙滩在微光的照射下柔软如丝。暖暖的海风拂来，令人神清气爽。

我无法告诉你我们说了什么，更无法告诉你我们的感受。我就是无法描述。但我可以告诉你我们互送了什么礼物，你可以想象一下。不过你最好用自己的想象力，因为言语毕竟苍白无力。

卡门是第一个，因为她最没耐性。她第一个拿出礼物。"把它挂在我们宿舍的墙上吧。"她一边拿礼物一边说。

卡门找了四个长长的相框，框边都是笔直笔直的，她在每个相框中都放入了三张照片。最上面的一张是我们的妈妈，照片拍摄于上个世纪八十年代，四位妈妈青春飞扬、意气风发，勾着肩、搭着背并排坐在一面墙前。最奇妙的是，她们四个人居然都穿着牛仔裤。这张照片我们以前都看过。

泛黄的照片上有斑斑驳驳的痕迹，每每看到这张照片，大家都免不了会伤感一番。照片上的玛丽现在已经去了另一个世界。第二张照片是放在中间的，也是一张老照片，我记不清自己是否看过。照片上是一两岁时的我们，我们四个人的脑袋从沙发背后偷偷探出来，那架势活像一个幼儿女子乐队。卡门是主唱，至于照片上傻头傻脑的我嘛，那应该就是键盘手了。我情不自禁地大笑起来。最下面的一张是我们的毕业照，我们四个人穿一样的衣服，连脸上的表情和笑容都一模一样。

不知不觉间，我们每个人的眼里都溢满了泪水。这是无法避免的。就像下雨天没带雨伞或雨衣，你很怕被淋成落汤鸡，于是你在雨中缩着脖子躲躲闪闪，其实这是没必要的。如果想开了索性就在雨中痛痛快快地淋一场，其实也未必不是乐事一桩。同样的，有些感情宣泄出来根本无伤大雅，为什么要竭力控制呢？

布布是第二个。她拿出的是一个小小的首饰盒。我们一拥而上，以闪电般的速度打开了盖子。

四条精致的银项链，上面挂着四个一模一样的小吊坠。是的，牛仔裤吊坠。吊坠也是纯银的，上面的牛仔裤和我们的魔法牛仔裤一模一样。现在从某种程度上来说，我们都拥有了这条魔法牛仔裤。

布布说，格蕾塔在阿拉巴马州汉茨维尔的一家珠宝店里发现了一条这样的项链，然后她和格蕾塔一起缠着珠宝店的老板伯斯利先生，硬逼着他另外找了三条出来，凑齐这四条真的是很不容易。

我们互相帮对方打开项链扣，拨开头发，戴上项链。我抚摸着锁骨上的小小吊坠，从这一刻开始，我会永远戴着它。我们无心凝视彼此，只用眼角的余光四处扫荡。千头万绪一齐涌上心头，没有人可以冷静下来。

莉娜是第三个，她甚至把礼物都包好了。我们以不同的方式打开包装纸。我小心翼翼地把包装纸叠好以备不时之需。布丽奇特则野蛮地"哗啦"一下就把纸撕开了，她把纸揉成一团塞在屁股下坐着，免得它被海风吹走。

牛仔裤女孩

莉娜画了四张几乎一模一样的画,而且还用相框装好了。她画了两条魔法牛仔裤,一条是正面,一条是背面。但她画的裤子却是裤脚朝天,裤腰朝地的,两条牛仔裤拼在一起,形成了一个大大的 W。莉娜在旁边添上了一个字母 e,画面上便构成了一个"We"(意即"我们")。

我是最后一个拿出礼物的。我拿出了录像带,上面还贴了一张精心绘制的标签。"我们得进屋看。"我说。

我早就检查过莫根家的录像机,它一切正常。我们四个人从海滩上爬起来走进小屋,我轻车熟路地打开了录像机。

录像很短,只有十分钟。其中大多数的内容都是我父母给我的,不过我还是找克里斯蒂娜和阿里要了一点录像。在几天以前的一个夜晚,我还请克里斯蒂娜和阿里来我家,她们和我妈妈一起在书房里看完了这部录像,不过看录像之前我都跟她们说了一定要保密。当我播放这部录像带的时候,她们三个人一边哭,一边偷偷地抹眼泪。看完之后,三位妈妈紧紧地拥在了一起。看到此情此景,我真的很开心。

第一部分是老式的超 8 格式录像,画面不仅模糊,而且还有点抖动,录像中是我们四个人在莉娜家的后院里四处乱爬的场景。呃,莉娜胆子最小,她畏手畏脚的,所以我们差不多都欺负她,把她往地上推;我就是那个虎头虎脑的婴儿,那时我还是个秃头,一个劲地横冲直撞;布布的头发像白色的羽毛,她爬得飞快,以至于她妈妈得把她拉住,不然她一下就爬到游泳池里了;布布的弟弟佩里也在画面中一闪而过,他没有怎么爬,但他在草丛里找到了一只虫子;卡门长了一头漂亮的卷发,她的眼睛大大的,嗓门大得像炸雷,录像中的她正在哄不爱动的莉娜宝宝一起爬。

等到我们两岁的时候,我们的父母便买了真正的摄像机。第二段录像是我们四个姑娘分别坐在四个儿童马桶上排成一排。莉娜很有耐心地端坐着,手肘支在膝上用手托着腮;我当时个子比较小,几乎要掉到马桶里了;卡门正想方设法地把鞋子从脚上扯下来;布布第一个拉完。"我拉完了！"她站起来，对着镜头背后的人大叫。

第三段是一组快镜头，其中有生日派对、有我们难看的发型、还有缺了牙齿的丑模样。画面中有我们的兄弟姐妹、父母、祖父母，还有一些其他的至亲。噢，老天，那个时候的人穿的衣服可真老土。

最后一段是一个长镜头，画面中的我们只有七岁。我当时选这一段把它放在录像带的末尾纯属无心之举，当时我根本没有意识到它的重要性。

它拍摄于雷霍博斯海滩，拍摄地点很可能离现在的地方不远。在录像中，我们四个人手拉着手尖叫着追逐浪花嬉戏。

这幅画面就和现在一样。确切地说，就和我们昨天上午追逐浪花的场景一模一样。我看着屏幕，似乎能感觉得到冰冷咸湿的海水涌到我的手上，我可以感觉得到布布和卡门各牵着我的一只手，我甚至还可以听到卡门在我耳边大叫。那时我们牵手的顺序和现在不同，不过这有什么要紧的呢？

录像放完了，画面戛然而止，但我们仍定定地看着。

那时的我们和现在一模一样，面对汹涌的回头浪，七岁的我们便已学会了牵手共进。